哈佛百年经典

浮士德悲剧
浮士德博士的悲剧
埃格蒙特

[德]歌　德 / [英]克里斯托弗 · 马洛◎著
[美]查尔斯 · 艾略特◎主编
沙　洲 / 叶　莉◎译

北京理工大学出版社
BEIJING INSTITUTE OF TECHNOLOGY PRESS

图书在版编目（CIP）数据

浮士德悲剧 /（德）歌德（Goethe，J.W.V.）原著；沙洲，叶莉译. 浮士德博士的悲剧 /（英）马洛（Marlowe，C.）原著；沙洲，叶莉译. 埃格蒙特 /（德）歌德 （Goethe，J.W.V.）原著；沙洲，叶莉译. —北京：北京理工大学出版社，2014.4（2019.9重印）

（哈佛百年经典）

本书与“赫尔曼和窦绿苔”合订

ISBN 978-7-5640-8620-6

Ⅰ. ①浮… ②浮… ③埃… Ⅱ. ①歌… ②马… ③沙… ④叶… Ⅲ. ①戏剧文学—剧本—作品集—德国—近代②戏剧文学—剧本—英国—中世纪 Ⅳ. ①I516.34 ②I561.33

中国版本图书馆CIP数据核字（2013）第306687号

出版发行 / 北京理工大学出版社有限责任公司
社　　址 / 北京市海淀区中关村南大街 5 号
邮　　编 / 100081
电　　话 /（010）68914775（总编室）
82562903（教材售后服务热线）
68948351（其他图书服务热线）
网　　址 / http: //www.bitpress.com.cn
经　　销 / 全国各地新华书店
印　　刷 / 三河市金元印装有限公司
开　　本 / 700 毫米 × 1000 毫米　1/16
印　　张 / 31.75
字　　数 / 471千字
版　　次 / 2014 年 4 月第 1 版　2019 年 9 月第 2 次印刷
定　　价 / 86.00元

责任编辑 / 钟　博
文案编辑 / 钟　博
责任校对 / 周瑞红
责任印制 / 边心超

出版前言

人类对知识的追求是永无止境的，从苏格拉底到亚里士多德，从孔子到释迦摩尼，人类先哲的思想闪烁着智慧的光芒。将这些优秀的文明汇编成书奉献给大家，是一件多么功德无量、造福人类的事情！1901年，哈佛大学第二任校长查尔斯·艾略特，联合哈佛大学及美国其他名校一百多位享誉全球的教授，历时四年整理推出了一系列这样的书——《Harvard Classics》。这套丛书一经推出即引起了西方教育界、文化界的广泛关注和热烈赞扬，并因其庞大的规模，被文化界人士称为The Five-foot Shelf of Books——五尺丛书。

关于这套丛书的出版，我们不得不谈一下与哈佛的渊源。当然，《Harvard Classics》与哈佛的渊源并不仅仅限于主编是哈佛大学的校长，《Harvard Classics》其实是哈佛精神传承的载体，是哈佛学子之所以优秀的底层基因。

哈佛，早已成为一个璀璨夺目的文化名词。就像两千多年前的雅典学院，或者山东曲阜的“杏坛”，哈佛大学已经取得了人类文化史上的“经典”地位。哈佛人以“先有哈佛，后有美国”而自豪。在1775—1783年美国独立战争中，几乎所有著名的革命者都是哈佛大学的毕业生。从1636年建校至今，哈佛大学已培养出了7位美国总统、40位诺贝尔奖得主和30位普利策奖获奖者。这是一个高不可攀的记录。它还培养了数不清的社会精英，其中包括政治家、科学家、企业家、作家、学者和卓有成就的新闻记者。哈佛是美国精神的代表，同时也是世界人文的奇迹。

而将哈佛的魅力承载起来的，正是这套《Harvard Classics》。在本丛书里，你会看到精英文化的本质：崇尚真理。正如哈佛大学的校训："与柏拉图为友，与亚里士多德为友，更与真理为友。"这种求真、求实的精神，正代表了现代文明的本质和方向。

哈佛人相信以柏拉图、亚里士多德为代表的希腊人文传统，相信在伟大的传统中有永恒的智慧，所以哈佛人从来不全盘反传统、反历史。哈佛人强调，追求真理是最高的原则，无论是世俗的权贵，还是神圣的权威都不能代替真理，都不能阻碍人对真理的追求。

对于这套承载着哈佛精神的丛书，丛书主编查尔斯·艾略特说："我选编《Harvard Classics》，旨在为认真、执著的读者提供文学养分，他们将可以从中大致了解人类从古代直至19世纪末观察、记录、发明以及想象的进程。"

"在这50卷书、约22000页的篇幅内，我试图为一个20世纪的文化人提供获取古代和现代知识的手段。"

"作为一个20世纪的文化人，他不仅理所当然的要有开明的理念或思维方法，而且还必须拥有一座人类从蛮荒发展到文明的进程中所积累起来的、有文字记载的关于发现、经历以及思索的宝藏。"

可以说，50卷的《Harvard Classics》忠实记录了人类文明的发展历程，传承了人类探索和发现的精神和勇气。而对于这类书籍的阅读，是每一个时代的人都不可错过的。

这套丛书内容极其丰富。从学科领域来看，涵盖了历史、传记、哲学、宗教、游记、自然科学、政府与政治、教育、评论、戏剧、叙事和抒情诗、散文等各大学科领域。从文化的代表性来看，既展现了希腊、罗马、法国、意大利、西班牙、英国、德国、美国等西方国家古代和近代文明的最优秀成果，也撷取了中国、印度、希伯来、阿拉伯、斯堪的纳维亚、爱尔兰文明最有代表性的作品。从年代来看，从最古老的宗教经典和作为西方文明起源的古希腊和罗马文化，到东方、意大利、法国、斯堪的纳维亚、爱尔兰、英国、德国、拉丁美洲的中世纪文化，其中包括意大利、法国、德国、英国、西班牙等国文艺复兴时期的思想，再到意大利、法国三个世纪、德国两个世纪、英格兰三个世纪和美国两个多世纪的现代文明。从特色来看，纳入了17、18、19世纪科学发展的最权威文献，收集了近代以来最有影响的随笔、历史文献、前言、后记，可为读者进入某一学科领域起到引导的作用。

这套丛书自1901年开始推出至今，已经影响西方百余年。然而，遗憾的是中文版本却因为各种各样的原因，始终未能面市。

2006年，万卷出版公司推出了《Harvard Classics》全套英文版本，这套经典著作才得以和国人见面。但是能够阅读英文著作的中国读者毕竟有限，于是2010年，我社开始酝酿推出这套经典著作的中文版本。

在确定这套丛书的中文出版系列名时，我们考虑到这套丛书已经诞生并畅销百余年，故选用了“哈佛百年经典”这个系列名，以向国内读者传达这套丛书的不朽地位。

同时，根据国情以及国人的阅读习惯，本次出版的中文版做了如下变动：

第一，因这套丛书的工程浩大，考虑到翻译、制作、印刷等各种环节的不可掌控因素，中文版的序号没有按照英文原书的序号排列。

第二，这套丛书原有50卷，由于种种原因，以下几卷暂不能出版：

英文原书第4卷：《弥尔顿诗集》

英文原书第6卷：《彭斯诗集》

英文原书第7卷：《圣奥古斯丁忏悔录 效法基督》

英文原书第27卷：《英国名家随笔》

英文原书第40卷：《英文诗集1：从乔叟到格雷》

英文原书第41卷：《英文诗集2：从科林斯到费兹杰拉德》

英文原书第42卷：《英文诗集3：从丁尼生到惠特曼》

英文原书第44卷：《圣书（卷Ⅰ）：孔子；希伯来书；基督圣经（Ⅰ）》

英文原书第45卷：《圣书（卷Ⅱ）：基督圣经（Ⅱ）；佛陀；印度教；穆罕默德》

英文原书第48卷：《帕斯卡尔文集》

这套丛书的出版，耗费了我社众多工作人员的心血。首先，翻译的工作就非常困难。为了保证译文的质量，我们向全国各大院校的数百位教授发出翻译邀请，从中择优选出了最能体现原书风范的译文。之后，我们又对译文进行了大量的勘校，以确保译文的准确和精炼。

由于这套丛书所使用的英语年代相对比较早，丛书中收录的作品很多还是由其他文字翻译成英文的，翻译的难度非常大。所以，我们的译文还可能存在艰涩、不准确等问题。感谢读者的谅解，同时也欢迎各界人士批评和指正。

我们期待这套丛书能为读者提供一个相对完善的中文读本，也期待这套承载着哈佛精神、影响西方百年的经典图书，可以拨动中国读者的心灵，影响人们的情感、性格、精神与灵魂。

目
Contents
录

浮士德悲剧 001
〔德〕歌德

献词 006
舞台序曲 008
夜 022
城门口 041
书斋 058
书斋（二） 073
莱比锡奥尔巴赫地下酒店 099
女巫的丹房 119
街道 134
黄昏 139
散步小路 145
邻妇之家 149
街道（二） 160
花园 164
园中小屋 174
森林和洞窟 177
格丽卿的闺房 185
玛尔沙的花园 187

水井边 196
城墙角 200
夜（二） 202
大教堂 211
瓦尔普吉斯之夜 214
瓦尔普吉斯之夜的梦 234
或奥白朗和蒂坦尼亚的金婚 234
阴天原野 244
夜开阔的原野 249
地牢 250

浮士德博士的悲剧 263
〔英〕克里斯托弗·马洛

剧中人物 266
合唱 267
第一幕　书房 269
第二幕　浮士德宅前 277
第三幕　小树林 280
第四幕　一条街道 287

第五幕　浮士德在书房　292
第六幕　浮士德的书房　303
第七幕　教皇的私人庭院　314
第八幕　一个度假庭院　321
第九幕　客店　324
第十幕　皇帝的庭院　328
第十一幕　草地，后半场是浮士德的住处　333
第十二幕　公爵冯霍尔特的府邸　339
第十三幕　浮士德公寓的房间里　342
第十四幕　浮士德，宅中一室　348

埃格蒙特　355
〔德〕歌德

人物角色　358
第一幕　360
第二幕　379
第三幕　397
第四幕　406
第五幕　424

赫尔曼和窦绿苔 443
〔德〕歌德

卡里俄佩 446
特尔西科瑞（舞神） 452
塔利亚 460
尤特普 463
波利希姆尼亚 469
克里奥 475
厄拉托 483
墨尔波墨涅 488
乌拉尼亚 491

浮士德悲剧

The Tragedy Of Faust

〔德〕歌德　著

主编序言

乔恩·沃尔夫冈·冯·歌德是德国最伟大的文学巨匠。1749年8月28日，歌德出生于法兰克福。歌德的父亲在当时有一定的学识和社会地位，他亲自督导歌德的早期教育。歌德年轻时曾就读于莱比锡和斯特拉斯堡的大学，1772年，他在威泽拉当了一名律师。后应塞克—魏玛公国公爵卡尔·奥古斯塔的邀请，他于1775年迁居魏玛公国，并在那儿开设了一系列的政务办公室，同时成为公爵的首席顾问。1786～1788年，歌德远足意大利，1791年歌德回到了魏玛，监督、经营公爵的戏院直至1817年。1792～1793年他参加了抗法战争，此后他结识了席勒，并与之成为好友，这份友谊一直持续到1805年席勒辞世。1806年歌德与克里斯汀·乌尔匹沃斯小姐结婚。大约自1794年起，直到1832年3月22日歌德于魏玛公国逝世，这期间他将大部分精力专注于文学创作。歌德一生著作颇丰，在迁居魏玛之前，他最重要的作品是他于1773年写的悲剧《葛兹·冯·伯利欣根》。这部作品是他的成名作。此后他的小说《少年维特之烦恼》，让他在那个狂飙猛进的年代声名大噪。在结识好友席勒之前，歌德就已经开始了小说《威尔赫尔姆·迈斯特》，戏剧《伊菲格涅》、《埃格蒙特》、《多夸托·塔索》、《雷伊纳克·福席斯》、《威尔赫尔姆·迈斯特》的续传和美丽的抒情短诗《赫尔曼和窦绿苔》的创作。《罗马哀歌》是他在结识好友席勒后创作的。席勒去世后，歌德创作了《浮士德》、《亲和力》，自传《诗歌和真理》、《意大利行记》，还有许多科学论文及一系列关于德国艺术的论文。

尽管上述的枚举只罗列了歌德最主要的作品，但这些作品已足以向世人展现歌德这位天才非凡的创作想象力和他的博才多艺。古往今来，世界级的大文豪中，能拥有如此丰富多彩的人生，或者说在多个领域都颇有建树者实属罕见。他的从政经历和科学研究活动，在我们今天看来较其艺术成就而言实属不足称道，然而却显示出其在诸多领域具有相当优秀的适应能力。而这些能力正好赋予了他豁达的个性，广阔的胸襟。在这一点上，他是无与伦比的，是前无古人，后无来者的天才。

歌德艺术魅力最伟大、最具代表性的表达形式都淋漓尽致地在他的戏剧《浮士德》中表现出来。在欣赏其巨著之前，先了解其故事的创作背景—— 一个古老而广为流传的传说，关于将自己灵魂出卖给魔鬼的故事——是颇有必要的。民间传说中的浮士德博士原本自诩为哲学家，他在16世纪游历德国，靠玩魔法把戏、给人算命或用巫术给人占卜挣点钱。1540年，浮士德神秘地死亡了。有传言说：浮士德生前与魔鬼有契约，魔鬼赋予他魔力，后来契约到期了他的灵魂就被魔鬼收走了。1587年，传说他又复活了，民间冠之以许许多多的英雄事迹，他的故事给世人过度世俗的物欲以及那个时代所倡导的“以人为本”的古典美学观念发出了严重的警告。就这点而言，浮士德是基督教新教教义早期盛行的一个缩影，也是对文艺复兴时期崇尚科学和古典道德规范倾向的反叛。

在德国出版了许多关于浮士德的书，他的故事被翻译成英语传入英国，后被英国文学家克里斯托弗·马洛改编为戏剧。英国的演员们又将马洛的作品带到德国演出，德国的表演艺术家们开始模仿英国人的表演演出该剧，其先是被改编为场面壮观的荒诞剧，后来被改编成木偶剧。通过观赏木偶剧，歌德熟知了浮士德的故事。

歌德二十岁的时候，浮士德的故事激发了歌德的创作灵感。在歌德去魏玛公国的前三年里，他坚持不懈地写了浮士德的许多幕故事和部分人物对话。尽管在创作的过程中他曾经三度辍笔，但总是得以继续，他一生笔耕不辍直至生命结束。因此，这部作品的写作周期，从他的首部悲剧样稿到最后的剧本定稿历时六十余载。在此期间，从剧本的结构到主旨都经过巨大的修改，这必然给该作品的整体性带来了影响；但另一方面，完成这部剧作所需的坚持不懈和孜孜不倦——从青春少年到皓首老翁，又以一种特殊的方式充分而完整地反映了歌德的个性。

这部戏剧于1790年以片段的方式为公众上演；1808年上演了完整的首部戏剧；1833年，也就是作者去世的第二年，该剧的第二部分被出版。早在1770年歌德还在创作《诗歌和真理》时，他就曾在斯特拉斯堡对海德说："那个深刻得令人难忘的木偶剧故事，在我的脑子里轰鸣回响，徘徊不去，很早的时候就勾起了我想把它写出来的虚荣。我的一生不断地尝试着将它写出来，但结果却总是令我不满意和郁闷。我心里对此一直耿耿于怀。我只能在寂寥的时光里，思索着它们聊以慰藉，但没能写下只言片语。"如果不去深究这段内心感受背后的深意，我们不难看出歌德对那个古老传说中故事的主人翁的同情是他对这个故事痴迷的缘由，这也解释了为什么歌德偏偏要描写浮士德被天谴的故事。在西方，人们都习惯性地认为浮士德受到天谴是自己作孽所致。

就创作素材而言，浮士德的创作取材于民间传说，但其最终成卷的基本构思则可能源于马洛的《浮士德博士的悲剧》。早在1674年，浮士德的生活有了一段哲人爱上女仆的经历，格丽卿的爱情故事就是歌德本人生活的写照。其他添加于剧情的素材可以看作马洛的翻版。

不得不提的是，歌德所描写的浮士德与传统悲剧的理念相悖，他没有习惯性地把浮士德描写为受人唾弃的怪物，而是像作家但丁的圣诗一样，不惜笔墨地塑造这个人物。作者的这种显而易见的反叛意识，在其提及的写作方式中可以找到。歌德的《浮士德》的写作开始于他极富浪漫情怀的青年时代，他肆无忌惮地吸纳了传说中的许多神话元素，忽略了浪漫情绪中的理性和貌似合理性。当他在19世纪纪初，重新开始该剧的创作时，歌德本人的艺术创作水平已经有了极大的提升。此外，当时超自然的东西只能作为某种象征性的事物方可被公众所接受。于是他将浮士德塑造为为了自己的目的而不懈努力，追求自己感官上的彻底满足的象征性的人物。他通过自己剧本的前序——《天界序曲》的描述将读者的理解引向这个方向。所有这些元素的精巧融入贯穿着《夜》、《舞间曲》等一幕幕场景，场面震撼，且充满着无尽的寓意，但却与人类悲剧显得有些格格不入。这样的情况贯穿着整部话剧，从第一幕到最后一幕，显得很真实，如《地窖宴会》、《马莎的肖像》、《复活节晨的漫步》、《玛格丽特的个性和命运》。正是这些素材吸引了大批的读者和观众，这些东西也在实际的舞台表演中自然而然地得到了强化，也正是这些唯美的东西使得《浮士德》成为了一部伟大的戏剧；歌德将自己在人类生活谜团中的徘徊思索所得投射到某些象征性人物身上，并将其复杂化，使之更加具有影射意味。在戏剧的第二部分，剧情更多的复杂性和更加深邃的寓意必定增加其理解的晦涩程度。但所有这些也奠定了其与《约伯记》、《被缚的普罗米修斯》、《神曲》以及《汉姆雷特》这些传世之作并驾齐驱的崇高地位。

查尔斯·艾略特

献　词

轻轻地，你们缥缈的身影缓缓走近，
曾经的影子慢慢浮现在我迷蒙的眼前。
这一次，我是否应该将你们握紧？
或许我内心还向往着曾经的梦境？
来吧，来将我紧紧拥抱。
你们从云雾中涌现在我的四周，
我胸中的情感如青春般跌宕起伏，
交织着你们带来的快乐时光。
在那些快乐的影像中，你们的身影不断浮现，
连同青春年少时的初恋和友谊也一齐浮现。
痛苦重生，哀叹那挥之不去的悲伤，
或叹人生无法摆脱歧路迷津。
我的那些朋友都先我而逝，
只留我在人世悲泣往事，
是多劫的命运夺走了我们那些美好的时光。
那些听过我前部诗歌的人们，

再也无法听见我续写的诗篇。
知音不在，
我们的友谊已化作云烟消散，
当初的回响也已寂然无声。
我的悲歌将为陌生的人群而唱，
他们的赞美勾起了我心中的哀怨。
那些曾经喜爱我诗歌的人们啊，
纵然活着，也已四散飘零！
忽然间，我心中有种久违的渴望，
令我神往那庄严、安寂的幽冥世界。
我的低吟浅唱如风神之琴，摇曳不定。
我浑身战栗，泪流满面，
纵然心若磐石，亦能化为柔情。
忽然，我眼前的一切渐渐远去，
而那遥不可及的过去却重现眼前。

舞台序曲

剧团团长，剧团诗人，丑角

团长

每当我遇到艰难和困苦，
你们两位好友总会帮助我。
关于这次到德国来演出，
你们不妨说说你们的意见。
我当然是想取悦观众，
赢得他们的掌声，
这样才算是皆大欢喜。
厂棚高张，座场停当，
人人都期待着这场盛宴。
他们扬眉端坐其中，
静静地等候着戏剧的开场。
虽然我知道该如何取悦观众，
但从未如此紧张不安过。
他们虽然很少看到佳作，
但是也读过不少戏剧文章。

我们要如何创新，
让演出有震撼力，又有新鲜感，
既富寓意又能愉悦大众?
我乐于看见观众像潮水般涌入我们的戏院，
仿若求神赐福的人群，争前恐后。
在白天四点之前，就跌跌撞撞跑到票房来，
就像闹饥荒的难民到面包店争抢面包，
为了一张戏票，不惜把脖子挤断。
要想让大家都进入如此痴迷的状态，
只能靠你了，我的诗人朋友。

诗人

不要再跟我提那些混乱的人群。
看他们一眼，我的灵感就会逃走。
我求您挡住那汹涌的人潮，
我不想被他们卷入旋涡之中。
哦！我还是躲到天堂某个安静的角落里。
那里的快乐纯净无瑕，才能让诗人独享；
那里的友谊和爱情才能获得神的赐福——
只有通过上帝之手的抚慰，
心灵才会获得真正的幸福。
那些从我们心灵深处涌出的诗句，
或从我们唇边轻吟而出的段落，
有时索然无味，有时清新隽永，
都被瞬间释放的噪音吞灭。
诗人往往要积累许多岁月，
才能写出完美的作品。
一时的炫耀不过是过眼云烟，
传世佳作才可以经久不衰。

小丑

我可不爱听所谓的传世不传世！
要是大家都谈什么传世，
谁来给现代的观众逗乐子？
他们想要的是消遣，寻的是开心。
剧中安排一个我这样的小伙子，
我想这多少能起点作用。
只要能够快乐地四处吹嘘，
谁又会在意那些褒奖或批评。
乐得一群人围成一圈，
观众越多就越能让他们开怀大笑。
我的朋友，拿出你的看家本领，
发挥你的想象，加上各种合唱，
将那些悟性、理性、感觉、激情全都用上，
但要留意，这其中要穿插一些笑料。

团长

最重要的是要有复杂的剧情，
他们喜欢用眼睛看他们钟情的戏。
只要我们能将眼前的场面演绎得炫目多彩，
使观众看得目不暇接，
你们就会受到热捧，赚得名气。
花样越多，呈现得越丰富，
越会同时满足不同的人的渴求，
于是所有人都开心地走出剧场。
一场戏，不妨多分几幕来写。
这叫杂烩法——烹饪起来容易，
你写出来也容易。
不要再费尽心思写什么完美佳作，

看的人终会当着你的面把它撕碎。

诗人

你们不觉得这样的手段多么卑劣吗？
让艺术家觉得有多么恶心！
我知道那些纨绔子弟喜欢的玩意儿，
成了你们奉行的金科玉律。

团长

这样的责备我一点也不在乎！
一个人若想成功，必须懂得以退为进，
需要学会选择自己的利器。
你得明白杀鸡焉用牛刀，
你得明白你是为谁在写剧！
他们有些只是无聊消遣；
有些只是吃饱了没事做；
更有甚者，只是看厌了报纸与杂志，
成群结队而来，仿佛是来参加化装舞会，
只是出于好奇才脚步如飞。
女人们拼命梳妆打扮，卖弄她们的风情，
俨然免费在替咱们拉票宣传。
你高坐诗坛又能如何？
难道观众满场就能使你满足快乐？
仔细看看这些人的表情吧！
他们一半冷漠，一半粗俗。
看完戏后，有的想找人玩牌，
有的想在妓女怀中放荡过夜。
你我这样的俗人何苦要为这样的小事，
使高雅的缪斯女神受难？

我劝您，按我说的那样多写几幕这样的戏，
多多益善。
只需要把观众弄得晕头转向，
别再想什么让他们心满意足。
让他们心满意足——这可不容易。
你的意思呢？是欢欣还是痛恨？

诗人

去吧，去别处找个这样的狗奴才！
诗人怎可滥用上帝赐予的才华！
那至高无上的是非观，
岂能因你的卑劣贪婪而亵渎！
他以什么打动人心？
又如何震撼这个世界？
只有从心灵深处涌出的诗篇，
才能震撼人们的心灵。
自然空缫着长丝，
永生永世地在纺锤上运转；
众生只是喧闹嘈杂，
相互攻击碰撞发出刺耳的声音。
是谁划分出这整齐的音节，
使它成为美妙的旋律？
是谁呼唤万物融为一体，
合成了奇妙的乐章？
是谁使狂风暴雨怒号？
是谁使落日余晖成霞？
是谁将娇艳的春花
撒向情侣散步的小道？
是谁把平凡无奇的绿叶

编织成荣誉的冠冕以表功绩？
是谁守护着奥林巴斯山，聚集众神？
要知道，人之力须由我们诗人来体现。

小丑

那么你就用你所谓的那种力量，
来经营诗的业务，
像经营一场冒险的爱情。
从偶然邂逅的爱情，
到难舍难分的激情，
随着幸福的增多，
烦恼也随之增多，
于是，欢乐和痛苦相互交织，
不经意间，写成了一本小说。
让我们也编写一个这样的戏本，
只要我们能深入生活中取材。
每个人都有切身体会，
而大多数人不能将其渗透，
等你落笔而就，世人顿觉惊喜连连。
绚烂的色彩使人看不清楚，
迷茫中夹杂着真理的火光。
美酒就这样酝酿而成，
世人皆来欢快畅饮。
才子佳人聚拢到你的舞台前，
聆听你剧中的启示，
吸取你忧郁的情怀。
这个感动，那个兴奋，
每个人都看到自己的内心世界。
他们既哭泣又欢笑，

沉迷那幻影迷离，执着那虚无缥缈。
成人看什么都不顺眼，
少年却常怀感激之心。

诗人

那么，也请把我的少年时代还给我。
那时诗的灵感如不断涌出的源泉；
那时云雾笼罩着我的世界，
未开的蓓蕾令人期待着奇迹；
那时我摘遍了山谷的鲜花；
那时我一无所有却又充满了热忱——
我追求真理，又追逐梦想。
请还给我冲动的本能，
那些痛苦与快乐交杂的幸福，
那恨的力量，爱的权柄，
全都还给我吧，我可贵的青春！

小丑

朋友啊，在这些情况下，
青春才必不可缺，
当你在战场与敌人短兵相接，
当绝代的佳人用双臂勾住你的脖子，
当赛跑的荣冠远远地向你招手，
当跳完剧烈的旋转舞后，
你还要通宵宴饮。
虽然你已经老了，
但是当你弹奏熟悉的弦乐时，
依然满怀热忱，
不曾迷失自己既定的目标。

老友啊，我们对你的敬意，
不会因你年老而减少。
人说，年老使人劝稚，
我说，那是青春常在！

团长

谈论已经够多了，
现在要看手段如何！
彼此相互恭维，
不如做点实事。
高谈阔论有何用？
踟蹰不前终无济。
你既然自命为诗人，
就请对诗发号施令！
我们要什么，你们应该知道。
我们想痛饮烈酒，
你们就得马上为我酿造！
今天不酿酒，明天不执杯，
不可等闲虚度了光阴；
做事要有决心，
就像揪住头发根使劲，
绝不松手，
万事自然能成功。
你们知道，在我们德国的舞台上，
谁都可以按照自己的心意排练；
不要什么道具！
也不要什么背景！
日月天光即是我们的背景，
满天星辰就是我们的道具；

水也好，火也好，岩壁也好，
走兽飞禽也好，一样也不可缺。
要在这狭小的舞台上，
走遍整个宇宙乾坤，
从容不迫地，从天堂通过人间，
直入地狱深渊。

天界序曲

（天主，天界诸神以及墨菲斯特，
三位天使长上场。）

拉斐尔

太阳遵循轨道运行，
同群星一起高歌，
以雷霆的步伐，
完成自己的旅程。
其光辉激励着天使，
竟无人知晓她的神秘；
崇高的伟业，
像开天辟地一样辉煌。

加百列

华丽的地球，
以不可想象的神速旋转；
天堂的光明与阴森的黑夜交替；
大海从岩底喷涌出巨浪，
而岩石与大海，
也被卷进了永恒的天体运行中。

米切尔

狂风暴雨竞相怒号，
从大海到陆地，又从陆地回到大海，
在四周汇成连锁般的惊人力量，
愤怒发出无坚不摧的声响。
在电闪雷鸣之前，
掣动毁灭性的电光。
可是主啊！你的使徒们，
仍崇敬你每日的谆谆教诲。

三天使

您的光辉激励着天使，
虽无人知晓您的神秘；
可您那崇高的伟业，
像开天辟地一样辉煌。

墨菲斯特

我的主人，您又屈尊光临，
垂询世间的情况，
您平时就喜欢召见我，
所以我也加入您的侍者行列前来拜见。
请原谅我说不出什么高尚的言辞，
或许我会被群仙轻视；
我的胡言乱语常常被您取笑，
如果您没改掉这样的习惯，
对于太阳和世界，我无可奉告。
我只看见世人自寻苦恼。
这世界的小神还是自私自利，
和开天辟地之初一样荒唐。

本来他们可以有更好的生活，
如果您没有用天堂之光赐予他们智慧；
他将这称作理性，并占为己有。
结果变得比野兽还要野蛮。
宽仁的上帝啊，请恕我直言，
世间的人在我看来，
简直就像长腿的蚱蜢一样，
不停地飞，又不停地跳，
一下子跳进草堆里哼唱老调。
要是总待在草堆也还好！
可偏偏见到粪堆，
他都要伸着脖子往里钻。

天主

你就没有其他的事可以说说？
就像以往一样，
你来这里只是为了发牢骚？
世间就没一件让你舒心的事？

墨菲斯特

哦，天主，我发现人世间简直糟糕透顶，
人们的悲惨令我心生怜悯，
连我都不愿意再折磨那些穷苦的人。

天主

你知道浮士德吗？

墨菲斯特

那个博士？

天主

我的仆人。

墨菲斯特

的确，这个蠢货以一种很特别的方式侍奉你，
居然拒绝食用人间的美食，
他激情澎湃，又好高骛远，
也懵懵懂懂地意识到自己的狂妄；
既想摘取天上最美的星辰，
又想获得人间至高的欢愉，
无论人间还是天上，
都无法满足他那沟壑难填的欲望。

天主

他虽然现在侍奉我还有些困惑，
我不久将把他引入澄明通达的境界；
园丁看到幼树生出青芽，
就知道会有花果点缀未来的光阴。

墨菲斯特

您敢打赌吗？
我说您一定会输。
如果您同意，
我将一步步把他引入我的魔道！

天主

只要他还活着在世上，
你要试，我绝不会阻止。
人生在世，难免会犯错误。

墨菲斯特

我感谢您的爽快！
我向来不愿和死人纠缠，
我最爱年轻饱满的脸庞，
我讨厌接待尸体，
就像猫不待见死老鼠。

天主

行了，这事就交给你了！
去引诱那个凡人的灵魂脱离正道，
如果你能掌控他，
就将他引入你的魔道。
可你终究会羞愧地承认：
一个因冲动而陷入黑暗的善人，
最终还是会回归正道。

墨菲斯特

好啦！不久就会知道结果，
这场赌局我胜券在握，
假如我达到目的，
你要允许我高奏凯歌。
让他一辈子以土为食，
而且心甘情愿，
就像我的亲戚，那条有名的蛇。

天主

那时你也可以自由地来见我；
我从不憎恶和你一样的同类，
在一切反派的精灵中，

我最不感到厌烦就是嘲笑者。
人类的行动太容易松弛，
喜欢贪恋绝对的安逸；
因此我愿意给他一个伙伴，
像魔鬼一样刺激和影响他前进的道路——
可是你们这些真正的神子啊，
欣赏这生动而丰富的美吧！
让生生不息的世界用爱将你们环绕，
那游移的现象几载沉浮，
用持久的思维将它牢牢捕捉！
（天门关闭，天使长退散）

墨菲斯特

（独白）我有时挺乐意见一见这位老人，
小心不和他把关系弄僵。
他不愧为一位伟大的天主，
即使和我这样的恶魔交谈，
也这么和蔼可亲。

夜

高拱顶的，哥特式的狭窄房间

浮士德不安地坐在书桌旁

浮士德

唉！我对哲学、医学和法学，
包括神学理论，都已研究透彻，
到如今，我这个愚人虽满腹经纶，
却没比以前更聪明；
号称什么硕士，更叫什么博士！
十来年，我牵着学生们的鼻子，
东西南北，四处闯荡，
这才知道自己所知有限！
这简直令我心急如焚！
比起那些不值钱的博士、教士，
以及一些纨绔子弟，
我虽然聪慧许多；
没有犹豫和疑惑可以打搅我，
也不怕什么地狱和恶魔——

为此，我被剥夺了一切欢乐！
再也不敢以为自己通晓天地，
也不敢好为人师，
教导人们改邪归正。
我既无钱无权，
又无德无名；
就是狗也不想这样活着！
所以我才求助于魔法，
要想通过精灵的魔力和咒语，
揭开许多神秘的面纱；
使我不再汗流浃背，
讨论一些自己不知道的问题；
使我对宇宙的核心有所感悟；
使我能观察一切根基和效力，
不再从故纸堆中查询。
哦，盈满的月光，
但愿你是最后一次看见我的忧伤，
多少个午夜不眠，
我坐在书案前守望着你。
我忧郁的朋友啊，
你的柔光照在了我的残书上！
唉！希望我可以借着你的清辉步上山巅，
与精灵一起在山间的草地上飞舞，
摆脱一切学识的枷锁，
快乐而健康地沐浴在清露中。
唉！难道我还要在这监牢中枯等下去？
这该死的幽暗洞穴，
连从有色玻璃透过来的天光
也暗淡失色！

更有这被虫蠹败坏的古书堆，
一直堆到了屋顶，
烟熏的旧纸到处都是；
周围满排瓶瓶罐罐，
还有各种器械，
以及老祖宗留传下来的家具混杂其间——
这便是你的世界！这也算是一个世界！

我的天！
难道你还要问，
为什么你总是感到烦闷不已？
为什么一种无名的苦痛，
压抑着你生命的脉搏？
上天创造了人类，
让人进入大自然中，
你不投身其中，
反而甘愿被烟熏霉腐和人骸兽骨所包围。
起来！快逃吧！逃往遥远的国度！
难道这本诺查丹马斯亲手写成的神秘书籍，
还不足以成为你的向导？
如果你能了解星辰的运行，
得到“自然”的点化，
你就会忽然顿悟，
就像是精灵和精灵之间的对话，
仅依靠枯燥的悟性，
解不透圣灵的符咒！
飘浮在我周边的精灵们啊，
如果能听见我的话，就请回答我吧。
（他打开书本，看到了宇宙的大灵符）

啊！这一刻，
我的内心是多么狂喜，
它使我耳聪目明，
我感到年轻而神圣的生命之福
重新流遍我的神经脉络。
是神创造了这道灵符，
来治愈我心灵的狂躁；
将欢悦注入我悲伤的心田，
以不可思议的神力，
将大自然显现于我眼前；
从这些纯净的笔锋中，
我看到自然的灵力在流转，
这时，我才领悟先哲的箴言：
“灵界的大门并没关闭，
是你的感官死了，你的心死了。
年轻人！奋起吧，不要再迟疑，
快在那晨光中洗涤尘怀。”
（低头看符咒）
万物交织成为一体，
彼此相连，又彼此相依！
天力如何上升下降，
在三界中互相传递金桶！
散发天香的翅膀鼓动，
穿越天上人间，
和谐之鸣响彻穹宇。

多么美丽的奇观！
唉，可惜只是一场幻景！
我该从何处把握你？自然母亲！

从哪儿能找到您的乳房？
您是生命之源，天地所依，
我枯竭的灵魂所向往的地方——
你澎涌，你哺乳，
而我的渴望只能是枉然？
（他愤然翻开书页，发现了地灵符咒）

这道符咒给我多么不同的感受！
地灵啊，你对我来说更加可亲，
我已感觉到我的力量大增，
仿佛饮了新酒一样热血沸腾；
我忽然有了要到世间去闯荡的勇气，
要将这世间的酸甜苦辣挨个品尝。
与狂风暴雨奋战，
即使舟破船沉也丝毫不慌张。
我头顶乌云集结，
月亮也收敛起了光芒，
灯光渐灭，烟雾弥漫！
红光在我的头顶闪烁，
阴风从屋顶吹下，
战栗的恐怖揪住我的心！
我感觉到了它，
被至诚召唤而来的精灵
正在我的四周飞行！
请你显灵吧！
哈！我的心竟这般激动不安！
这种新的感觉，
使我所有的感官激荡翻腾！
我觉得我将整个心都交给了你！

快点现形吧！
哪怕为此牺牲我的性命！
（他拿起书本，神秘地念起了灵符。一团淡红色的火烟闪动，精灵出现在火焰之中。）

精灵
是谁在召唤我？

浮士德
（把脸转向一旁）好可怕的模样啊！

精灵
你用魔法，祈求我现身，
我长时间在我的世界里烦扰，
结果现在——

浮士德
我的天，你这样子我消受不起。

精灵
是你苦苦哀求着，说要见我，
要倾听我的声音，瞻仰我的面容，
我被你的强烈的心愿感动——
我现在来了！——你却吓成这副可怜相。
你内心的渴望哪里去了？
你想要构造和吞没一个世界，
与我们精灵并驾齐驱的胸怀哪里去了？
那个不停在我耳边祈求的浮士德哪里去了？
那个拼尽全力想要接近我的人哪里去了？
他就是你吗？

这个只要我出口气就浑身颤抖的可怜虫吗?

浮士德

火焰的影子，难道我怕你吗?
我就是浮士德，你的同类!

精灵

我是生命中的浪潮，事业里的狂风，
潮来潮去，
飘来忽去!
生生死死，
一片永恒的大海，
一条连续的波浪，
一段跌宕起伏的生命:
我就在这轰鸣不止的织机旁，
不停地劳作，
为神编织着生命的外衣。

浮士德

你这个在大千世界周游不息的精灵，
我感觉自己和你是多么的相似!

精灵

你只不过是像你理解中的那种精灵，
并不是像我!
（精灵消失）

浮士德

（惊倒）不像你?

那么，像谁？
我这个神的肖像！
竟然不配和你相像！
（此时，敲门声传来）
哦，见鬼！我知道是谁——是我的助手，
我最美好的幸运就这样终结！
这精灵显灵的须臾，
就这样被这个无知的庸人断送了！
（瓦格纳穿睡衣戴睡帽持灯上场；浮士德不高兴地转过身去。）

瓦格纳
对不起！我听见你在这里朗诵；
你一定是在读古希腊的悲剧吧？
我也想在这门学科上有所提高，
因为现在它实在是很有用处。真的。
我常听人说：戏子可以当牧师的老师，
给他们提很多改进意见。

浮士德
对啊，假如牧师是个戏子，
倒也有可能会落到这般田地。

瓦格纳
如果人们每天都埋首在书斋里，
只有极少的节假日才偶尔出去，
只从望远镜里看世界，
又怎么能说服指导世人呢？

浮士德

如果你无法感觉到，
那些从你心灵深处迸发而出的强烈情感，
又怎么能打动所有听众的心？
你只是永远坐着，东拼西凑，
用别人的残羹剩盏来调制美食，
再从你那一小堆的灰烬上，
吹起几股微弱的火苗！
如果这就是你的兴趣，
或许会有小孩和猢狲赞赏，
可是，只要你有一点言不由衷，
那你就绝不可能与别人心意相通。

瓦格纳

只有演说家才能雄辩滔滔，功成名就，
而我在这方面的修为，还远远不够。

浮士德

你尽管去追求雄辩的利益！
别做头戴铃铛的傻子！
只要你有悟性且言之有据，
就算没有演说技巧也能表达情思；
诚实地说出你心里想说的话，
又何必咬文嚼字？
哪怕你说得天花乱坠，
将人的思想撕得粉碎，
那也好似秋风吹散枯叶，
一样地见惯不惊！

瓦格纳

天呀，知识浩瀚如海，
而我们的生命却如此有限。
我致力于批判的研究，
身心俱疲，惶恐不安。
那追溯本源的良方，
多么不易探求！
只怕还达不到研究的一半，
我这条可怜虫就已经一命呜呼！

浮士德

羊皮古书难道是止渴的圣泉，
喝上一口就能永远不渴？
只有你内心深处的涌泉，
才是能给你续命的甘泉。

瓦格纳

请原谅，我潜心研究各个时代的精神，
它们使人感到莫大的欢乐，
我想看看先哲们的思想如何，
我们后辈有没有将其发扬光大。

浮士德

是的，我们一直发扬到了星辰那么远！
我的朋友，我们过去的时代，
对于我们就像是七重封印的古书。
人们所说的那些时代精神，
其实只不过是学者们自己的精神，
在各个时代的反映而已。

所以其常常以悲剧收尾！
世人一看见你们就惊恐逃遁：
仿佛看到了臭垃圾或废品坑；
那充其量也不过是一部王侯的兴衰闹剧，
混杂些冠冕堂皇的警世格言，
只适用于傀儡木偶剧的舞台！

瓦格纳

但是在这个世界，
人们总会想认识一下正道人心吧。

浮士德

得了吧，你必须弄清楚什么是所谓的认识！
谁会幼稚地对认识直言不讳？
历来有所认识的少数几人，
都在公众面前心无设防，
公开吐露他们的思想和感受，
结果不是被绞死，就是被焚身——
朋友，请原谅，夜色已深，
我们的这次谈话就此结束。

瓦格纳

我原想继续洗耳恭听你的高论。
明天是复活节的第一天，
请允许我再来讨教几个问题；
我潜心研究学问，
尽管懂得不少知识，
但我希望知道全部。
（退出）

浮士德

（单独一人）

他的脑中还存有希望，
执着于往脑中倾倒垃圾。
贪婪的双手不断地挖掘宝藏，
即使只找到了蚯蚓之类的爬行动物，
他依然狂热不倦！
怎么能容许这样的俗世凡人，
进入我这被精灵环绕的地方？
但是这次，我要感谢你了。
是你把我从绝望中救了出来，
它几乎把我的神志彻底摧毁。
哦，那个幻象是如此巨大！
相比之下，我简直成了一个侏儒！
我是神的肖像，
自以为与永恒真理的镜子很接近，
在天辉和澄明之中自得其趣，
脱去了肉眼凡胎；
我自以为超越了火焰天使，
令自由的力量流过大自然的脉络，
试图在创造中享受神的生活，
到头来却不得不自食其果！
一声雷霆似的呵斥犹如当头棒喝。
我不敢与你相比！
就算我有力量把你召来，
却没有力量将你挽留。
在那幸福的刹那，
我觉得自己既伟大又渺小；
你残酷地将我踢回到，

还不确定的人类命运之中。
我应向谁请教？或者我该何去何从？
难道我任由那种冲动支配我的行为？
唉！我们的行为，如同我们的苦恼，
是它们阻挠了我们生命的进程。
即使心灵臻于最庄严的境界，
也总会有各种异质掺杂其间；
如果我们达到了今世的善，
于是更善的便叫作幻想和诈欺。
那赋予我们生命的美妙情感，
便会麻木在尘世的扰攘里。
如果幻想在平时鼓起勇敢的翅膀，
满怀希望地飞向永恒的境界，
那么，当幸福在时间的旋涡中坠毁，
它就满足于这狭小的空间，
忧愁开始在心灵深处筑巢，
在你的心灵深处酿造隐痛。
它辗转反侧，扰乱宁静和欢娱，
还常常更换新的面具：
或现形为家庭、妻室和儿女，
或现形为水、火、匕首和毒剂；
你会对不相干的灾难战栗，
也不得不为那些你不愿失去的东西落泪。
我不同于神灵！这一点，我深有体会！
我只是泥土里的爬行动物，
以尘土为粮而苟延生命，
一遭行人的践踏即葬身尘泥之中。
这道数百架破书堆砌而成的高墙，
破旧的家具里堆满了废垃圾，

在蛀虫的世界里将我囚困？
难道我缺少的东西能在这里找到？
或许我要读破万卷书，
才能明白这世间到处都是贫苦之人，
幸运的宠儿，难得几个？
你为什么对我冷笑，空洞的骷髅？
难道你像我一样迷惘过？
为了寻找光明而陷入困境，
追求真理而悲惨地误入迷途。
你们这些有柄、有环、有轮、有齿的器械，
无疑也在讽刺我。
在通向自然的入口，你们就应当是钥匙，
虽然你们玩尽钥匙扣，却还是打不开这道门闩。
大自然在光天化日下依然蒙上了一层神秘之纱，
凡是它不愿向你的心灵表露的东西，
就算你用杠杆、用螺旋也撬不开。
老而无用的工具，还摆在那里，
只因为我的父亲曾使用过你；
你这古老的卷轴，也蒙上了经年的烟尘——
我早该把这些微薄的财产挥霍殆尽，
以免被它们拖累得大汗淋漓！
凡是你从祖先那里继承的财产，
只有努力获取才能据为己有！

用不着的东西都是碍手的累赘，
只有眼前制作的东西才会使我得心应手。
为什么我的目光总是盯着那个地方？
难道那个小瓶子可以有像磁铁一样的功能？
为什么我会突然间豁然开朗，

仿佛夜间的月光穿透了黑暗的森林?
这珍贵的长颈玻璃瓶，我虔诚地将你取下来，
表达我最诚挚的敬意。
敬佩你身上有人的智慧和技能。
你是催眠药剂的浓缩，
你是镇痛良药的精华，
请向你的主人显显你的功效吧!
看见你，我身上的苦痛就减轻，
抓住你，我心中的焦渴就会消逝，
精神的浪潮渐渐平息。
我被你引入无边无际的海洋，
海水如镜，在我脚边闪烁晶莹，
新的一天把我带到了新的岸边。
一辆带着火焰的车在风的助势下向我冲来!
我已准备就绪，在新的轨道上穿过时空，
前往自由自在的遥远新天地。
这是崇高的生存！这是神灵的狂喜!
你只是微小的虫蚁，怎配享受这些?
好吧，那就坚决背弃人间温煦的阳光吧!
大胆地冲开那人人甘愿受苦受难的地狱大门吧!
现在正是用行动来证明的时候了，
堂堂男子的尊严不会屈从神的崇高，
不会在那幽暗洞穴面前退缩。
尽管知道自己在那里注定会受尽折磨，
也依然努力向那个通道前进，
虽然地狱之火在那狭窄的入口燃烧;
你去打通吧，打通那条通道吧，
哪怕是危险坠入虚无。
啊！晶莹透明的酒杯，请现在下来吧!

我要将你从我遗忘多年的古董匣中取出，
你曾在祖辈们的宴会上大放光彩，
曾经在宾客们的觥筹交错间，
让客人们欣然色喜。
你那杯上的精致花鸟人物
雕刻得栩栩如生，
令饮者无不为你吟诗作赋，
我将杯中酒饮尽，
忽然忆起曾经那些风流往事。
如今我不再把你递给别人，
也不愿在艺术上突显我的才能。
这里有令人一饮即醉的佳酿美酒，
那棕色的液体向你口内注倾。
它由我亲手挑选，亲手调匀，
现在，这是我最后一次开怀畅饮，
作为节日的崇高祝福献给清晨！
（把酒杯举至嘴边，钟声与合唱声传来。）

天使们合唱

基督已复活！
将欢乐赐予世人，
消除不幸的纠缠，
消除那些隐蔽的、
危险的、从先人那里遗传的缺陷，
如今可全体沐浴圣恩。

浮士德

这是怎样深沉的低吟，怎样清朗的声音，
竟惊得我猛然将酒杯从嘴边移开？

这低沉的钟鸣声，
是否在宣告复活节的到来？
那曾在深夜的幽穴中由天使们唱过的安慰之歌，
现在又被合唱班悠悠唱起，
用这安慰之歌来缔结新盟？

妇女们合唱

我们是他的信徒，
我们给他抹上香料和香膏，
用布帛与绷带将它精心缠裹；
把他收殓得干干净净，
唉，我们在这里，
可是基督已经长眠。

天使们合唱

基督已经复活了！
主将赐福给那些经历了人世痛苦，
却依然不忘救济他人的仁爱之人。

浮士德

你雄厚而婉转的天声，
为何在尘埃中找寻我的踪迹？
你大可以去那边鸣响，
那里有温柔的人们。
我虽听到了福音缭绕，无奈心中缺乏信仰，
而奇迹是信仰的宠儿。
我不敢向那传来福音的世界行进。
这是我幼年耳熟能详的声音，
现在又唤回了我的生命。

在那安息日的静谧之时，
我曾受过天恩眷顾，
那时钟声响亮，意味幽长，
虔诚的祈祷令人欣慰释怀，
一种不可言语的强烈向往，
驱使着我穿过森林和草原；
热泪从我脸庞流淌，
我感觉到一个新的世界为我而生。
这歌声宣布了青春节日的欢乐，
宣告了阳春佳节的自由欢喜；
儿时的记忆在我脑海涌起，
这才阻止我走严重的最后一步。
哦，继续唱下去吧，这些甜美的圣歌！
我泪如泉涌——这世界又重新有了我！

门徒们合唱

如果被埋葬者，
已经升天，
不死的圣人，
遐举庄严；
主在化育之中，
接近创造之乐；
唉，可怜的我们，
匍匐在地，悲苦生存。
他不顾我们的苦苦思慕，
将我们舍弃。
哦，主啊，
我们为你的幸福而啼哭！

天使们合唱

基督已经复活，
从腐朽的尘寰当中；
他满心欢喜地，
解开身上的羁绊束缚！
用行动赞美主的人们，
将仁爱奉献主的人们，
博爱而广施的人们，
旅行以传道的人们，
主之恩惠降临，
主在你们身边，
主与你们同在！

城门口

（各种游人从内走出。）

几个手艺学徒

往那边走要去做什么？

另外几个

我们正要去猎人之家。

第一批的几个

我们想到磨坊去逛逛。

学徒一

我劝你们还是去水榭吧。

学徒二

那条道可没有什么景致。

第二批的几个

那你怎么办呢？

学徒三

我和大伙儿一起走。

学徒四

到镇上去吧，那里一定有最漂亮的妞儿，
最好的啤酒，连打架闹事也是第一流。

学徒五

你这荒唐的家伙，挨了两次打，
难道你的皮又第三次发痒欠抽？
我可不想去那儿，我讨厌那里。

使女甲

不要，别！我想要回城去。

使女乙

我们肯定会看见他站在那儿，柱子那里。

使女甲

他在哪里，关我何事！
他老围着你转，只跟你跳舞，
你倒是风流快活了，我又能怎么着？

使女乙

他今天肯定不是一个人，
他说，那个鬈发小伙子会与他同行。

学徒一

瞧，那些女人走得多带劲！
老史，来吧，我们跟上去。
一杯浓烈的啤酒，一卷辣口的烈烟，
和一个打扮时髦的姑娘，这才是我的最爱。

城里姑娘

瞧那些漂亮的小伙子！
我说，可真掉价，
本来可以结交上流社会的名媛，
偏去追那些下贱的丫头。

学徒二（对第一个）

别走那么快！后面又来了俩姑娘，
她们打扮得十分漂亮，
其中一位姑娘还是我的邻居，
坦白地说，我对她倾心已久，
虽然她们的脚步缓慢，
但我们最终会相遇。

学徒一

老兄，我可不喜欢那种忸怩作态的姑娘，
快点！咱们可别跟丢那份即将到嘴的野味！
星期六握扫把的手，
星期天会将你温柔地抚摸。

市民一

不，我一点也不喜欢那位新镇长，
他上任后，除了一天比一天猖狂，

可为这城市做过些什么？
日子是越来越不好过！
人们越来越逆来顺受，
上缴的税收也越来越多。

乞丐

（唱）善良的老爷，漂亮的夫人，
你们装饰齐整，脸颊红润，
请可怜我这般光景，
接济下我这个穷苦的人，
别让我白白地在这儿乞讨。
只有乐善好施的人才会快乐，
在这人人欢庆的佳节良辰，
我也希望能有点收获。

市民二

在星期天或过节的日子里，
不知还有什么比和别人闲聊
一些战争方面的消息更为惬意的事情。
在遥远的土耳其那边，
各国人民正打得不可开交；
我们靠在窗前，一边喝着啤酒，
一边望着河面上各种船只驶过，
直到半夜，我们才高兴地回家。
祝福和平，祈祷太平盛世！

市民三

可不是！老邻居，
我也和你一样想法！

他们打破脑袋，搞得天下大乱，
我都不管，
只要我们这里依旧平安！

老妪（对城里姑娘）
天呀！这年轻美丽的姑娘！
打扮得好俊俏！
谁见了不神魂颠倒？
只是别太故作矜持！
这样就已经很好！
只要是你们想要的，
我准能帮你们办到。

城里姑娘
阿加莎！快走，我一直留心！
别和这样的巫婆公开同行，
虽然她在圣安德烈节前夜，
让我亲眼看见未来的情郎。

城里姑娘二
她也让水晶球里出现了我的情郎，
是个士兵，他和几个军人站在一起，
显得英气十足；
我四下张望，一路到处寻觅，
可就是见不到他的面。

士兵们
墙堞高耸的城堡，
心高气傲的女郎，

这两者都是我占领的对象！
攻城掠地虽费些功夫，
但是犒赏很隆重！
让冲锋的号角尽情地吹响，
寻欢作乐与沙场杀敌都一样。
需要前进！
需要冲锋！
攻打敌人的城堡，
占领女郎的坚城。
虽然需要费些功夫，
但犒赏却很隆重！
所以士兵们才奋勇前往。
（浮士德和瓦格纳上。）

浮士德

由于明媚春光的眷顾，
河流和小溪都已解冻，
幸福的希望绿遍了山野；
老迈衰弱的残冬，
已躲进荒山野岭中。
可是它一边逃跑，
一边还向绿野山谷播撒阵阵无力的雨雪。
但阳光容不得冰雪放肆，
到处活跃着生机和繁茂，
使万物复苏，异彩重重；
可是城区中还缺少鲜花的色彩，
于是就用盛装的红男绿女代替。
试从这高处转身，再向下看！
衣着五颜六色的人群，

从那黑洞洞的城门涌出来。
每一个人乐于在今天游玩。
他们庆祝基督的复活，
因为他们自己复活了：
从低矮的陋室里，
从工商贸易的束缚里，
从屋顶山墙的压迫里，
从接踵摩肩的街巷里，
从阴气森森的教堂里，
大家一齐被带入这光明中。
快看呀！熙熙攘攘的人群，
分散在花园田野，
还有河面上漂浮着的那些载满欢乐的小船，
刚刚离开的那只船，已满载得快要下沉，
才有些不舍地离开这儿。
哪怕是在遥远的山间小路，
也有红红绿绿的服饰耀眼。
我已听到村落的喧嚣，
这儿是人民的真正天堂，
男女老幼都一样欢呼：
在这里，我才感觉到自己是个人！
当之无愧的人！

瓦格纳
博士先生，和您一起散步，
实在不胜荣幸，而且受益颇多；
可我不会一个人溜到这里来，
因为我敌视一切粗野的行为，
乱弹，乱叫，九柱戏，都是我最憎恶的，

我极度憎恶庸俗的民众任性打闹；
像着了魔一样地疯狂吼叫，
还美其名为歌唱欢乐。

农民们

（在菩提树下，舞蹈和歌唱。）
牧人精心打扮来跳舞，
穿彩衣，束彩带，戴花冠，
他一身装扮真俊俏。
人们围在菩提树边，
人站满，狂欢舞。
咿呀！咿呀！
咿呀瑟！咿呀瑟！呀！
提琴拉得正欢快。
牧人动作太紧张，
抬肘舞动不小心，
突然撞到一姑娘；
少女怒目回头嚷：
“冒失鬼，大笨蛋！”
咿呀！咿呀！
咿呀瑟！咿呀瑟！呀！
“请别那样不讲礼！”
然而轮舞一开场，
两人成双又成对，
男衫女裙风中飘。
脸颊发红心儿热，
手挽手来把气喘，
咿呀！咿呀！
咿呀瑟！咿呀瑟！呀！

男肘托住女人腰。
“快别对我献殷勤！
世上多少负心汉，
都叫姑娘上了当！”
然而牧夫不肯放，
依然献媚那姑娘。
菩提树下声喧嚷：
咿呀！咿呀！
咿呀瑟！咿呀瑟！呀！
琴声悠扬，笑飞扬。

老农民
博士先生，承蒙您今天赏光，
像您这样的饱学之士，
屈尊加入到我们这拥挤的人群中间来！
那么，请您饮下这杯新酿的美酒。
愿杯中的每滴美酒，
不但能为您消除干渴，
还能增添您的天寿。

浮士德
我领受这杯酒，
感谢并祝福大家幸福安康。
（人们围成圆圈聚拢来）

老农民
曾经在受苦受难的岁月里，
您对我们关怀备至，
今天您又在这个欢快的日子来临，

我们真是不胜荣幸。
当年瘟疫肆虐，热病流行，
如今活着的好些人，
多亏令尊大人妙手回春，
使他们从濒死中获救；
那时瘟疫遍地，尸骸成堆，
您还年轻，却经常出入病室，
帮助诊治病情，
许多尸骸被搬出诊室，
而你却始终安然无恙。
经受住重重考验，上天保佑仁慈的人。

众人

愿上天赐福我们真正的朋友，
永远健康长寿以治病救人。

浮士德

让我们向天上的圣主躬身致敬，
他教导我们救人又把我们搭救。
（和瓦格纳向前走去。）

瓦格纳

受到这一大群人的尊敬，
哦，伟大的先生，你一定感慨万分，
能靠自己的医术得到这样一份尊重，
实在是荣幸之至。
满怀敬意的父亲将你指给孩子看；
人人争先恐后地前来问候，
提琴停止了旋律，舞蹈暂停了舞步。

他们排成队，摘下帽子向您行礼，
有些人几乎都快双膝跪地，
就仿佛圣主莅临。

浮士德

再走几步就可以到达那块石头旁！
我们不妨在那里驻足休息，
我常独自坐在石头上思考，
用祈祷和斋戒来惩罚自己。
当初我满怀希望，信仰坚定，
想以泪水、叹息和绝望的姿势，
向圣主诚恳地祷告，
结束这场肆虐的瘟疫。
众人的尊敬，
如今在我听来不过是一种讽刺。
假若你能看透我的内心，
就会知道我与我父亲是何等的卑微渺小，
哪配享有这样的盛名！
先父是一位隐居的谦虚君子，
想掌握自然的力量和玄门的秘密，
他的态度虔诚狂热，在方法上却颇不一般，
他异想天开地执着于探求各种法术。
在黑色的丹房里他与炼金术士为伍，
按照数不尽的丹方，
把相克的药物混合在一起，
再用明火炼烧。
他让一头红狮——这个大胆的求爱者，
在温水里与百合仙子匹配，
然后让两者从一个房间进入另一个房间，

于是在缤纷的光芒后，
年轻的女王出现在玻璃杯中；
丹方成功，此时许多病人业已死亡，
从来没有人过问，谁真正地被救活，
我们就拿着这枚杀人的丹方，
在这些山谷间不断出入，
这远比瘟疫疾病更凶猛，
我曾亲自给几千人送过这毒药，
看见他们一个个痛苦而悲惨地死去，
而如今，人们却在颂扬厚颜无耻的凶手。

瓦格纳

先生您怎么可以这样诋毁自己？
你的医术本来自他人指导，
你尽心尽责地行医，
难道这样还不够？
你年轻时尊敬令尊，
自然乐于接受他的教诲；
成年后，学问增进许多，
将来令郎定会有更高的造诣。

浮士德

还能希望从错误的苦海浮起的人，
真是幸运。
用非其所知，
知非其所用。
不过，咱们别让这些愁绪，
破坏眼前的良辰美景！
那些绿翠围绕的农舍，

闪耀夕阳的红霞！
落日西沉，白昼就此完结；
它的离去象征着新生的开始。
哦！竟没有羽翼使我从地上飞升，
让我永远地把落日追随！
我将在永恒的晚霞余晖中间，
尽情观赏脚下的宁静世界：
万谷凝萃，千山欲燃，
银涧滚滚，汇入金川。
荒山万壑纵然无限凶险，
却依旧阻挡不了我游览的兴致。
温暖海湾中海浪旖旎的
大海展现在惊讶的眼睛之前，
太阳神似乎将一去不返，
而我心中的冲动被唤醒，
我匆忙赶去啜饮那永恒的光辉。
白昼在前，黑夜在后；
苍穹在上，碧波在下。
这是一个多么美妙的梦啊，
可是太阳却已经隐去！
唉！只可惜精神的翅膀舞动之时，
肉身的翅膀却无法与它比翼齐飞。
然而，人的天性都一样，
总渴望着展翅高飞。
就像盘旋在半空中的云雀，
在我们的头顶发出清脆的歌声；
就像展翅的苍鹰，
勇敢地在高松顶上盘旋；
就像白鹤飞过平原、飞过湖泊，

最后返回自己的故乡。

瓦格纳

我虽然喜欢异想天开，
但却从未如此冲动过。
树林和田野容易看厌，
飞鸟的羽翼我也不羡慕；
我精神上的愉悦完全来自另一方面，
那就是逐册逐页地攻读书卷！
于是，原本寒冷的冬夜也会变得温暖宜人，
一种幸福的生机会将你的全身暖遍。
啊！只要你翻开那珍贵的羊皮纸古卷，
整个天国都会呈现在你眼前。

浮士德

你只意识到一种冲动，
永不会把另一种认清。
在我的胸中啊！盘踞着两种冲动，
两个都想在我心胸独踞：
一个沉溺在物欲的强烈刺激之中，
固执地贪恋凡尘，不愿离去；
另一个则非要超凡脱俗，
追求至高无上的精神境界。
哦！如果冥冥之中确有精灵，
在天地之间统治世间万物的命运，
那么请从祥云暮霭中降临，
把我引向缤纷绚丽的新生活！
如果我确有一件魔袍，幻化成隐形的翅膀，
把我带到异域番邦，那该多好！

那些稀世珍宝对我而言不值一文。

瓦格纳

妖魔遍布于云雾之间，
切勿把它们召唤！
它们会从四面八方涌现出来，
给人类带来种种危难——
从北方招来凶猛的魔怪，
它长着尖利的毒牙，
它攻击你时，舌似毒箭；
从东方唤来的恶毒的厉鬼，
它干瘪怪状，吞噬你的五脏六腑；
从南方沙漠派遣来的精怪，
用一团团烈火，燃烧你的头颅；
从西方赶来的水怪，
淹没所有的田园牧场。
它们欣然倾听，幸灾乐祸，
貌似温驯，实则心比蛇蝎；
它们装作从天而降的天使，
撒起谎来温声细语，引诱我们离经叛道。
咱们走吧，四野已苍茫，
天气渐凉，雾霭在沉降！
临近黑夜才觉得家的可贵——
你为什么还站着不动，惊讶地望着什么？
那片昏暗还有什么可以让你如此心动？

浮士德

你可看见一条黑犬在巡视田野？

瓦格纳

我早就留意它，并未发现异样。

浮士德

再仔细瞧瞧！你说它会是什么动物？

瓦格纳

不过是一条卷毛犬，在苦苦追寻主人的踪迹罢了。

浮士德

你可注意到，它在转着螺旋形大圈，
一圈圈逐渐地向我们靠拢？
假如我没有弄错，
它一路朝我们走来，
身后正拖着熊熊的烈焰。

瓦格纳

我只看见一条黑色的卷毛犬，
您或许眼花了吧？

浮士德

我觉得它似乎在画魔圈，
想套住我们的双脚以结我们未来的缘分。

瓦格纳

我看见它犹疑不定，围着我们跳跃不前，
因为它看见了两个陌生人，而不是它的主人。

浮士德

圈又变小了，它到我们身边了！

瓦格纳

你瞧，一条狗而已！可没有什么异样；
它低吼，迟疑，趴在地上，
还摇尾乞怜，完全是狗的习性和特征。

浮士德

跟我们一道吧，小家伙！和我们一起吧！

瓦格纳

它的确是条很聪明的卷毛犬！
你站着，它就停步不前；
你跟它说话，它就一下子爬到你身上；
丢了什么，它会去找回来，
它会跳到水里去找你的手杖。

浮士德

或许你说得对，我发现不了一点妖怪的痕迹，
一切都是有人训练出来的结果。

瓦格纳

一条狗调教好了，甚至可以博得哲人的眷顾。
不错！它非常值得你宠爱，
它是一名优秀的学生。
（他们走进了城门。）

书　斋

浮士德

（引着卷毛犬走进来。）

夜色笼罩大地，
我已离开原野，
而我的心中充溢着复杂的情感，
使我心神不安，诚惶诚恐。
狂乱的冲动渐渐平息，
对人的爱念顿生，
对神的爱也随之上升。
安静点，卷毛犬，别跑来跑去，听话！
在门槛上，乱嗅什么！
去到火炉后面，躺在最柔软的那个垫子上去。
你在外面山路上也是又跑又跳，
还逗引我们一阵阵开心欢笑，
现在就请接受我的安排，
做一个最受欢迎的安静的客人。

啊！我们狭隘的陋室里，
又重新燃起了和善的微光，
于是，我的心胸一下子豁然开朗。
理性再度回归，
希望之花重新绽放，
油然生起对生命之流
和生命之源的渴望。
别乱叫，卷毛犬！
这狗的叫声无法与充斥我整个灵魂的神韵相配。
我已经见惯了那些人，
总是嘲笑自己不懂的事情；
就连美与善，
也常常被他们轻视——
常常被不理解的事物困扰；
难不成狗也学他们一样乱吠？
但是，唉！纵然我有无上的善意，
心中也无法流淌出满溢的清泉。
那股泉流何以枯竭得那么快，
使我再次感到干渴难耐？
为何我总是饱受这样的苦难体验？
可是这个缺陷未尝不可弥补，
我要学会超脱凡尘的俗事，
用心灵把上天的启示呼唤，
让他在《圣经·新约》中出现，
没有任何美可与之比肩。
我迫不及待地打开古卷，
诚惶诚恐地研读那神圣的原文，
竭力将原文转化成亲切的德语。
（打开一卷，专心阅读。）

经曰：“太初有言！”
在这里，就卡住了，谁来帮帮我啊？
用“言”绝不足以表达其深邃，
如蒙神灵在一旁点拨，
就得把它译成另外一个字。
那么，理解为“太初有意”可否？
第一行须得仔细推敲，
急于下笔常不能表达确切的含意！
难道“意”能够实现或创造一切？
我想它应当理解为“太初有力”！
这样勉强说得通，可一写完这一句，
我隐隐觉得仍然不能就这样定下来，
神灵佑助！可算有了主意，
于是我心安理得地写下：“太初有为！”

卷毛犬

如果你要和我分享同一房间，
那就不要嚷，
不要叫！
像你这样一个不配合的家伙，
我可不愿意与你为伴。
我们两个必须有一个离开，
我不愿意下逐客令；
房门开着，你尽可以自便；
但是，我看见了什么！
难道这能自然发生吗？
是幻影抑或现实？
我的卷毛犬，变得高大无比——
它昂然立起，

不再是狗的形态！
我竟把一个恶魔带回了家！
它大得可与河马媲美！
凶狠的眼神，吓人的獠牙！
哦！我认出你了，
你这下流的地狱里的魔鬼，
正好用所罗门的咒语对付你。

众精灵

（在过道上）
里面逮着了一个！
待在外面，别进来！
似地狱里的老山猫，备受煎熬；
如同掉进陷阱中的狐狸，
请留神看守！
晃过来荡过去，上蹿下跳，
反反复复，
它如何挣脱得了枷锁！
精灵们，假如能伸手救援，
可别丢下这个肉体凡骨，
因为他身心自由之时，
曾经多次躬身效力把我等敬奉……

浮士德

要对付这个妖孽，
我要用四大咒文：
火，快燃烧；
水，盘旋吧；
风，快吹散；

土，掩埋吧。
谁要是不认识
这四大元素，
不熟悉它们的
力量和特性，
就无法将它们主宰，
就制服不了这些妖魔。

火神啊，放出烈焰般的烟火；
水神啊，汇合成咆哮的巨浪；
风神啊，闪耀出流星的光芒；
英苦布斯！英苦布斯！
请来室内相帮！
你们快快上前！让这一切终结！

四大元素竟没有一种
能收服这个孽畜：
它安然无恙躺在那里将我嘲笑，
我还没有让它尝到痛苦。
看来，我必须要用更强大的咒语。

伙计，你可是那地狱里的逃兵？
那么，看看这个咒语，
地狱里的恶魔，
也会在它的面前溃逃。

它浑身竖起鬃毛，身体开始变得肿胀。

邪恶的怪物！

你可知道它的厉害？
它从未传来，
也从未说出，
却远可流贯九霄，
力能洞穿万物。
它被我的咒语禁锢在火炉背后，
身体肿胀得像头巨象，
几乎将整个房间都充满，
快要化成烟雾而消散。
切莫升上天花板！
快到你主人的脚边躺下！
看见了吧，我的威吓并非徒然，
我要用神圣的烈火把你烧焦！
切莫等我用三位一体的明火！
切莫等我使出最厉害的法术！

墨菲斯特

（雾散时，身着游方学者的服装，从炉后走出。）
何须如此喧闹？主人想要我如何效劳？

浮士德

这就是卷毛狗的真身！
一个游方学者？可真叫人忍俊不禁！

墨菲斯特

我向博学的主人致敬，
你已经弄得我狼狈万分，大汗淋漓。

浮士德

你是谁？

墨菲斯特

对于你这样一位忽视外在，重视内在本质的人，

这个问题无关紧要。

浮士德

像你这样的东西，

一提名字，本质便见分晓。

人们通常都叫你们魔鬼、破坏者、撒谎精，

这些称谓难道还不够简单直白！

得了，你到底是谁？

墨菲斯特

我是那种力量的一部分，

它常常想的是恶，而常常做的是善。

浮士德

这个哑谜究竟有什么深意？

墨菲斯特

我是永远被否定的精灵。

这样说自有它的道理，

因为万物有生即有亡，

索性不如开始就毁掉。

所以这被你们称为毁灭、原罪，

简单地说，这个“恶”字

便是我的天性和本质。

浮士德

你既然说自己是一部分，
为何出现在我面前的是完整的你？

墨菲斯特

让我给你讲些许道理，
人是个愚蠢的小宇宙，
惯于把自己当作整体：
我便是其中小小的部分，那部分最初本是混沌一体，
即黑暗的那一部分，它后来产生了光，
光原本该是黑暗母亲引以为荣的骄傲，
可它却要同黑夜争夺级位，争夺空间。
但它终没有成功，因为它再怎样努力，
只能紧紧依附在各种物体的表面；
光掠过物体表面，使物体变得美丽，
但物体又同时阻碍着它的行进，
所以，我相信，待毁灭之时到来，
它就会和万物把永恒的厄运同享。

浮士德

我算是弄清了你伟大的嗜好，
你不能够大规模毁灭万物，
所以就从小处着手。

墨菲斯特

当然，老实说，这样都还没什么成果。
和虚无相对抗的，虽然是愚蠢世界，
可我再怎么费尽心力，也是无可奈何——
它仍是纹丝不动，维持依旧。

哪怕我用海啸、飓风、地震、火灾也都起不了作用，
海洋、陆地仍然无恙！
就连禽兽与人类，这些被诅咒的家伙，
我也没办法将之毁灭。
我已埋葬了千万千万，
却总有年轻血液前仆后继。
再这样下去，我简直要发疯！
千万胚胎发芽，
不管干燥、潮湿、温暖、寒冷，
假若没有这些星星之火，
我早已放弃希望。

浮士德
你就这样握紧冷酷的魔拳，
到头来却一无所获！
劝你这惹是生非的怪胎，
还是另寻花样吧！

墨菲斯特
你说的自当考虑考虑，
不过那尚需从长计议！
这次可否允许我告退。

浮士德
我不懂你为什么要询问我？
我已经认识你，
你随时可以光临寒舍，
这儿是窗，那儿是门，
还有一个烟囱，那是你这个种类爱走的路。

墨菲斯特

我得承认，我进出的脚步，
会被您的一个符咒阻碍，
就是您门槛上的那道符咒。

浮士德

原来那五角星折腾了你？
那么，告诉我，你这地狱之子！
假如它把你挡住，你又怎么进来的？
你怎么蒙混过这一道灵符？

墨菲斯特

仔细瞧瞧，它没有画完整，
朝外的那个角，你瞧！
有个缺口还没合拢呢。

浮士德

那真是太凑巧！
你难道成了我的阶下囚？
真是笔意外收获！

墨菲斯特

卷毛犬的确没留神一下跳进了门，
而今情况有变故，
魔鬼本身可出不了门。

浮士德

你为啥不从窗口出去？

墨菲斯特

这是魔界的一条铁规，
从哪儿进，须从哪儿出，
进时自由，出时束缚。

浮士德

难道地狱也有它的铁律！
我看这真是太好了！
我能否安心与你订下契约？

墨菲斯特

签订的东西，你可尽情享有。
契约何时何地都会有效，
可签起来却不那么简单。
咱们下次见面再细细谈，
现在我衷心恳求您，
务必放我走吧。

浮士德

请您再多留片刻吧，
给我讲点逸闻趣事。

墨菲斯特

现在放我走吧！我一会儿就回来，
那时，任何事情随你来问！

浮士德

我又不曾下套，
是你自投陷阱。

放鬼容易捉鬼难！
第二回又岂能轻易相碰！

墨菲斯特

如果你能高兴，我就遂了你的心愿，
留在这里，用魔法帮你消遣时间。

浮士德

悉听尊便！
您的法术应该会让我欢喜。

墨菲斯特

我的朋友，你的感官
在一小时内所获得的冲击，
将远远胜过贫瘠的一年。
温柔的精灵的优美的吟唱，
它们带来的却绝不是一场虚幻。
你的鼻子会感知醇美的异香，
你的口气会清新隽永，
你的触觉会陶醉非常，
用不着事先任何的筹备。
戏已开场！
精灵们，
消散吧！
这遮盖一切黑暗的穹顶。
让温和美丽的蔚蓝色光芒，
亲切又迷人地照进书房！
黑暗的云层，
消灭无踪！

星星璀璨，
阳光娇媚。
天孙帝子，
神女仙姬。
轻盈婀娜，
环绕飞舞。
依依不舍，
神随魂往。
锦衣飘带，
覆盖着乡野，
覆盖着亭台。
亭内佳偶，
脉脉含情，
此生相爱附相知。
亭外还有亭，
枝蔓缠绕，
葡萄累累，
倾入酒窖。
那酿制而成的美酒，
潺潺流淌，
汇集成小溪！
流淌过剔透的
宝石中间，
从高处潺潺而下，
绕过翠碧的丘陵，
而汇成了一片湖泊。
且看那飞禽，
自由而快乐地飞向太阳！
飞向明媚的小岛。

岛在波中，
波影摇晃，
那里传来欢乐的合唱，
伴着翩翩的舞蹈。
他们神情愉悦，各自嬉戏。
瞧！他们有的爬山，
爬到山顶。
有的游泳，
穿过湖泊，直达湖心。
有的想飞翔，
皆向往生命，
向往远方，
向往可爱的星星，
向往温婉的女神。

墨菲斯特

他已入睡，好啦！温柔的孩子们！
你们终于将他引入了梦乡！
为了这番合唱，我应该报答你们。
他还不能凭借自己的能力拘禁魔鬼！
用美丽虚幻的影像让他着迷！
让他沉浸在虚无迷离的海上。
但是，要破除这个门槛的魔咒！
我还要借助老鼠的利牙，
我不用长久地念咒！
已有一只在沙沙作响，而且可以立即听我的话。
大鼠、小鼠、苍蝇，
青蛙、臭虫、虱子，
我是你们的主人，

现在命令你们，
大胆地啃咬这个门槛，
犹如它上面抹满美好的油，
你已经跳出来了，那么快干活吧！
妨碍我的那个尖端，
就在最前面的边缘。
再咬一口，就大功告成了！
好吧！浮士德！好好地做个美梦，直至我们再相见。

浮士德

（醒来）
我莫非又一次受到欺瞒，
众多的精灵就此消散？
难不成是一场梦向我谎报魔怪？
我醒来时，卷毛犬已逃走不见。

书斋（二）

（浮士德 墨菲斯特）

浮士德

有人敲门？进来吧！是谁又来打扰我？

墨菲斯特

是我。

浮士德

进来吧！

墨菲斯特

你得说上三遍。

浮士德

那么（进来吧！进来吧！进来吧！）

墨菲斯特

这样方合我意。
我希望我们共处愉悦。
为了替你排愁解闷，
我打扮成贵公子的模样，
身穿镶金边的红袍，
加上锦缎小马甲，
帽子上还插着一根锦雉羽，
外佩着一柄又长又尖的战刀。
我奉劝你，也像我这样穿戴，
才可恣意品尝人生的愉悦。

浮士德

任何精致的穿戴都消除不了我的痛苦。
如要游戏人生，未免太老；
如要清心寡欲，未免幼稚。
这世界还能给予我什么呢?
你应当安守本分，安守本分——
这永恒的歌声在我耳边反复吟唱。
终其一生，我每日清晨便清醒，
忍不住黯然神伤，泪洒胸襟。
眼见这一日日虚度光阴，
我却一事无成！一事无成!
连每种预期的快乐，
也被执拗的批评所损伤!
那些活跃的创造因子，
也被凡俗的丑陋所困。
每日黑夜笼罩，
躺在床榻，心神不宁；

无穷的噩梦让我胆战心惊。
住在我内心的神明，
可以刺激我的内心，
驾驭我全部的力量，
却不能影响外界事物分毫。
因此，生存对我来说，
只是一种累赘，
我宁愿死也不愿苟活。

墨菲斯特

但是我想死神也不是什么受欢迎的客人。

浮士德

哦，祝福那些沉浸在胜利荣耀中的人，
戴着染满鲜血的桂冠而戕生；
祝福那些在激烈的热狂舞之后，
于少女闺房中狂喜销魂的人！
而我愿在高尚的神明之前，
魂魄消散，安然而亡。

墨菲斯特

但是那天夜里，某人并没有将杯中的棕色液汁饮尽。

浮士德

看来，你似乎专爱窥探别人的隐私。

墨菲斯特

我并非全知，可我知道的确实不少。

浮士德

当时我心神混乱，
是那甜美芳醇的歌声将我诱骗，
用快乐时光的余韵，
勾引我残剩的童真情感。
我将诅咒那一切，
用诱骗与欺诈去束缚灵魂，
以眩惑与谄媚的技能，
将灵魂禁锢在了悲伤的洞窟！
首先要诅咒那些高傲的意见，
以精神将自身束缚！
诅咒那五光十色的虚幻，
它们紧逼着我们的感官！
诅咒在世显赫，死后扬名，
它们在梦中把我们欺骗！
我诅咒妻儿、奴仆和田产，
供我们私有且向我们承欢献媚！
我诅咒金钱和财产，
诱骗我们去做各种冒险！
还引诱我们躺在柔软的长椅上，
逍遥苟安于杯盏！
诅咒葡萄美酒的香甜！
诅咒爱情味道的醇美！
诅咒希望！诅咒信仰！
特别要诅咒那诸事隐忍为先的人！

精灵合唱（隐身）

悲哉！悲哉！
你已经用残酷的拳头，

将这美丽的世界，
彻底摧残。
它在分裂，它在破碎，它在消亡。
一位半神将它砸坏！
我们将废墟，
打扫干净！
并且为失去的美，
而痛心流泪！
强健有力的人之子啊，
请将你的心怀重建得更加壮美，
光明磊落地开创一段崭新的人生历程吧！
听，新谱的歌声，
响遍寰宇！

墨菲斯特

这些小家伙，
都是我的侍从。
听吧！它们劝人追求欢乐和事业，
说得多么圆滑老练啊！
它们诱骗你走出寂寞，走出孤独。
寂寞和孤独将你的生命和感知凝结。
它将像兀鹰一样蚕食你的生命。
即使那最下层的社会中的人，
也会与人交往。
然而，这并不意味着，
我要将你埋没于人群。
我算不得什么人物，
但只要你愿与我合作，
共阅人生，

我就乐于听你吩咐，
做你的伙伴——
对你俯首帖耳。
我愿做你的朋友，
哪怕做你的仆人，
当你的奴隶，
我也欣然应允。

浮士德

那么我要怎样满足你的胃口？

墨菲斯特

你想讨论回报？以后有的是时间！

浮士德

不！不！
魔鬼是利己主义者，
不会平白让别人获利。
请先把条件说清楚！
无条件的仆从反而会给主人带来危险。

墨菲斯特

我今生甘愿听命于你，
奉行你的指令决不偷懒；
待到来生再次相见，
你要如我对你这般对我。

浮士德

什么来生不来生，我毫不在意；

你把这个世界砸碎，
另一个世界才会应运而生。
现在的世界才能给我欢欣，
现在的太阳才能驱散我的苦闷；
一旦我离开它们赶赴黄泉，
但凡一切爱怎样便怎样，
我毫不理会——
哪管将来人们是爱还是恨！
黄泉世界是否还有高低之分！

墨菲斯特
这样的话，你不妨冒冒险，
签下这契约！
我这就让你欢欢喜喜。
领略一下我的法术。
我要让你见人之所未见。

浮士德
你这可怜的魔鬼又会给人什么？
人类追求崇高无上的精神，
你们这些魔鬼又岂能理解？
你是否拥有不能果腹的食物？
你是否拥有不停从你手中流出，
像水银一样多的金子？
你是否曾获得一场从来赢不了的赌注？
你是否有过一个情人在你的怀里山盟海誓，
却在转身之际与邻人眉目传情？
你是否拥有像流星一样转瞬即逝，
却异常显赫的荣耀？

让我看看日日焕新的树木，
来不及摘就腐烂的果实。

墨菲斯特
这样的要求并不能吓倒我，
我可以满足你的这些欲望；
别急，好朋友，那一刻就要到来，
让我们安享佳肴。

浮士德
要是我安然躺在榻上，虚度时光，
那我的一切就会玩完！
你尽可以用花言巧语，
使我悠然自乐！
你用享乐把我哄骗——
那就算我的末日来临，
我也敢与你争个输赢。

墨菲斯特
那就成交！

浮士德
决不食言！
如果我对某个瞬间说：
“停留下来吧！此刻是那样美！”
那么你就将我直接绑起——
我甘愿被投进无尽的深渊！
那么，就让丧钟敲响——
你的使命就此终结！

时钟停止，指针垂落，
我的生命就此终结。

墨菲斯特
请记住这一刻，免得我们忘记。

浮士德
你对此也有充分的权利，
我决非草率决定。
一旦停止努力，就变成奴隶，
无论是你，还是谁——都无所谓。

墨菲斯特
今天在你新进博士的授衔宴会上，
我将立即尽忠做好我该做的事；
不过有一桩小事，为防万一，
恳求你写个只言片语做个保证。

浮士德
真是个书呆子，还要什么字据？
大丈夫一诺千金，你岂能不知？
我许下的诺言永远支配着我的余生，
这难道还不行？
世间有多少惊涛骇浪，
一个诺言又奈我何？
但是，这个偏见既已深入人心，
谁又能轻易将它摆脱？
对于怀信重义的人，
你付出任何代价也不会使他悔约！

签字盖上蜡印，昭显约定的严肃，
才使人望而敬畏；
话语写下后就将褪色消逝，
封蜡和羊皮纸尚可弥久。
你这恶灵究竟要我用什么写呢？
青铜？大理石？羊皮还是纸张？
要我用刻刀、凿子还是鹅毛管书写？
任凭你挑选，悉听尊便。

墨菲斯特

你又何必情绪激动，
慷慨陈词，说上这么一大段？
任何一张纸片儿都行。
只须在签名处，滴上鲜血一滴。

浮士德

如果这样能使你心满意足，
也不妨把这无聊的事情做做。

墨菲斯特

血，可是一种十分奇特的液体。

浮士德

别担心我毁弃盟约！
我答应要做的事情，
必定全力以赴地完成。
我曾自视甚高，
其实跟你差不离。
伟大的精灵轻视于我，

大自然对我关闭门扉，
思维的线索寸寸断落——
我早已厌弃一切学问。
让肉体的愉悦漫涌沉浸，
好熄灭我炽烈的激情！
在不可琢磨的魔术面纱下，
种种奇迹将我们的感官颠覆！
让我们投身于时代的激流，
把握那汹涌而来的时机！
苦与乐，
成与败，
任由它们相互交替！
君子唯有自强不息。

墨菲斯特
我并没有给你确定过目标和尺度。
你尽可以随心所欲，
即使顺手牵羊也无妨。
无论你喜欢什么，都将如愿以偿。
尽管放手去做，不要畏缩犹豫。

浮士德
你听着，寻欢作乐非我所图；
我愿为之委身的是最痛苦的享受，
是沉迷恋爱的憎恨，
是令人心旷神怡的厌烦。
我的胸中已经解脱了对知识的渴求，
今后将再也不会将苦痛拒之门外。
凡是赋予全人类的一切，

我都要在我的内心独自享用。
最崇高、最深刻、最隐秘的道理，
将全人类的祸福苦乐堆积在我的胸中，
于是小我便扩展成全人类的大我，
最后我也和全人类一起消亡。

墨菲斯特

哦，我把这份粗粮啃了几千年。
请相信我，从婴儿床到灵柩，
没有人能消化得了这块老面团！
你相信我，
这全体是只为神而创造！
他自己置身在永恒的光明之中，
却将我们投入永无止境的黑暗，
而让你们人类享有交换的昼夜。

浮士德

我心甘情愿。

墨菲斯特

说得好，我的朋友！
只是有一点会让我担心，
那就是时光有限而艺无止境。
我奉劝您，不如向他人求教。
最好同一位诗人结交！
让这位先生思绪奔腾，
把所有美好高贵品质，
都堆上您光荣的头顶——
狮子的勇敢，

公鹿的迅速，
意大利人的热血，
北欧人的坚毅；
让他将秘密私传，
慷慨与狡狯。
以热烈的青春冲动，
去诱哄无知少女的痴情。
这样一位先生，我也愿意结识，
姑且把他称为，小宇宙先生。

浮士德

假若我不能竭尽全力地
去获取那至高的桂冠，
我又算得了什么？

墨菲斯特

你是什么，终归还会是什么。
即便戴上无数鬈发编成的假发，
穿上增高许多的靴和袜，
你是什么终归仍将是什么。

浮士德

我感到，
我只是徒然将人类所有的精神财富聚到自己身上——
待我终于从学海中偷闲坐下来的时候，
我的内心并没有涌现出什么新的力量；
我并没有高人一等，
离无限的存在也不曾接近半点。

墨菲斯特

我的好主人，
您看事情简直跟常人没有两样！
在生之乐趣尚未来得及飞逝之时，
我们需巧妙跟上。
你的脚和你的手，
你的屁股和你的头，
这当然是你的所有；
但我最近享受别的事物，
难道就不是我的东西了？
我付得起六匹马的价钱，
难道它们的力气不是我的？
我策马奔腾，威风凛凛，
就如同长了二十四条腿。
咱们振作起来，别犹犹豫豫，
和我携手并肩向人间冲去！
我告诉你，
一个热爱幻想的人犹如一头牲畜，
被恶灵牵引着，
在枯槁的荒原上兜圈，
却不知周围尽是葱绿的草地。

浮士德

我们如何开始呢？

墨菲斯特

我们干脆一走了之。
这是怎样的一种牢笼！
这是怎样的一种生活！

让所有人都感到厌烦，
把它交给大腹便便的邻人吧！
何苦去拍打这没有穗粒的稻草？
你满腹经纶，
却不敢去教学生，
我听见走廊上有人走近！

浮士德

我现在可不能见他。

墨菲斯特

可怜的孩子，他等了那么久，可不能让他失望。
请把你的斗篷和便帽借我一用，
这套伪装对我正合适。
（改装）
好！现在让我来寻点小乐子，
我只需要短短一刻钟，
你趁着这段时间，为这美妙的旅行去打点一下。
（浮士德下）

墨菲斯特

（穿着浮士德的长袍）
让你藐视理性和科学，
藐视人类最至高无上的能力！
幻境和魔法一起飞舞，将你诱哄；
你用不着签约已在我的掌控之中。
命运已经赋予他这样一种精神，
他将永远不知疲惫疾跑向前，
他盲目的努力已超越世俗的欢乐。

我将带着他去过放荡的生活，
去吃喝玩乐——
他将坐立不安，
变得呆滞，惊惶失措，贪得无厌；
他将再也离不开我；
佳肴美酒从他的唇角滑过，
他将祈求解渴充饥。
但这一切都是枉然，
即便他没有把自己出卖给魔鬼，
也必将萎靡堕落！

（一个学生上）

学生

我初到贵地，便真心诚意前来拜望先生；
人们提到先生的大名，
无不敬佩有加。

墨菲斯特

我喜欢你的有礼有节。
鄙人不过是个凡夫俗子，
您可曾在别的地方寻觅过？

学生

我请求您收我做个门生。
我满怀勇气而来，
我还年轻，身上的钱也够用；
虽然家母不愿我背井离乡，
但我执意想在外开阔眼界。

墨菲斯特

您倒找对了地方。

学生

老实说，我已经打算离开此地。
在这高墙、大厅之中，
我感觉不到丝毫的惬意。
这是一个非常局促的空间，
看不见草青和树木，
我呆坐在课堂的椅子上，
什么也看不到，听不见，
也无法思考问题。

墨菲斯特

有句话叫习惯成自然。
譬如一个婴儿，
一开始也未必喜欢母乳，
但是他很快就高高兴兴地吮吸，
而你对知识之乳的渴求，
也会变得一天比一天贪恋。

学生

我希望可以抱紧知识的脖子，
但你能否告诉我，
要如何才能够达到那个境地。

墨菲斯特

在与您深谈之前，
请先说说您究竟选修哪一科。

学生

我有志成为一名饱学之士，
上通天文，下通地理。
也就是说，
既探讨自然，
也研究学问。

墨菲斯特

您这算是找对了途径。
但要记住，千万不能心猿意马。

学生

我全身心地寻求知识，
但每当暑假到来之际，
我总想得到一点自由，
放松消遣一下。

墨菲斯特

光阴如梭，转瞬即逝，应当好好珍惜。
不过，循序渐进的方法会为您赢得时间。
尊贵的朋友，
我劝告您先选修逻辑学。
它会驯服你的精神，
就如套上西班牙长靴，
你会更加谨慎地循着思维的轨道，
不会像鬼火似地盲目漂移，东游西逛。
譬如平常随意吃饭喝水，
本来一气可以吃完，
但由于你被逻辑的思维困住，

也必须分作一、二、三步准备。
其实思想的工作，就像织布师傅的杰作一样，
踩一下就牵动了千丝万缕；
梭子飞过来又飞过去，
眼中看不见纤维流动，
一拍就使千丝万缕相连。
哲学家这时走了进来，
告诉你这个就是真理：
第一如何，第二如何，
第三、第四又如何；
如果没有第一和第二，
第三、第四也决不会出现。
各地的学生齐声把这夸赞，
可是没有一个人成为织布匠。
谁想认识和描述生动的事物，
首先便把精神驱逐，
结果只能掌握小部分的知识，
并且还缺少了思维的连接！
化学名之为“自然处理”。
不过是一种自我解嘲，
它也不知其中所以然。

学生

我现在还无法领悟先生的高论。

墨菲斯特

如果你学会将一切事物还原，
并将它们相应地分类，
不久便会有更好的体会。

学生

我现在只感到头晕目眩，
仿佛磨轮在我脑子里旋转。

墨菲斯特

其实，比起其他学科，
我认为你必须在玄学上多下功夫。
这样，那些不适合人脑的学科，
你也会深深领会。
不管它是否进驻你的头脑，
都得给它们选一个堂皇的名称，
尤其是这最初的半年，
听课要注意循序渐进。
每天听五个小时的课，
钟声一响，就得走进教室，
事先备好课，将每章每节背熟。
这样您以后才会知道，
先生不过是照本宣科，
除了书本上有的，
他什么也没有讲；
您还必须用功做笔记，
仿佛圣灵向您口授一样。

学生

您用不着再三提醒，
我明白笔记的好处，
因为白纸黑字，
可以放心地带回家去！

墨菲斯特

可你总得先选一个学科。

学生

我不喜欢法学。

墨菲斯特

我很清楚你为什么不喜欢法学，
因为对这门学问我颇有了解，
法律和规程就像遗传病一样世代相传。
它们一代传一代，
从一个地方悄悄扩移至另一个地方。
理性变成了荒谬，
善行变成了灾难。
后世的子孙，
纷纷遭殃。
至于我们与生俱来的权利，
可惜从来就没有人提过。

学生

经您这么一说，
我更加厌恶法学。
不过能受到先生的指点，
我感到三生有幸。
现在我倒想学习神学。

墨菲斯特

我不愿将你引入歧途。
关于这门学科，

要想避开迷途实在有些困难，
其中暗藏着许多毒素，
容易和良药混淆不清。
在这儿你最好专守一隅，
要学会对老师的言语奉若真理。
总而言之，要重视言辞！
然后，您才可以，
从这个可靠的门洞走入妥当的神殿。

学生

可是言辞总要有意义。

墨菲斯特

不错，但也不必过分拘泥。
因为如果在没有意义的地方，
乱塞进一个词语，
用语言去争论不休，
用语言去组成一个体系，
并对语言深信不疑，
那么，每一句话都要斟酌小心，
不可缺字少言。

学生

请原谅，我的问题太多，烦扰了阁下，
但是我还得请教一番。
关于医学方面，
能不能指点迷津？
三年时光实在短暂，
而医学的领域浩瀚无边。

假如得到先生的指点，
就如暗夜的明灯指引我航行。

墨菲斯特（*旁白*）
这一套大道理实在无聊透顶，
现在我该来扮演一下魔鬼。
（*高声*）医学的精粹并不难领会。
您将大小世界全部研究透彻，
到最后还是要听从上帝的安排。
您无须这样学习，四处漫游，
每个人只能学到他能学会的那一部分，
只要你不错过那机会，
就能成为一名真正的名医。
您的身体健硕结实，
勇气也必不可少，
只要您相信自己，
也会取得别人的信任。
对待女人时要格外留意，
她们喜欢叫苦喊痛，
症状更是千奇百怪，
而治疗的法儿须从一点着手。
只要你表现得庄重有礼，
很快她们就会围绕着你团团转。
首先要弄一个学位，获取她们的信任。
让她们认为你的医术高于其他人。
然后，为了表示欢迎，
你可以抚摸别人许多年才敢碰的部位，
还需诊得一手好脉，
用火热的目光撩拨她们，

热诚地抚摸她们的纤纤细腰，
检验她们是否把衣裙系牢！

学生
如此透彻，
我已知从何处入手。

墨菲斯特
尊贵的朋友，
所有理论都是苍白的，
而生活的金树长青。

学生
我向您起誓，
今天对我来说，仿佛一场大梦初醒！
我可否下次再来烦扰阁下，
好让我把您的智慧领悟通透。

墨菲斯特
凡是我能做到的，
定当乐于从命。

学生
我不能空手而归。
现在，我向先生呈上我的纪念册，
如蒙抬爱，敬请题笔。

墨菲斯特
好的。（写毕归还）

学生

（念）你们便如神，
能知善与恶。（郑重掩卷，躬身告退）

墨菲斯特

请谨遵这句古话，
去追随我的那位蛇姨妈。
不然有朝一日，
你会因为与上帝相似，
而后悔莫及！
（浮士德上）

浮士德

现在去哪儿？

墨菲斯特

随你高兴。
我们先去小世界，
再去大世界。
上完这一课，
你将受益匪浅，所获良多。

浮士德

只是我年纪已高，
享受不了轻松的生活方式。
这次尝试或许只是白费力气，
我总是无法适应这个世界。
在别人面前，我觉得自己卑微渺小，
常常进退无状，狼狈万分。

墨菲斯特

我的朋友，生活如顺水行舟，
只要你相信自己，就会懂得如何生活。

浮士德

我们怎么出门呢？
我们的马匹、奴仆和车辆又在哪里？

墨菲斯特

咱们只要把这件斗篷展开，
它就会带着我们飞向天空。
这次你迈出勇敢的步伐，
切记行李可不能太重。
我将准备一点可燃气体，
它将带我们离开大地。
我们一身轻盈，自然飞行迅速。
祝你的新生活、新旅程一切顺利！

莱比锡奥尔巴赫地下酒店

（开心的伙伴们碰杯痛饮）

弗罗施

怎么没有人喝酒？

也没有人欢笑？

我教你们不如咧开嘴巴，

做个鬼脸瞧瞧。

你们平日里像火一样热情，

今天怎么个个都蔫吧，像根霉湿的稻草？

布兰德

这只怪你自己，没展示啥把戏，

既不愚蠢，也不下流。

弗罗施

（往他头上浇了一杯酒）

我把这两样都给你。

布兰德

你真是蠢透了。

弗罗施

我是应你的意愿，才这样做的嘛。

西贝尔

谁要吵架，就滚出去。

让我们开怀畅饮，放声唱吧。

喝吧，叫吧，

喂，喂，来呀。

阿尔特迈尔

糟糕，真受不了。

快拿棉球来，这家伙把我的耳朵都震聋了。

西贝尔

是圆屋顶起了回响，

所以才会觉得低音的威力很强。

弗罗施

可不是，

受不了就滚出去。

啊！嗒啦，啦啦，哒！

阿尔特迈尔

啊！嗒啦，啦啦，哒！

弗罗施

（清了清嗓子，唱）

亲爱的神圣罗马帝国呀，

怎么才不会分崩离析？

布兰德

呸！这是一首恶心的歌，

一首讨人嫌的政治歌曲，

陈腔滥调，不堪入耳！

你们每天早上只需向上帝谢恩，

不必为罗马帝国操心！

我不是皇帝，也不是宰相。

虽然我认为这已经是天大的恩赐，

但是咱们不能没有一个领袖。

咱们应该选出一个教皇。

你们知道哪种人有资格可以胜任，

可以把人捧到天上？

弗罗施

（唱）高飞吧，夜莺女士！

请千万次问候我火辣的小情人。

西贝尔

别问候什么小情人，

这话真让我厌烦。

弗罗施

就要问候小情人，

还要抱着亲个嘴儿！

你可拦不住我！
（唱）
开门吧，夜深人已静；
关门吧，情郎已久等；
关门吧，天色已黎明。

西贝尔
唱吧，唱吧，
尽情地吹捧她、夸耀她。
你现在这个样子实在可笑，
她骗得我团团转，
想必对你也不会例外。
我劝你最好送个丑八怪做她的情人，
带她到十字街口调情；
或者让一只从布罗肯山回来的老山羊，
跑回去向她咩咩叫着问好。
现在让我这样有血有肉的男子汉，
去问候那个贱人，我可不干；
我只会向她的窗子扔石头。

布兰德（拍桌）
注意，注意，请听我说。
诸位都知道我阅历丰富，
现在这里坐着两位情种，
我在祝他们晚安的同时，
也要按照他们的身份，
送他们一些临别的礼物。
请听，
这是一首最近流行的歌，

大家使劲来合唱。
（唱）
老鼠窝藏在地窖，
奶油脂肪做食料，
小腹撑得肥又壮，
路德博士有一比。
厨娘偷偷下了毒，
世上无处可逃窜，
好像害了相思病！
（合唱）（欢呼）
好像害了相思病！

布兰德
它四处乱窜往外奔，
它看见污水就痛饮，
满屋乱抓又乱咬，
怎么发泄都不成。
拼命乱跳多少回，
眼看就要丢了命，
好像害了相思病！
（合唱）
好像害了相思病！

布兰德
大白天里心发慌，
它偷偷溜进厨房，
倒在灶旁直抽搐，
可怜就要没呼吸。
下毒女人笑着说：

“哈哈！它一命呜呼见阎王，
好像害了相思病！”
（合唱）
好像害了相思病！

西贝尔

无聊的孩子真开心，
给可怜的老鼠下毒药，
我看真算是有本领。

布兰德

看来老鼠深受你喜欢。

阿尔特迈尔

瞧这个秃顶大肚汉，
失恋把他变得魂不守舍；
再瞧这只肿胀的老鼠，
就像是你自己的翻版。
（浮士德和墨菲斯特上）

墨菲斯特

我首先得带你到这种寻欢作乐的场合，
让你看看，生活可以过得多么轻松自在。
这些人仿佛天天都在过节。
有才气的人不多，但是乐子却很多。
每个人都把圆舞跳，
好比小猫追着自己的尾巴玩游戏。
只要老板还肯赊酒钱，
他们就会敞开肚皮，喝他个晕头转向，

无忧无虑，欢喜舒畅。

布兰德

这两位怕是远方的来客，
从他们的古怪装束就可以看出。
他们来这儿只怕还不到一小时。

弗罗施

我要赞美我们的莱比锡，
它真是个小巴黎，
把市民培养得像英国绅士般彬彬有礼。

西贝尔

你看这两位生客是何来历？

弗罗施

让我去，我只要去敬他们一满杯，
然后就可以轻易地套出他们的底细，
就像拔掉一颗儿童的乳齿那般简单。
我看他们似乎出自名门，
显得那么傲慢，心气不平。

布兰德

我打赌，他们是江湖骗子！

阿尔特迈尔

也许吧。

弗罗施

看着。我去探探他们的底细。

墨菲斯特（对浮士德）

孩子们就算被魔鬼抓住衣领，
也肯定认不出魔鬼的真相，

浮士德

诸位先生，我向你们致敬。

西贝尔

多谢多谢，不必客气。
（斜视墨菲斯特，低声说）
这家伙怎么会瘸了一条腿？

墨菲斯特

我们可否与你们坐在一起？
即使喝不上难得的美酒，
能够攀谈也非常荣幸。

阿尔特迈尔

您这人非常懂得礼貌。

弗罗施

您是不是很晚才从帕赫动身？
来之前，是不是还同汉斯先生一块儿用过晚餐？

墨菲斯特

今天我只是路过他家。

上次我倒跟他谈过话，
他很关心他的表兄表弟，
还托我们向你们每一位致敬。
（向弗罗施鞠躬）

阿尔特迈尔

（低声）你上当了，他懂的可真多。

西贝尔

狡猾的家伙。

弗罗施

等着瞧，
我就要给他些颜色看。

墨菲斯特

如果我没有弄错，
方才我听到熟练的歌声。
这儿真是个唱歌的好地方，
歌声一定在圆屋顶激起回响！

弗罗施

看来你对音乐很了解。

墨菲斯特

哦！谈不上。
能力薄弱，但是兴趣颇高。

阿尔特迈尔

可否哼上一曲，让我们受教？

墨菲斯特

只要你们高兴，
多唱几曲也无妨。

西贝尔

我们要听一首新的歌。

墨菲斯特

我们刚从西班牙回来，
那儿可真是酒歌的安乐窝。
（唱）
从前有位国王，
养着一只大跳蚤——

弗罗施

听哪！一只跳蚤！
你们或许知道？
这跳蚤在我看来，
可是一位贵客。

墨菲斯特

从前有一位国王，
养了一只大跳蚤。
他爱它爱得癫狂，
胜过那亲生儿女。
他传唤裁缝师傅，

那裁缝应声赶到。
“快给公子把衣量，
再给他量量长裤。”

布兰德
别忘了提醒裁缝，
量要量得很精、很准。
他要是珍惜自己的脑袋，
裤子可就不能出现皱纹。

墨菲斯特
天鹅绒衣和缎袍，
跳蚤现在穿上身。
衣襟上面垂花带，
十字勋章胸前戴。
国王颁赐大宝星，
跳蚤当了大丞相。
兄弟姊妹一大堆，
都在朝廷任大官。
满朝文武和淑女，
个个都为跳蚤恼。
王后妃嫔和宫女，
受它刺来受它咬。
而且不敢掐伤它，
身上发痒不敢搔。
若有跳蚤咬咱们，
立即掐死不手软。
（合唱，欢呼）
若有跳蚤咬咱们，

立即掐死不手软。

弗罗施

唱得真好，唱得真好。

西贝尔

就该这样对付每一只跳蚤。

布兰德

用指头尖将它们一个个都捏碎。

阿尔特迈尔

自由万岁，葡萄酒万岁。

墨菲斯特

只要你们的葡萄酒香醇可口。

我也愿为自由干上一大杯。

西贝尔

这种话可别再说第二遍。

墨菲斯特

我只担心老板会抱怨，

不然可以从我的酒窖里，

取出美酒来款待诸位贵宾。

西贝尔

你尽管去拿，一切包在我身上。

弗罗施
送我一杯，让我好好品尝，
但是分量不能少。
虽然我只是品酒，
但也要喝个够饱！

阿尔特迈尔（低声）
我猜他们是莱茵人。

墨菲斯特
拿个钻头来！

布兰德
要钻头干什么？
酒桶该不会就放在门口吧？

阿尔特迈尔
老板在门后放着一篮子工具。

墨菲斯特
（取出钻头，对弗罗施说）
请问，您到底想尝什么酒？

弗罗施
什么意思？
难道您把各种酒都带来了？

墨菲斯特
我让每个人都有选择的自由。

阿尔特迈尔

（对弗罗施）哈哈，你已开始舔嘴唇了。

弗罗施

好，要是可以选择，
我愿意喝莱茵葡萄酒。
国产葡萄酒永远最好。

墨菲斯特

（在弗罗施座位旁的桌边上钻了一个孔）
取些蜡泥来，立即将它们做成蜡塞！

阿尔特迈尔

哈哈！这家伙原来是在变戏法。

墨菲斯特

（对布兰德）你呢？

布兰德

我要上好的香槟，新鲜的泡沫要喷出来的那种。
（墨菲斯特钻孔，一人在旁边做蜡塞封口）

布兰德

不要总是盲目排外，
好货常常国外才有。
地道的德国人不待见法国人，
却异常喜欢法国的葡萄酒。

西贝尔

（这时墨菲斯特走近他的座位）

老实说吧，我可不爱酸酒！

请给我一杯纯甜酒。

墨菲斯特

（钻孔）马上就给您流出妥凯酒来。

阿尔特迈尔

不！两位先生！

请看着我的眼睛。

我看得出来，

你们不过是在戏弄我们。

墨菲斯特

岂敢，岂敢！

拿高贵的客人开心，

未免太过无礼。

快点，快说出你喜欢什么酒，

我立即取出来奉献给您。

阿尔特迈尔

什么酒都可以，你不要再问了。

（酒穴均钻好加塞）

墨菲斯特

（做出奇异的姿势）

葡萄藤上结葡萄，

公羊头上长犄角，

葡萄多汁藤是木，
木头桌子美酒流。
请把自然观仔细，
奇迹发生在眼前，
现在，请诸位拔掉塞子畅饮吧。

众人
（拔开塞子，酒醴各随所欲地流入杯中）
美酒如山泉，连绵永不绝。

墨菲斯特
大家请留神，一滴也别浪费。

众人（一再畅饮）
（歌唱）
我们喝得酩酊大醉！
一大群野猪挤一堆。

墨菲斯特
老百姓真自由，瞧瞧吧！
他们过得多么开心。

浮士德
我想马上离开这里。

墨菲斯特
请再等等，他们马上就要兽性大发。

西贝尔

（不小心将酒洒在地上，化成火焰）

救火，救火，

地狱之火在燃烧。

墨菲斯特

（念咒灭火）亲爱的元素，少安毋躁。

（对酒伴）这一次不过是一团涤罪的火。

西贝尔

这是什么意思？

等着瞧，您会自食其果。

看来你是有眼不识泰山。

弗罗施

谅他也不敢跟我们再来一次。

阿尔特迈尔

我想，我们不如打发他离开这里。

西贝尔

怎么，先生，你居然肆无忌惮，

敢在这儿当众行骗？

墨菲斯特

安静点！老酒桶。

西贝尔

你这扫帚星，难道还想跟我们动手？

布兰德

你等着，我一定狠狠揍他一顿！

阿尔特迈尔

（从桌子上拔掉一个塞子，火向他扑来）

烧疼我了！烧疼我了！

西贝尔

邪教！邪教！邪教！

打呀！这家伙无法无天，

必须格杀勿论！

（众人抽出刀来，向墨菲斯特奔去）

墨菲斯特

（做出严肃的姿势）

虚幻的形体和假象，

改变时空与位置。

其实哪里都一样！

（众人愕然立定，面面相觑）

阿尔特迈尔

我在哪儿？好美的风景！

弗罗施

葡萄园！我可看得真切！

西贝尔

还有葡萄，伸手就能摘得到！

布兰德

这簇簇绿叶下的肥葡萄。

啊，这么粗的枝蔓。

多好的葡萄！

（他捏住西贝尔的鼻子，余人相互捏鼻子并举起刀来）

墨菲斯特

魔障消除，回归原本。

请解除他们的迷眼法！

你们要吸取魔鬼开的玩笑。

（他和浮士德一同消失，酒伴们松手分开了）

西贝尔

怎么回事？

阿尔特迈尔

奇怪！

弗罗施

我摸的是你的鼻子吗？

布兰德（对西贝尔）

我也捏着你的鼻子！

阿尔特迈尔

我的四肢很难受，就像被击打了一下。

快搬把椅子来，

我就快要散架了！

弗罗施

不，快告诉我！

这里究竟发生了什么？

西贝尔

那家伙呢？要是让我再碰见他，

他就别想活着离开！

阿尔特迈尔

我亲眼看见他骑着一只酒桶，

走出了酒窖大门。

而我的腿，

就如同灌了铅一样沉重，

（转向桌子）

我的天！酒还在流。

西贝尔

一切都是欺骗，是谎言与假象。

弗罗施

我倒真像喝了酒。

布兰德

可是葡萄又怎么没有了踪影？

阿尔特迈尔

谁能告诉我，从今往后谁还能把奇迹相信！

女巫的丹房

（一个矮灶中生着火，火上一只大汤锅中蒸气从锅中上升，呈现各种形状，一只长尾母猿坐在锅旁，捞去锅中泡沫，防止沸溢。长尾公猿和小猿坐在一边取暖，四壁和天花板布满女巫的各种家具，景况甚为怪异！）

（浮士德，墨菲斯特上）

浮士德

我厌恶这种荒谬的魔法，
而你竟然让我，
在这一片疯狂的混乱里恢复安宁？
让我去听从一个老太婆的教诲，
她那肮脏的药汁又怎会使我年轻三十岁？
如果你没有其他更高明的方法，
那么就当我倒了霉，
我的希望从此云散烟消。
难道伟大的自然以及高贵的精灵，
就不曾发明一种灵丹可以妙药回春？

墨菲斯特

我的朋友，你又在讲什么大道理。
要使你变得年轻，
倒也有别的自然的方法。
只是那方法被记录在另一本书上，
那一章奇妙万分。

浮士德

我想知道是什么方法。

墨菲斯特

好，这方法不需要金钱，
不需要医生，不需要魔力。
你立即走到田间，
亲手耕田和播种；
把自己的肉体和精神，
局限在一个狭小的空间，
每天吃着粗茶淡饭，
与牲口同甘共苦，
而且要毫不介意，
亲自收割和施肥。
这就是最佳的方法。
它让你到八十岁时也青春永驻。

浮士德

扛锄头？这种生活我可不习惯！
估计我也吃不消。
狭隘的生活和我不相符。

墨菲斯特

那只好去向女巫求助了。

浮士德

为什么一定要找这个老太婆?
难道你不能亲自熬制汤药?

墨菲斯特

熬制这玩意儿太浪费时间!
我有这个时间,
不如去建一千座魔桥。
熬药这种活儿不光需要技巧和学问,
还得有耐心。
心静的人必须整年累月地守在那儿;
只有等到了火候,发酵才强烈而精纯。
其中的一切配料都非凡品!
恶魔虽然教会了魔女,
却不肯自己动手熬制。
(瞥见诸猿)
瞧!多优美的家族!
这是女婢!那是男仆!
(对诸猿)
看来女主人似乎不在家?

诸猿

她出门了!
从烟囱里飘出去赴宴了!

墨菲斯特

她通常出门玩多久才回来?

诸猿

等到我们把爪子都烤暖的时候就回来了。

墨菲斯特(对浮士德)

你觉得这些驯良的动物怎么样?

浮士德

我有生以来,从未见过这等怪象。

墨菲斯特

正好相反,我很喜欢同它们这样交谈。

(对诸猿)

告诉我!你们这些该死的傀儡!

你们在汤药里乱搅拌些什么?

诸猿

我们在煮布施给乞丐的药汤。

墨菲斯特

你们会有一大批主顾吧?

公猿(走过来,向墨菲斯特献媚)

骰子有一副,

帮我来致富。

这次准能赢,

日子可真难。

一心想发财，
有钱变聪明！

墨菲斯特

要是猿猴也能抽签中彩，
它会觉得有多幸福！
（幼猿们正玩一只大球，球滚了过去又滚过来。）

公猿

这是世界，
上去下来，
滚动不歇。
声若玻璃，
立即破碎。
中间空空！
这边很亮，
那边更亮。
仿佛在说，
我要活着。
我的乖乖，
快点走开。
当心小命！
它是陶土，
转眼即碎。

墨菲斯特

拿筛子做什么？

公猿（取下筛子）
倘使你是个小偷，
我会立即把你看清楚。
（他跑到母猿面前，让她透视。）
透过箩筛去看，
你可认得这个小偷，
为什么不敢说出他的名字？

墨菲斯特
（走近火炉）这个钵呢？

公猿和母猿
一对蠢笨的货！
钵也认不得？
锅也识不得？

墨菲斯特
这粗野的畜生！
真是没点教养！

公猿
（拂尘拿在手里）请你坐上安乐椅。
（坚持请墨菲斯特坐下）

浮士德
（他在这段时间一直面向一面镜子站着，时而近前，时而退后。）
我看见了什么！
魔镜中竟呈现如此天仙的景象！
哦，爱神啊！请借我最快的翅膀，

引我到她所在的乐土。
如果我敢离开这个地方，
如果我敢大胆向前，
那我就会在云雾中看见她，
以一个女人完美的形象出现。
难道世间真的有这样的绝色存在！
这横陈的玉体难道不是来自天国的荟萃！
人世间怎么能寻到这样的尤物！

墨菲斯特

当然，这是上帝辛苦六天的成果，
最后他自己也赞叹不已。
那必须是巧夺天工的杰作，
这一次可以让你大饱眼福。
我这就去给你物色一位这样的佳人。
谁要是能够成为她的新郎，
那可真是艳福不浅。

（浮士德频频注视镜中；墨菲斯特在安乐椅上舒展肢体，玩弄着拂尘，仍与诸猿说话。）

我就像国王一样坐在这金銮殿上，
手里拿着权杖，却缺少一顶王冠。

（诸猿一直手舞足蹈，做出各种奇怪动作，大喊大叫地捧出一顶王冠给墨菲斯特）

请你费点神，
用血和汗，
将这王冠粘好。

（诸猿笨拙地捧着王冠乱转，破成两半，继续拿着四处蹦跳。）

王冠已破坏！
我们目见而谈论！

我们耳闻而咏叹！

浮士德（对镜）

天呐，我都快发疯了！

墨菲斯特（指诸猿）

我的脑袋也开始晕了。

诸猿

只要运气好，

事情又凑巧，

灵机突闪现，

办法就想到！

浮士德（如前状）

我的心如火焚烧！

我们赶紧离开吧！

墨菲斯特（一动不动）

少安毋躁，至少要承认，它们是诚实的诗人。

（由于母猿至此未加留意，煎锅开始沸溢，发出一大股火焰，女巫从烟囱里腾空而出，发出可怖的尖叫，从火焰中降落。）

女巫（“噢！噢！噢！噢！”地叫起来）

该死的畜生！蠢货！

不照料好锅，

烧焦了主人！

千刀万剐的畜生！

（看见浮士德和墨菲斯特）

这是什么？你们是谁？想干什么？
谁偷溜进来，叫这火焰烧你的骨头！
（她把汤勺伸进锅中，将火焰泼向浮士德、墨菲斯特和诸猿，诸猿啜泣。）

墨菲斯特（用手中拂尘挡回去，打到坛坛罐罐上）
打翻药汤！
击碎玻璃！
开开玩笑，
唱唱浑蛋，
给你拍板。
（女巫惊退，狂怒而恐怖）
你认出我了吗？你这巫婆！
骷髅！你可认识你的师傅和主子？
什么也拦不住我把你痛打，
把你和猴妖打得七零八碎。
你竟然敢不尊敬这件红马甲。
难不成你不认得我帽子上的鸡翎？
难道我蒙了面吗？
还需要我向你自报姓名？

女巫
哦，主人。
请原谅我的无礼！
我没有见到您的马脚。
您的两只乌鸦呢，到哪儿去了？

墨菲斯特
这次可以恕你无罪。

因为我们久未见面，
风靡了全世界的文化也影响到魔鬼，
北方的幽灵如今已风光不再。
你哪儿看得见犄角、尾巴和利爪？
至于那马脚嘛，我虽然少不了它，
不过让它在人前露出总是不雅。
所以，我像许多年轻绅士一样，
这些年来，
一直都用假肢奔跑。

女巫（手舞足蹈）
我简直欣喜若狂，
在这里又见到撒旦真身。

墨菲斯特
老太婆，不准这么叫我。

女巫
为什么？它怎么你了？

墨菲斯特
它早已消失在神话传说中，
可人们丝毫没有进步。
除掉恶，更多的恶依然存在。
你称我男爵老爷吧，这样就很好！
和别的绅士比起来，我可是风度翩翩。
千万别怀疑我高贵的血统，
往这儿看，这就是我佩戴的徽章。
（做了一个猥亵的动作）

女巫（放荡地大笑）
哈，哈，这就是你的原形，
你这流氓跟从前没有两样。

墨菲斯特（对浮士德）
我的朋友，要好好领会这点，
这是和女巫打交道的窍门。

女巫
两位先生，需要什么？请直说。

墨菲斯特
要一杯你闻名遐迩的灵药，
不过货色必须最陈，
因为年份越久，药力才越好。

女巫
乐意从命！这里就有一瓶，
我自己有时也会品尝，
它一点也不难闻，
我愿意送你们一小杯。
（低声）
不过，这位先生如果不做好准备，
喝了的话，您知道，恐怕他连一个时辰也活不到。

墨菲斯特
这是一位好朋友，应该使他健康。
快拿丹房的精品招待他，
画你的魔圈，念你的魔咒，

再倒满他的碗。

（女巫做出怪异的姿势，画了一个圆圈，放进了一些不可思议的物件，同时，玻璃杯叮当作响，锅子也发出声音。然后，她拿出一本大书，命令诸猿都进入圈内。她手执火炬，充当她的诵经台。最后，她示意浮士德向她走去。）

浮士德（对墨菲斯特）
请你告诉我，这有什么意义？
疯狂的行为，荒唐的把戏，
这是最无聊的骗局。
我都见识过，实在讨厌透了。

墨菲斯特
唉，这不过是玩笑而已，
别那么心烦气躁！
她做医生自然要玩点花招，
好让药剂对你生效。
（强使浮士德进入圈内）

女巫（装腔作势，开始朗读起来）
你得领悟！
由一作十，
二任其去，
随即得三，
你则富足。
将四失去！
由五与六——
女巫如是说——

而得七与八，
如此完成了，
而九还是一，
而十等于零。
这是女巫的九九表！

浮士德
我觉得这老婆子在发烧，胡说八道！

墨菲斯特
还有很多没有念完，
我知道整本书都是一个调。
我曾为它耗费许多时间，
因为自相矛盾的地方太多，
谁看都觉得高深莫测，
不论智者还是愚人。
我的朋友，这些话虽然既陈旧又新颖！
但是这是历史使然，
由三而一，由一而三，
不将真理宣传而是把谬误带给世界。
这胡乱说教，却从来没受到质疑。
试问谁愿意同白痴打交道？
世人听到什么话，往往就信以为真，
就以为她的话里面总该会有什么深刻的思想。

女巫（继续朗读）
学问的力量，
无所不至。
人不加思索，

便能得之。
就像受到恩馈，
丝毫不必费心思。

浮士德
她在跟我们胡说八道些什么啊？
我的脑袋都快炸开了，
仿佛在听十万个傻子齐声合唱！

墨菲斯特
够了够了，哦，杰出的女巫！
快把你的饮料拿来，
把这只碗斟得满满的！
我这位朋友已经等得不耐烦了，
他可是拿过许多学位的人，
已经喝过不少佳酿！
（女巫做出种种法式将饮料斟入碗内。她刚将它送到浮士德嘴边，它就发出一股轻微的火焰。）

墨菲斯特
不要迟疑，快把它喝下去，
马上你就能体会什么是心旷神怡！
怎么！你既已和恶魔结交，
难道还怕火焰不成？
（女巫祛除魔圈！浮士德从中走出来。）

墨菲斯特
快出去，不可停下来。

女巫

愿这口酒使您身心舒畅!

墨菲斯特（对女巫）

有什么事我可以为你效劳，

可在瓦尔普吉斯之夜相告。

女巫

这里有一支歌，如果您不时唱一唱，

就会发现它有特殊的灵效。

墨菲斯特（对浮士德）

快来听从我的指导:

为了让药力内外渗透，你必须得出身大汗。

然后我会指点你逸闲的品位，

你很快就会感受到心痒难耐，

爱神在你的心中不住地翻腾跳跃。

浮士德

让我再瞧一瞧那面镜子!

那女人的玉体确实太过美妙!

墨菲斯特

不必，不必。

你马上就能看到那极美的女人，

活生生地出现在你的面前，

将亲身细细体验和测量那肉身玉体。（低声）

只要你喝下这碗药，

任何女人在你眼中都会成为海伦。

街　　道

（浮士德上，玛格丽特走过）

浮士德

漂亮的小姐，我可不可以荣幸地
与你挽臂同游？

玛格丽特

我不是小姐，也并不漂亮。
我可以自己回家，我可不需要你的护送。
（挣脱而去）

浮士德

老天开眼！这女孩真美！
我从未见过如此美丽的女孩。
她是那样端庄与矜持，
同时又有点小骄傲。
红唇艳丽，容貌倾城，
今生今世，永难相忘。

她两眼低垂的神态，
让我的心久久不能平静。
说话的那股冲劲儿，
更叫我心痒难耐！
（墨菲斯特上）

浮士德

听着，把那个女孩给我弄来！

墨菲斯特

嗯，哪一个？

浮士德

刚走过去的那个。

墨菲斯特

什么！她吗？
她刚从神父那儿来。
神父说她珠玉无瑕。
我刚从她坐的那张忏悔椅旁走过。
她可是个天性纯洁的小家碧玉，
根本没有去忏悔的必要。
我对她实在无能为力。

浮士德

可她已经满了十四岁。

墨菲斯特

你说话的口气真像个纨绔子弟，

什么鲜花都想伸手去采。
太过相信自己的技巧，
以为连欢心和美好都可以采撷到手。
可天下事未必都能如你意。

浮士德
这位可敬的卫道先生！
请别拿清规戒律来烦人。
我对您直说吧，
如果她今晚没有躺在我的怀中，
半夜咱们就分道扬镳。

墨菲斯特
事情的难度你总要考虑考虑，
我至少得花十四天的时间寻找机会。

浮士德
要是七个小时我能如愿，
也用不着你这个魔鬼帮我
去勾引一个美雏儿。

墨菲斯特
你讲话简直像个法国老色鬼，
不过，我求您不要生气。
一下子吃到口，又有什么好呢？
乐趣不及婉转追求的一半多。
还不如照许多言情小说所写，
用各种花言巧语，把那个小木偶摆弄，
折腾得她神魂颠倒，那才叫妙不可言，

就好比意大利人的爱情小说。

浮士德

不来这一套，我的胃口也很好。

墨菲斯特

现在别发牢骚，更别开玩笑。
心急吃不了热豆腐，
我得说，对付小甜妞儿，欲速则不达。
咱们还得讲究点策略和技巧。

浮士德

去把神的珍宝给我弄点来！
把我领到她的闺房去！
给我取下她酥胸上的一条围巾，
或者一根袜带！——任何东西！
满足我心里对爱情的欲望。

墨菲斯特

为了消除您的苦恼，
我自当竭诚为你效劳。
我们别再浪费时间。
今天我就把您带进她的闺房好不好？

浮士德

那么就可以看见她？然后占有她？

墨菲斯特

别这样！

她将去看望一位邻居；
你独自待在她的香闺中，
将未来的欢愉尽情遥想。

浮士德
现在可以去了吧？

墨菲斯特
现在还为时过早。

浮士德
麻烦帮我带一件礼物送她。（下）

墨菲斯特
这么快就要送礼，实在妙极！
这样可无往而不利。
我知道有许多地方，
有古代的宝藏埋在那里。
我需再去那里挑选几件。（下）

黄　昏

（一个狭小而雅洁的闺房）

玛格丽特（编发辫并绾上）

只要知道今天那位先生是谁，
让我做什么都成。
他看上去英俊非凡，
而且一定出自名门。
我从他的眉宇间就看得出来。
否则，他不会那样率真。（下）
（墨菲斯特，浮士德上）

墨菲斯特

进来！进来，脚步放轻些！小心，别出声！

浮士德（沉默片刻之后）

让我一个人待会儿，我求你了！

墨菲斯特（四下窥探）

不是每个少女的闺房都这样整洁。（下）

浮士德（环视）

欢迎你，甜蜜而宁静的夕阳。
辉映交织着这片圣地，
令人欣喜。
无比甜蜜的相思之苦揪紧我心房！
你依靠甜蜜的甘露而憔悴度日。
闺房四周蔓延宁静、整齐与满足的气氛！
这小屋虽贫寒却又显得多么富足！
身处在这狭小卧室中的我又是何等的幸福！
（躺在床边的皮制安乐椅上）
椅子啊，你曾经扬臂把她的长辈接待，
不论是欢笑或伤悲，
现在让我也来坐一坐。
啊，有多少次儿孙们环绕这家长的座位，
依依不舍地围成一圈！
也许我的小亲亲为了向基督表示感谢，
曾经在这里，用她丰满的童颜，
虔诚地吻过祖先枯皱的手。
哦，姑娘，我感到你丰裕而整洁的精神，
在我周围，在这房间里簌簌作响。
它每天像慈母般教你学做榜样，
吩咐你把干干净净的桌布铺上，
我甚至感到白沙子在你的脚下泛起细浪。
哦，可爱的纤手，像神仙的手，
只要有你在，简陋窝棚也会成为天堂。
还有这里——（揭开床幔）

欣喜在我的血管里如此汹涌喷张，
更别说多么想驻扎在这儿久久安歇。
大自然啊，你在这里用轻盈的梦幻，
造就了这个非凡的天使。
可人就躺在这里，温柔的酥胸注满温暖的生命。
她神圣、纯洁的形体，
隐约是天神的化身。
而你，是什么把你引到这里来？
我是多么深切地感动！
你在这里想干什么？
你那颗心为什么如此沉重？
可怜的浮士德，我再认不出你。
这儿可有一股神奇的气氛吸引着我？
我本打算及时行乐，渴望享受一番。
怎么却仿佛见到了梦里的婵娟？
难不成我们任由每种冲动的欲望闹着玩儿？
如果她突然间走了进来，
你将如何为你的亵渎而受罚！
唉，七尺汉子会变得如此渺小，
马上就羞愧得匍匐在她的脚下。

墨菲斯特（上）

赶快走！我看见她回来了！已经走到下面来了。

浮士德

走吧！我决不会再回来！

墨菲斯特

这里有个小盒子，沉甸甸地装满了珠宝。

是我从别处弄来的。
赶紧放进她的橱柜。
我向你发誓，她见了一定会意乱神迷。
我在里面放进了一点小玩意儿，
是用来换取另外一件东西。
小妞诚然是小妞，游戏不妨还是游戏。

浮士德

我不知道该不该这样做。

墨菲斯特

这难道还用再问？
难道您想独吞这些东西？
如若是这样，那么我奉劝您，
可别为了女色，浪费大好光阴。
我也可以节省一点精神。
我想您还不至于那么吝啬。
这事情真叫我费了一番心思。
（他把小盒子放进柜中，重新锁上。）
走吧！快去！
这只是为了让那可爱的小妞对您百依百顺。
可您现在的模样神气，
仿佛你走进大学教室去讲课一样。
在你的面前，
眼前所看到的都是黑不溜秋的物理学和玄学的符号。
你的神情是如此阴郁！——
咱们快走吧。

玛格丽特（持灯上）
这里多憋闷、多晦湿，（开窗）
外面并不那么热，
我心中十分忐忑。
希望妈妈快到家，
我似乎浑身都在战栗。
真是个胆小的蠢女人！
我凡事都害怕，
（一面脱衣一面唱起来）
从前极北一国王，
钟情至死也不渝。
王妃弥留心悱恻，
遗赠一只黄金盏。
王爱金盏无所似，
设宴常常把盏饮。
每逢举盏痛饮时，
眼泪汪汪似泉涌。
大限将临圣谕下，
历举全国各城关。
悉数遗赠继位君，
唯留金盏不相传。
巍巍古堡海之滨，
大摆国宴王亲临。
骑士燕坐一大圈，
列座各代先王位。
席间起来老酒徒，
饮尽生命之余沥。
圣杯顺手往下投，
投入滔滔白浪里。

金盏入海倾而注，
深深沉入海中心。
两眼一闭再不见，
从此一滴也不饮。
（开柜放衣，瞥见首饰盒）
哪来的这美丽的小盒呢？
我明明把橱柜锁得好好的，
这真怪呀，里面到底有什么？
也许有人拿它来做抵押，
我妈妈曾经凭它放过债。
带子上系着一把小钥匙，
我想不妨打开看看。
天哪，瞧瞧这是什么！
这些东西，我以前从未见过！
这些珠宝首饰，
都是名媛贵妇去参加盛大宴会时才佩戴的。
这项链与我多么相配啊！
可是这些精美的珠宝到底是谁的？
（用它打扮起来，走到镜前）
这副耳环要是我的该多开心，
戴起来就像是变了个人一样。
唉，美貌又有什么用呢？
纵然你生得沉鱼落雁，
世人不是依然视若无睹？
即使他们都称赞你，
也有一半是出于怜悯。
一切都需要金钱！
一切都依靠金钱！
我们是穷人，怎能如愿！

散步小路

（浮士德沉思着来回踱步，墨菲斯特向他走过来）

墨菲斯特

可悲的爱情，
黑暗的地狱元素，
我希望还有更坏的东西，
能让我拿来诅咒。

浮士德

怎么回事，是什么烦忧你？
我这辈子，从没见过如此难看的脸色。

墨菲斯特

要不是我自己是个魔鬼，
我真想让魔鬼把我抓了去！

浮士德

是什么搞得你脑子出了问题？

看起来像个疯子，那样大叫大嚷符合身份吗？

墨菲斯特

想想看，送给格丽卿的首饰，
居然被一个教士据为己有。
她妈妈看到了那件东西，
心里就开始胆战心惊。
那位太太的嗅觉，非常灵敏。
她常常在祈祷书上嗅来嗅去，
还要把每一件家具也闻个不停，
看它是圣洁的还是亵渎不敬。
她把这首饰看得一清二楚，
看出这不会给她带来什么福分。
她喊道："孩子，不义之财会损耗天福，
会拘束灵魂，还是把它奉献给圣母吧。
她会把神圣的福荫赐给我们。"
小玛格丽特于是撅起了嘴唇，
心里想道，这不过是别人送的礼物。
送礼物的有心人，肯定不会是个作孽的人。
但妈妈却请来了一位教士。
他刚听说这件妙事，
便喜笑颜开。
他说，这个主意真不错。
战胜贪念者才会得道。
教会真是有副好胃口，
吃尽四面八方，
且不会被吃伤！
教会的兄弟姐妹们，
这一笔笔不义之财，

只有无耻的教会才敢消受。

浮士德

这不过是人之常情，

犹太人和国王也都如此。

墨菲斯特

于是那教士便把别针，

项链和戒指一股脑儿拿了。

仿佛这些珍宝是天天食用的蘑菇。

拿走那盒珠宝，连谢谢也没有说。

仿佛那不过是一篮子胡桃，

他还对她们允诺了一大堆天福。

母女俩竟然还为此千恩万谢。

浮士德

哦，我的格丽卿啊！

墨菲斯特

她坐在那儿心神不宁，

不知她能做什么，

也不知她该怎么做；

日夜思念那些珠宝，

却更思念送珠宝的人。

浮士德

思念爱人的悲伤折磨着我的心，

你尽快给她弄一件新的珠宝，

上一次的东西实在算不了什么。

墨菲斯特

啊！是的！对你来说，这不过是小儿科。

浮士德

快去按照我说的去做！
缠住她的女邻居，
加油吧，魔鬼！
别再迟疑，
赶快弄来一套新的珠宝！

墨菲斯特

是，仁慈的主人！
我定当从命。
（浮士德下）

墨菲斯特

这个害相思病的蠢货！
为了让梦中情人开心，
可以把太阳，
月亮和全部星辰炸碎得一干二净。
（下）

邻妇之家

玛尔沙（独白）

愿上帝宽恕我心爱的丈夫，
他虽然背离了我，
转眼就跑到了天涯海角，
扔下我孤枕难眠。
我可真没违逆过他的心思，
天晓得，我从心眼儿里爱上他这个人。
（哭泣）
说不定他现在已经死了。
不过，只有看到死亡证明才能安心。
（玛格丽特上）

玛格丽特

玛尔沙太太。

玛尔沙

格丽卿，什么事？

玛格丽特

我快晕眩了。
我在衣柜里，
又发现一个小盒子。
里面的东西珍贵极了，
比上一次的还要多。

玛尔沙

你可别告诉你妈妈。
她肯定又会拿它去忏悔。

玛格丽特

哦，快向这边来瞧！哦，快向这边看！

玛尔沙（帮她打扮起来）

你真是个有福气的小姑娘。

玛格丽特

可惜不能戴着它逛街，
更不能到教堂去让人瞧。

玛尔沙

那你可以到我家里，
在这儿悄悄戴上这些珠宝，
对着镜子摆弄上个把钟头，
咱们都会高兴。

然后瞅个好机会，等到了良辰吉日，
再一件件戴着出门露脸。
先戴上项链，再戴上珍珠耳坠。
你妈妈不会注意到的，
就算看见了，也可以编个谎话搪塞过去。

玛格丽特
这两个小盒子到底是谁送来的？
这里面是否有些什么误会？
（敲门声）
天哪，难不成我妈妈来了？

玛尔沙
（从帷幔窥视）
是一位陌生的先生，请进！
（墨菲斯特登场）

墨菲斯特
我冒昧登门打搅，还请太太小姐谅解。
（在玛格丽特面前恭敬地后退）
我今天是特地来拜访玛尔沙·施韦尔特莱因夫人的。

玛尔沙
我就是，请问先生有什么事情吗？

墨菲斯特（对她低语）
见到您，实在不胜荣幸。
既然您现在有贵客临门，
请您恕我冒昧。

下午我会再次造访。

玛尔沙（大声）
孩子！天下事真希奇！
这位先生把你当成了千金小姐。

玛格丽特
我是穷人家的姑娘。
天哪，这位先生未免太抬举。
首饰珠宝全都不是我的。

墨菲斯特
啊，我当然不是只看您的金银首饰，
而是仰慕您有品貌气质和明眸善睐。
我要能留下陪您，真是三生有幸。

玛尔沙
您有何贵干？
我很想知道。

墨菲斯特
唯愿我有喜讯奉告！
真不希望你为此把我埋怨，
您的丈夫去世了，临终前托我来向您问好。

玛尔沙
他死了？我的心肝啊。
真痛心！我的丈夫死了。
哎呀！我也不想活了。

玛格丽特

唉！不要难过！我亲爱的太太。

墨菲斯特

请听我讲讲那悲惨的意外。

玛格丽特

我宁愿一辈子也不恋爱，
以免他去世，我会悲恸欲绝！

墨菲斯特

须知乐极生悲，悲极也必会生乐！

玛尔沙

请把他临终时的事情给我讲讲。

墨菲斯特

他葬在帕多瓦，
在圣安东尼的墓旁。
一块吉祥的福地作为阴凉的寝床，
将他永远地安放。

玛尔沙

您另外没有给我捎上点什么？

墨菲斯特

有的，捎来了一个重大无比的请求，
让您为他唱三百次弥撒。
除此之外，他没有让我带回来一个子儿！

玛尔沙

什么？难道连一枚纪念币也没有吗？
也没有一件小首饰？
每一个艺徒宁愿挨饿乞讨，
也会贮存这样的东西作为纪念。

墨菲斯特

夫人，我感到非常遗憾。
不过，他没有乱花钱。
他甚至为这过失而懊悔不已，
是的，他更悲叹自己的不幸！

玛尔沙

唉，想不到人是这样的不幸。
我一定要为他多念上几遍弥撒安魂。

墨菲斯特

您真是个可爱的姑娘！
您就要出阁了吧？

玛格丽特

啊？不，现在说这些还太早！

墨菲斯特

就算没有找到丈夫，找个情郎也不错！
与心爱之人相拥相偎，
这是世间最大的福分。

玛格丽特

本地没有这种风气。

墨菲斯特

不管什么风气不风气，
这种事情总会发生！

玛尔沙

还是请您说说我丈夫的事吧！

墨菲斯特

我那时正站在他的床边，
他躺在破烂的草堆上，
那草堆只比垃圾堆好一点儿，
但是他死得还算像一个基督徒。
明白自己罪孽深重，
他喊道："我是打心里痛恨自己，
竟然丢下了老婆和手艺。
唉！每当想起这些，我就后悔得不得了。
但愿今生她能原谅我！"

玛尔沙（哭泣）

好人儿，我早就宽恕你了！

墨菲斯特

他还说："只是，天晓得，她的罪孽比我还多！"

玛尔沙

他在说谎！怎么死到临头还胡说八道！

墨菲斯特

肯定是他咽气之前的胡言乱语，
我也只听到一小部分。
他说："我从不偷懒，先跟她一起生育孩子；
后来又为他们找好饭碗，这饭碗得从最广义的层面去理解，
而我这一生却没有安闲地吃过一顿饱饭。"

玛尔沙

他怎么可以如此无情寡义，
把我日夜的辛劳全部忘记！

墨菲斯特

不不！他没有忘记你，他真心惦记着你，
他说："自从我离开马耳他，便热忱地为妻儿祈祷。
那时托天保佑，我们的船拦截了一只土耳其舰，
它在为大苏丹运送珍宝。勇敢的人终于获得了回报，
我也分到了一份十分丰厚的回报！"

玛尔沙

他还说了些什么？比如，东西在哪儿？
他是不是把它埋起来了？

墨菲斯特

谁知道呢？或许东南西北风把它吹到哪儿去了？
有一天他在那不勒斯异乡四下逍遥，
一个漂亮小姐偏要和他好，
她和他柔情蜜意道不完，
直到临死前他还深深地把这一点念叨。

玛尔沙

这个浑蛋！拈花惹草的家伙！
全然不顾没有饭吃的孩子们！
再苦再难都挡不住他的滥赌狂嫖。

墨菲斯特

可不是！他也因此丢了命！
倘若我是您的话，
就先按规矩为他守一年寡，
然后去物色一位新丈夫。

玛尔沙

唉，天哪，
要找一个像先夫那样的人可不容易！
他是个心地善良的傻瓜。
只是他爱抛下我独自出走，
喜爱寻花问柳，喝酒无度，
还酷爱赌博。

墨菲斯特

你对他可真宽容。
要是他也同样宽恕你，
那就万事顺心了。
我可以向您发誓，
我本人非常愿意跟您交换戒指！

玛尔沙

先生您真是爱开玩笑！

墨菲斯特（自语）
我还是及时脱身为上，言多必失。
她听了必会把魔鬼扭住不放，
（对格丽卿）
您心中有什么打算没有？

玛格丽特
先生，您这话是什么意思？

墨菲斯特（自语）
真是个善良纯洁的小妞儿。
（大声）再见了，太太小姐！

玛格丽特
再见！

玛尔沙
离开前，请快告诉我！
我希望有一张死亡证明。
上面写明我的丈夫于何时何地下葬，
又是如何死亡的。
我一向按规矩办事，
我还会为此登个讣告在报纸上。

墨菲斯特
是的。好太太，只要有两个证人，
什么真相都可大白于天下。
我有一个高尚的朋友，
现在我立即带他来见您，

和您一起去见法官。

玛尔沙

那就麻烦您了。

墨菲斯特

到那时，这位可爱小姐能否光临？
我的朋友是一位青年才俊，
见过了不少世面，
对女士温文体贴。

玛格丽特

我怕见到那位先生时自己会脸红。

墨菲斯特

即使当着世界上任何一位国王的面，
您都无须自卑。

玛尔沙

那么，今晚我在我家的后花园中，
恭候二位光临。

街道（二）

（浮士德，墨菲斯特上）

浮士德

怎么样了？

有进展吗？是不是快得手了？

墨菲斯特

顺利极了。看样子，你真的是欲火焚身啊！

要不了多久，格丽卿就会成为您的人了。

今天晚上，您就可以在她的邻居玛尔沙家里看到她。

那个女人是一个吉卜赛女光棍，最擅长帮人牵红线。

浮士德

好，好！

墨菲斯特

但是她有求于我们。

浮士德

礼尚往来呀。

墨菲斯特

我们只要开一张有效的证明，

证明她的先夫的遗体安葬在帕多瓦就可以了。

浮士德

真是聪明。

看来我们还得先往那儿跑一趟。

墨菲斯特

“神圣的单纯。”

用不着如此煞费周章。

随便写一张证据就可以了，

都不用调查打听。

浮士德

要是你没有什么良法，

这计划就只好就此作罢。

墨菲斯特

把您那一套收起来吧，圣人！

难道你这一生中，就没有做过伪证？

您难道不曾大力把定义做出，

证明神、世界及活动其中的事物，

证明人的思想和情愫？

这难道不算厚颜无耻，大胆露骨？

你扪心自问，

你对那些知识的了解，
难道比对施韦尔特莱的死更多吗？

浮士德
你始终是个善于欺骗和诡辩的人。

墨菲斯特
可不！要不是深谙这一点，
明天你不就要一本正经，
勾引那可怜的格丽卿，
向她许下海誓山盟。

浮士德
我那是发自内心。

墨菲斯特
说得倒好听！那么，所谓忠诚和永恒的爱情，
和所谓唯一的极其强烈的冲动，
也是发自内心？

浮士德
别再纠缠不清，我自然是实意真心。
我心中有种感情和苦闷，
却寻不出一个适当的名称，
于是我以全部精神向宇宙驰骋，
把一切最高的辞藻搜寻。
我胸中情焰腾腾，
而把这称为无限，永恒。
难道这可与魔鬼的欺骗相提并论？

墨菲斯特

可是我还是对的。

浮士德

听着！记住这一点！
我求求你！不要为了占上风，
一再地强词夺理了。
我也不想再饶舌了！
好吧！
你说的全都对，
因为我实在放不下她。

花　园

（玛格丽特正挽着浮士德的手臂；玛尔沙和墨菲斯特在一起来回踱步）

玛格丽特

先生体贴我，怜惜我，
让我受之有愧。
作为外乡人，您的性格如此随和。
我很想知道，像您这样见过世面的人，
应该不会欣赏我这浅薄的谈吐吧？

浮士德

你的一颦一笑，
一言一语使我心旷神怡，
胜过世上一切自以为是的智慧。（吻她的手）

玛格丽特

您怎么吻我这双手，
这样太委屈您了，
它们那样脏，那样粗。

家务事差不多全是我在做，
家母对我的管教十分严格。
（二人走过去）

玛尔沙
请问，先生，您经常出门在外吗？

墨菲斯特
唉！我们不得不履行自己的职责和义务。
有些地方实在让人留恋，叫我舍不得离开，
但是因为工作，我不能在一处久留。

玛尔沙
趁着年轻，精力充沛，
到世界各处去闯一闯，固然快乐。
可如果年老，还是个光棍汉，
孤零零爬向坟墓，
谁也不会认为那是件幸福的事。

墨菲斯特
哎，遥想未来，我总是提心吊胆。

玛尔沙
那么，尊贵的先生！
我来劝您，要早做打算。
（二人走过去）

玛格丽特
俗话说，眼不见则心静！

你谈吐斯文，举止有礼；
您的朋友一定很多，
而且应该都比我有见识。

浮士德

我的可人，请你相信我！
人们所谓的见识，
不过是浅薄加上吹嘘。

玛格丽特

此话怎讲?

浮士德

唉，不管是纯洁还是天真，
人们永远不会认识到自身的神圣价值。
卑微的虔诚、谦虚而谨慎才是大自然最高的赐予。

玛格丽特

只要你有片刻的时间想念我，
那我对您的想念就没有尽期。

浮士德

我想您总是一个人在家。

玛格丽特

是的！我的家虽然很小，
但也需要有人照料。
我们没有女仆，
烹饪、洒扫、纺织和缝纫，

样样都得自己做，从早忙到晚！
我妈妈对什么都要求严格。
其实她原本不必如此节俭，
我们原本可以过得比别人要宽裕。
我父亲曾留下了一笔可观的遗产，
在市郊有一栋小房子和一座小花园。
我现在的生活相对来说已经算是清闲：
我哥哥是个军人，小妹已经去世了。
我当年为了照顾她可受了不少苦，
可那些辛苦我情愿再受一遍！
你不知道我妹妹多么惹人怜爱。

浮士德

倘若她像你！那真是个天使。

玛格丽特

是我把她抚养大。
她非常喜爱我，
她在我父亲去世后才出世。
那时我妈妈病危，躺在床上奄奄一息，
我们都认为她快不行了。
后来她才慢慢地痊愈，
但是她却不能亲自哺养我妹妹。
于是我一个人用牛奶和水喂养她，
她就好像是我的孩子，
在我的怀里、膝间活蹦乱跳。
她一天一天地长大了！

浮士德

你肯定享受到最纯洁的幸福！

玛格丽特

当然很多时候，这也很折磨人！
夜里，妹妹的小摇篮挨着我的床。
它一有响动，就把我吵醒。
一会儿给小家伙喂奶，
一会儿把她放在我的身边，
一会儿她哭个不停，
我又得从床上爬起来，
抱着她在房间里走来走去逗她玩。
我一大早便洗床洗浣，
然后上街买菜回来料理饭菜。
天天如此，每一天都是如此麻烦！
先生，因此，我总会感到疲累。
不过，倒是能吃能睡。
（二人走过去）

玛尔沙

可怜的女人总是如此狼狈，
感化一个老绅士有多么难！

墨菲斯特

要把我感化过来，还得靠您这样的人！

玛尔沙

老实说吧，先生，
您可有心上人？

可曾在什么地方神魂颠倒？

墨菲斯特

常言道得好，妻贤若珍珠。

自己的家虽然鄙陋，也胜过那珍贵的黄金。

玛尔沙

我是说，难道您没有什么意中人？

墨菲斯特

不管我走到哪儿，人们总是对我很客气！

玛尔沙

我还想问一句，您从未动过情？

墨菲斯特

调戏女士是不对的。

玛尔沙

唉！您不明白我的意思。

墨菲斯特

那我可真对不起。

不过，我看得出，

您对我的确是一片好心。

（二人走过去）

浮士德

哦，小天使，

当我刚走进花园时，
你是否第一眼就认出了我？

玛格丽特
您没看见吗？
那时我正低着头。

浮士德
那么，能否请你原谅我的冒失？
上次你从教堂出来，
我那样的鲁莽和冒失。

玛格丽特
我当时简直不知所措，
这种事情，我是第一次遇见。
从来没有人对我说长道短。
唉，我当时就想：
是不是他看我的举止
有些下贱轻狂，
所以他才可以毫不避讳，
认为这个姑娘可以随意勾搭？
我实话跟您说吧，我其实早就中意你，
但是我很痛恨这样的自己，
为什么没能对你发一通脾气！

浮士德
亲爱的小宝贝。

玛格丽特

等一会儿！

（摘下一朵翠菊，把花瓣一片一片撕下来）

浮士德

你要做什么？要扎一个花球吗？

玛格丽特

不。我们玩个游戏吧。

浮士德

什么游戏呢？

玛格丽特

您别管。您可是会笑我的。（一面撕一面念念有词）

浮士德

你念叨些什么？

玛格丽特（半大声）

他爱我，他不爱我。

浮士德

你这个娇媚的天女！

玛格丽特（继续念）

爱我，不爱，爱我，不爱。

（扯落最后一片花瓣，露出了欣喜的脸色）

他爱我！

浮士德

是的，乖乖！

就让这花卜的语言，作为神明对你的启示！

他爱你！明白吗？他爱你！

（握住她的双手）

玛格丽特

我竟然在发抖！

浮士德

哦，别怕！

让我用深情的目光，

虔诚地握住你的手，

向你表达我无法表述的意思。

我要把自己完整地交给你。

想到这儿我的心忍不住狂喜，

这种狂喜一定会天长地久，

这种感觉会永远保持！

只有绝望才是它的尽头。

要让它没有尽头！没有尽头！

（玛格丽特握了一下他的手，挣脱，跑开；他沉思片刻，然后追上去。）

玛尔沙（走来）

天色已经晚了。

墨菲斯特

是的，我们应该走了。

玛尔沙

我的心里愿意让你们多待一会儿。
但是，这个地方太令人烦恼。
那些邻居好像什么事情都不用做，
成天窥视别人的生活；
其实不管你做什么，总会有流言蜚语。
可我们那一对恋人呢？

墨菲斯特

都飞到那条花径上去了，
这对淘气贪玩的蝴蝶！

玛尔沙

他好像看上了她。

墨菲斯特

她也看中了他。
这是世间人之常情！

园中小屋

（玛格丽特跳了进来，躲到门后，用指尖按住了嘴唇，从门缝向外窥看。）

玛格丽特

他来了。

浮士德（上）

哈，小调皮，你在逗我。

这下我抓住了你。

（吻她）

玛格丽特

（拥抱他，回报一吻）

好人，我打心眼里爱你。

（墨菲斯特敲门）

浮士德（蹬脚）

什么人?

墨菲斯特

好朋友。

浮士德

该死的畜生。

墨菲斯特

应该分手了。

玛尔沙（上）

是的，已经很晚了，先生。

浮士德

我可不可以继续陪你呢？

玛格丽特

妈妈会生气的，再见了。

浮士德

难道我就非要走不可吗？

那么，再见。

玛尔沙

再会。

玛格丽特

不久再会。

（浮士德，墨菲斯特同下）

玛格丽特

亲爱的上帝，
他对任何事都看得这样透彻。
我站在他面前，唯有唯唯诺诺，
对他说的什么都只能答“是”。
我是一个见识浅薄的穷妞，
不知我什么地方吸引了他？
（下）

森林和洞窟

浮士德（独白）

崇高的神灵，你给了我，
给了我一切，我所求的一切。
你不枉在火焰中向我显示你的真容，
把壮丽的大自然作为我的王国，
并赋予我感觉和享受的能力。
你不是只要我做一次冷静的欣赏，
还允许我深入透视自然的肺腑，
如同洞察一位知交好友的胸膛。
你引导着生物从我面前一排排走过，
教导我如何在寂静的丛林中，
在空气与水中认识自然的群像。
当森林中狂风暴雨骤然而起，
巨大的松柏被连根拔起，
压断了周围的树干枝条，
山谷发出空洞而沉郁的隆隆声，

于是，你便引我进入安全的洞穴，
教我如何反省，深刻而清楚地认识自己，
于是我胸中的疑惑豁然开朗。
当皎洁的月光升上眉梢，
浮现出柔和而银白的光，
穿透岩壁，从潮湿的丛林向我浮现，
冲淡了沉思后的莫大欢喜，
哦，我意识到，
没有什么可以让人感受到完美。
你给了我日益接近诸神的欢乐，
又给了我一个无法分离的伙伴。
虽然他既冷酷又无耻，
使我自己也变得轻贱——
只要只言片语就可以将你的恩赐，
化为乌有而不值一钱。
他在我胸中煽起腾腾烈焰，
使我对那美丽的肖像不断迷恋。
我便从贪欢倒向享乐，
又在享乐中渴望贪欢。
（墨菲斯特上）

墨菲斯特

难道这种游戏转眼就让你厌弃？
要想让乐子地久天长，
就得偶尔尝试，
转身另寻新欢。

浮士德

我真希望你还有别的事情要忙！

不要在这美好的日子缠着我。

墨菲斯特

好吧，好吧，我会让你清静！
可你也不必跟我如此无礼。
像你这么无礼的、粗鲁的、苛刻的伙伴，
就算绝交也没什么难堪的。
我每天都忙得不可开交，
想方设法让他满意，
可还是摸不透主人的心思。

浮士德

这真说到点子上了！
他让我厌烦之至，
却还要我表示万分感激。

墨菲斯特

可怜的凡夫俗子！你没有我，
怎么生存？
这些天是我从胡思乱想的幻境，
暂时治愈了你的毛病。
要不是我，恐怕你早已魂飞魄散。
你为什么要像一只猫头鹰，
坐在洞窟和岩缝里枯等？
为什么像一只蟾蜍，
从潮湿的苔藓和滴水的石块中汲取养分？
等闲虚掷了美好的光阴，
看来你身上还残存着博士的味道。

浮士德

你怎么会理解这种独居荒山野岭的生命力?
是的。虽然你能猜出几分,
但也一定会魔性大发,
千方百计打扰我的幸福。

墨菲斯特

好一种超凡脱俗的欢娱!
躺在夜露覆盖的丛山中,
天地皆拥你入怀,让自己飘飘欲仙,
以无边的想象汲取大地的精髓,
在心胸里感知那六天的神功,
精神饱满,却享受神奇的东西。
随即又以爱的欢悦融入万物,
俗骨凡胎全然消亡,
所以把高尚的直觉——
(做一个丑态)
我不便说出,怎样结束它!

浮士德

呸!

墨菲斯特

这些话,您肯定是听不进去的。
您有权道貌岸然地向我呸一声。
在贞洁的耳朵面前提不得的,
对贞洁的心却不可少,
忠言逆耳却利于行。
总的来讲,

我不会对您吝惜那种不时骗骗自己的乐趣。
可是久了，阁下怕也受不了。
你已经再度被逼得精疲力竭。
如果这样下去，
就会变成疯狂，恐惧或震惊。
够了！你的情人正在城里苦苦守候，
她怎么也忘不掉你——
爱你爱得癫狂。
最初你的情欲高涨，
如积雪融化漫过小溪，
你已经完全把它注入了她的芳心。
然而现在你爱的小溪开始干涸，
我以为您与其在森林中顾影自怜，
还不如为了她对你的深情厚爱，
轻怜蜜爱，去抚慰下那位傻姑娘。
时间对她是如此漫长。
她坐在窗前，看着白云飘过古老的城墙。
她整天都在唱如果“我是一只鸟，
时时唱到夜未央。”
有时候她高高兴兴，
有时候她伤心欲绝；
有时她哭得死去活来，
有时她显得安安静静。
她显然在害相思病。

浮士德

蛇！你这条邪恶的毒蛇！

墨菲斯特（*旁白*）

我可缠住了你！

浮士德

恶棍！快从这儿滚！

不许再提到那个美人！

别让我这半疯的神志，

对那美妙的肉体再生出贪念！

墨菲斯特

你这是什么意思？

她还以为你已经逃走。

我看你就是这种人，

就是一个俗世凡人。

浮士德

我虽然和她远隔天涯，却近在咫尺。

我决不会忘记她，也不会失去她。

是的。我甚至会嫉妒天主，

嫉妒她的嘴唇接触过主的圣体。

墨菲斯特

说得太好了。我的朋友！

我也经常嫉妒你，

为了在玫瑰下面吃草的那只小鹿。

浮士德

滚开！你这老鸨！

墨菲斯特

好！您倒破口大骂。
我一直感到好笑，
上帝创造出少男少女，
立刻就认识到这是最崇高的天职，
要撮合他们亲自当月老。
去吧，她是那样伤心！
你要明白我是让你进入情人的闺房，
又不是让你去下地狱。

浮士德

在她的怀抱里是多么幸福！
就让她温暖的酥胸温暖我的心！
即使这样，我也常常感觉到她的愁苦。
我可不就是那个逃亡者，
那个无家可归的流浪汉？
不就是那个无目的、无宁息的恶汉？
就像瀑布狂热地冲过岩石，
急不可待地奔向深渊。
而她却在一旁，满怀童真，
在阿尔卑斯山的小茅屋里，
被局限在窄小的天地间，
一心都只忙着她的家务。
而被上帝厌弃的我，
用手抓住岩石，将它们捏成碎末，
仍难称心如愿！
我非要把她，把她的安宁葬送？
而你，地狱啊，也非得要这个牺牲不可？
魔鬼！请你帮我缩短这痛苦的时间！

反正必然发生的事情不如立刻出现！
让她的命运在我的身上崩溃，
让她和我一起毁灭吧！

墨菲斯特

又沸腾了，又愤怒了不是？
快去安慰她吧，你这傻瓜！
这颗脑袋一旦看不见出路，
马上就想逃之夭夭。
永远坚持自己的人才能获得永生！
你身上已经有些恶魔的影踪。
我认为世界上最丧气的事，
莫过于一个魔鬼的心灰意冷，垂头丧气。

格丽卿的闺房

格丽卿（独坐纺轮旁）

我无法平静，
心情十分沉重，
我再也不能平静，
永远也不能。
当他离开我时，
我就已经死去。
整个世界，
都让我忧伤。
我可怜的脑袋
简直快要疯癫。
我可怜的心脏，
已破碎零乱。
我再也不能平静，
心情十分沉重。
我真的再也找不到，

找不到平静！
为了看见他，
我眺望窗外；
为了寻找他，
我走出屋子！
他豪迈的步伐，
他高雅的神态，
他嘴边的微笑，
他眼中的神采，
他出色的口才，
他口若悬河，
娓娓道来。
我忘不掉他的亲吻，
他的握手。
我再也不能平静，
心情十分沉重。
我真的再也找不到，
找不到平静！
我疯狂地思念他。
如果能看到他，
我一定立即将他紧紧地拥抱！
我要热情地与他亲吻，
哪怕亲吻千万遍。
即使以失去生命为代价，
我也心甘情愿！

玛尔沙的花园

（玛格丽特，浮士德上）

玛格丽特

答应我，亨利！

浮士德

尽我所能，如你所愿。

玛格丽特

那么你说说，
你是怎么看待宗教的？
你是个真正的好人。
只是我觉得，你对宗教不太热心。

浮士德

可别这么说，亲爱的！
你知道我对你的真心。
为了爱人，我不惜牺牲生命。

我决不勉强任何人放弃对宗教的赤诚和感情。

玛格丽特

但这还不够，还要信仰它才行。

浮士德

我们非得这样吗？

玛格丽特

唉，我怎样才能感化你？
你连圣餐礼都不愿遵守。

浮士德

这个我是信仰的。

玛格丽特

但是不够热忱，对吗？
你已经很久没有去做弥撒了，
也没有去教堂忏悔了。
你相信上帝吗？

浮士德

我的小爱人，谁敢说我不相信上帝？
你去问问神父或那些哲人，
他们的回答，
一定像是在取笑你的提问。

玛格丽特

那么，你相信上帝？

浮士德

别误会，我的爱人。
谁敢将他呼唤？
谁承认真正信仰他？
谁又胆大包天，
敢承认自己不信神？
那无所不包者，无所不育者，
不正包含又培育着你、我、他吗？
天空不正在上形成穹隆？
大地不正在下坚固凝结？
永恒的星辰不是正和蔼地闪灼而上升？
我不正是用眼睛注视着你的眼睛？
万物不正在充满你的头脑和心？
它们不正是在永恒的神秘中，
有形无形地在你身旁活动？
用这一切充满你的心吧！
虽然它是那么庞大。
如果你完全陶醉于这种感情，
你爱怎么叫它，就怎么叫它。
管它叫幸福、叫心、叫爱、叫上帝，
就这样称呼。
我从没想过给它起什么名称，
感情就是一切。
名称不过是个虚名，
好比笼罩天火的烟雾。

玛格丽特

你说得真生动。
神父似乎也这么说过，

只是语句略有不同。

浮士德

在光天化日之下的任何一个地方，
任何心灵都会这么说！
只是不同的人用不同的语言。
而我为什么不能用我自己的语言呢？

玛格丽特

这样听起来，
道理还说得过去。
只是有些似是而非，
这是因为你不信基督教义。

浮士德

亲爱的宝贝。

玛格丽特

我很早就开始担忧，
因为你和那样的人有交往。

浮士德

怎么会？

玛格丽特

你身边的那个怪人，
让我从内心深处感到厌恶。
我一看到他那张可怕的嘴脸，
就感到恶心。我一生中，

从不曾如此厌恶一个人。

浮士德

亲爱的宝贝！不要怕他。

玛格丽特

他一出现，我就烦躁不安。
我对每个人都很和气，
犹如我很渴望见到他们。
可是我一见到那个人就不寒而栗。
我认为他就是个骗子。
如果我冤枉了他，
就请上帝原谅我的无礼。

浮士德

世界无奇不有。
这种怪物也是不可或缺的。

玛格丽特

我不愿与这种人待在一起。
他一进门就是一副嘲讽的面孔，
看起来阴冷无比，而又喜欢窥视别人。
他不爱任何人，也没有同情心，
这些都在他的额头上分明写着。
我依偎在你的怀中，
是那么的舒适、自由，
温暖而销魂！
可是他一来我就郁闷不已。

浮士德

你真是个直觉很准的天使！

玛格丽特

只要他一走近我们，

他就压得我喘不过气。

我甚至觉得再也不能爱你，

我甚至无法安心祷告。

他来了，

我连祷告都不能做。

我真的觉得心焦如焚。

亨利，你是否也和我一样？

浮士德

看来，你和他是水火不相容。

玛格丽特

我应该走了。

浮士德

唉！难道不能让我在你温暖的怀中，

再舒服地多待那么一小时！

让我们胸贴着胸，心连着心。

玛格丽特

唉！但愿我今晚独自入睡。

我会为你不插门，

可我妈妈睡觉时很警醒。

要是我们给她撞见，

那我会当场把命丢。

浮士德

宝贝！别着急。
这儿是个小瓶子，
如果在她的茶水里滴三滴，
包管让她一觉沉睡不醒。

玛格丽特

为了你，我什么都肯做。
只希望不要伤害了她。

浮士德

要是能害人，亲爱的，
我又怎会向你推荐它？

玛格丽特

好人，我一见到你，
不自觉地就会对你千依百顺。
我已经为你做了很多事情，
几乎没有什么不能做。
（下）

（墨菲斯特上）

墨菲斯特

小女孩走了？

浮士德

你又在偷听？

墨菲斯特

我听得非常清楚。
博士先生刚才受到了盘问，
但愿这对您有益。
少女们确实很关心，
一个人是不是虔诚地信仰宗教。
她们心想如果他在这方面俯首帖耳，
她们的话更不会不听。

浮士德

你这怪物是不会理解的！
这诚实可爱的心灵充满着，
可以使她得救的信念。
她费尽心思，
想让她爱的男人与自己一同忠实于信仰，
免得爱人堕入迷途。

墨菲斯特

你这追逐肉欲和淫乱的花花公子，
被一个小姑娘牵着鼻子。

浮士德

你这粪土与火合成的怪物。

墨菲斯特

她居然精通相面术。
我一出场，她便手足无措，
看穿了我面具下潜藏的鬼胎。
她认为我是个天才！

也许还是个魔鬼。
怎么样，今天晚上？

浮士德

那和你有什么相干？

墨菲斯特

我也为你感到高兴啊！

水井边

（格丽卿，贝斯持水罐上）

贝斯

听说芭芭拉的事情了吗？

格丽卿

没有，我向来很少出门。

贝斯

当真？是西比拉今天告诉我的。

她终于被别人骗了。

真是活该，这是她愚蠢自大的报应。

格丽卿

怎么回事呢？

贝斯

说起来真扫兴。现在她吃饭喝水，

得喂饱两张嘴。

格丽卿

噢！

贝斯

到头来她是自作自受。
她和那个小伙子纠缠很久，
要么一路散步，
要么到乡村跳舞，
处处争第一。
不是吃馅儿饼，就是喝葡萄酒。
她自认貌比天仙，
其实是不知廉耻。
一点儿也不害臊，
轻易接受那人的礼物。
他们卿卿我我，搂搂抱抱，
那朵小花儿终于凋落。

格丽卿

好可怜的姑娘。

贝斯

你还可怜她？
我们一直坐在纺车旁，
连夜里妈妈也不让我们休息，
然而她却跟情郎待在一起，
甜言蜜语。
不是在大门口的凳子上，

就是在阴暗的弄堂里，
快活得连时间都忘记了。
现在好了，她必须低着头，
背负着道德罪孽去教堂忏悔。

格丽卿
他肯定会娶她做妻子的。

贝斯
除非他是傻瓜。
精明的小伙子喜欢到处寻欢作乐，
他已经溜走了。

格丽卿
那可做得不地道。

贝斯
就算她嫁给了他，
也不会成为什么好事。
男孩们会扯掉她的花环，
我们会在她门前撒草料。

格丽卿（走回家去）
一般别人家的可怜姑娘做了错事，
我平日里会理直气壮地谴责对方。
对别人的罪过，我的舌头从来不曾宽恕它。
别人的身上有了污点，我总觉得不够，
还要额外抹黑她才甘心。
以此来抬高自己的身份，

却没想到现如今，
我也得赤裸裸地面对自己的罪过。
然而——把我逼到这个地步的一切，
天哪，是多么美妙，又多么快活！

城墙角

（墙龛里有一尊痛苦圣母的祈祷像，神像前摆有花瓶。）

格丽卿（把鲜花插入瓶中）
慈悲的圣母啊，
请您俯首慈悲我的忧伤。
你被利剑穿心，
承受万般痛楚，
亲眼看着自己的儿子死去。
你仰望着天父，哀哀地哭泣，
为了儿子和自己的哀伤。
谁能感觉到我这彻骨的痛楚？
我可怜的心为什么担忧？
它为何颤抖，为何而祈求？
只有你知道！
只有你一个人知道！
不管我走向何方，
心中总是无比凄凉，
凄凉，凄凉，凄凉！

当我独处时，
我便哭泣，哭泣，哭泣，
哭得心碎神伤。
今天清晨我为你摘下这些鲜花。
唉，我的泪水浇湿了窗前的花盆。
阳光照进了我的卧室，
我却绝望地坐在床上。
救救我吧！将我从耻辱和死亡中救出来。
受苦受难的圣母啊！请您俯首慈悲我的忧伤！

夜（二）

（格丽卿家门前的街道）

瓦伦廷（兵士，格丽卿的哥哥）

从前我参加盛宴，
许多人夸夸其谈，
酒友们向我炫耀少女如花，
一边碰杯，一边把她盛赞。
那时我总是两肘支在桌上，
泰然自若，坐着倾听，
听他们炫耀不停，
随后微笑，摸摸胡须，
手里也举一满杯说道：
“不错，每个人有每个人的优点，
然而，谁又能比得上我心爱的格丽卿，
谁配给我的妹妹送茶递水当仆人？”
于是满座都是叮当的碰杯声，
有人还大声叫喊：
“说得有理，她确实不愧是女性中的冠冕。”

于是，之前的赞美者全部都闭上了嘴。
可如今，我恨不得把自己的头发拔光，
恨不得把脑袋往墙上撞。
任何一个无赖对我讽刺挖苦，嗤之以鼻，
而我却只能像一个欠债的人坐在那儿。
一两句闲话，便可以让我满身冷汗。
真想把他们痛揍一顿，
可又不能说他们撒谎。
是谁往这边来了？偷偷摸摸地来了？
要没弄错的话，是两个同伴。
要是他的话，我马上就揪住他。
他休想从这儿活着逃走。
（浮士德，墨菲斯特上）

浮士德
从教堂向圣器室的窗户看过去，
长明灯的光闪烁不定，
侧面的光线慢慢变暗，
黑暗如魔鬼从四周压迫而来，
我的心胸就像这夜色般沉重。

墨菲斯特
我急得像只小猫，
顺着救火梯往上爬，
悄悄趴在墙头窥视，
这时我感到很自在。
既可以偷偷摸摸，
又可以拈花惹草。
后天就是绝妙的瓦尔普吉斯之夜，

那时人们就能明白为什么要通宵不睡。

浮士德

我看见那后面金光闪耀，
莫非有宝物要钻出地面。

墨菲斯特

你很快就会欢喜不已，
挖出那个宝盆。
我前几天还去看过，
那里面有无数白晃晃的狮头银圆。

浮士德

没有项链吗，
或者一枚指环？
好送给我的情人。

墨菲斯特

好像有一串珍珠项链。

浮士德

这就好了。我去见她，
如果不带点礼物，总觉得遗憾。

墨菲斯特

不会让你去丢脸！
你只要好好享受，
现在已经是满天星光。
您先听一首真正的绝唱，

我给她唱一支劝化歌，
一定会把她迷得沉醉。
（弹奏乌齐特尔琴，歌唱）
卡特琳，我的小亲亲！
天刚亮，
在情郎的门前，
你想做什么？
他若骗你进门，
你千万别停留。
进去时是位姑娘，
出来便失了姑娘的身份。
你可千万要当心，
春风一度，好事成，
他便翻脸不认人！
我那可怜的小乖乖，
你可千万要自重，
不要招惹小杂种！
裤带可是不能松，
除非戒指手上戴。

瓦伦廷（上前）
你在这儿勾引谁？
真该死，可恶的骗子！
滚你妈的乐器，去见鬼！
然后再让唱歌的也见鬼去！

墨菲斯特
乌齐特尔琴已经碎成了两半，什么歌曲也不能弹。

瓦伦廷

那还要劈开你的脑袋。

墨菲斯特（对浮士德）

博士先生！别退缩，

挺住，靠近我！

听我的话，

拔出你的鸡毛掸子，

尽管向前冲，我来应战。

瓦伦廷

你来试试！

墨菲斯特

为什么不能？

瓦伦廷

再继续来！

墨菲斯特

那是小菜！

瓦伦廷

我想我肯定是与魔鬼在决斗。

怎么回事？

为什么我的手会麻痹？

墨菲斯特（对浮士德）

刺过去！

瓦伦廷（倒地）
哎哟！

墨菲斯特
这家伙倒下了！快走吧！
咱们得马上逃走，已经有人在喊“杀人”了！
我虽然善于对付警察，
可杀人案件很让人棘手。

玛尔沙（在窗口）
杀人了！来人啊！来人！

格丽卿（在窗口）
快点灯！

玛尔沙（如前）
刚才有人在这里又是骂又是喊，
又是打又是斗！

众人
有个人躺在那儿就要死了！

玛尔沙（走出来）
凶手呢？已经逃走了吗？

格丽卿（走出来）
是谁躺在那儿？

众人

你妈妈的儿子呀！

格丽卿

上帝啊！这是多么可怕的灾祸呀！

瓦伦廷

我就要死了！
你们这些妇女为什么还只干站在那里哭泣？
快过来听我说！

众人（走过来围着他）

我的格丽卿，你听着，
你还比较年轻，
不懂得利害轻重。
你做了错事，
说句知心话。
你已经是个破鞋了。
那就干脆这样混吧！

格丽卿

上帝啊！哥哥！
你怎么跟我说这样的话？

瓦伦廷

别拿天主的名义开脱！
事情既然已经发生，
今后只好听天由命。
你开始只和一个男人厮混，

但很快会有更多的人找上门!
等十几个人找上你，
全城人都看轻你。
一旦不幸结了暗胎，
你只能偷偷地将他生下来，
用黑夜的面纱将他遮住，
甚至恨不得将他杀死。
纵然他活下来，长大成人，
白天抛头露面走出去，
也不会变得漂亮，
相反会更加丑陋，
而且会遭到外人的嫌恶。
我已经预见了会有那一天，
所有正直的市民都躲着你，
躲着你这个荡妇，
就像躲避一个身染瘟疫的尸体。
如果他们看你一眼，你都会吓丢了魂。
你再也戴不了金项链，
再也不能站在教堂的祭坛旁，
也不能披着漂亮的披肩跳舞。
你只能躲在一个阴暗的角落，
躲在乞丐和残疾人中间，
即便上帝宽恕你，
在人世，你也终将遗臭万年。

玛尔沙

快为您的灵魂祈求上帝宽恕，
难道您还要给自己添上诽谤罪吗?

瓦伦廷

我真想揍扁你，
你这个拉皮条的老鸨。
这样我才会安心，
才会请求主宽恕我所有的罪过。

格丽卿

哥哥，我好像下地狱一样痛苦啊。

瓦伦廷

我说，你现在哭哭啼啼又有什么用?
你可知道，当我知道你已失身的时候，
我的心就比受了重击还要痛苦。
我会作为一名正直的军人，
通过死亡的长眠去接近上帝。
（死去）

大教堂

（礼拜仪式，大风琴和赞美歌）

（格丽卿在人群中，恶灵在格丽卿身后。）

恶灵

格丽卿，你已不是当初的你。
当初你纯洁无邪，
走到祭坛前，
翻开破旧的圣书，
咿咿唔唔地念着祈祷文，
一半出于儿戏，
一半出于虔诚。
格丽卿，你为什么会发昏？
你心里藏着怎样的罪孽？
你的祈祷是为了你母亲的灵魂？
她为你受了长久的苦痛才闭上眼睛。
你的门槛上是谁的淋淋血迹？——
而且在你的心脏下，
不是已经出现胎动？

无穷的隐忧，
在威胁你和他的生存。

格丽卿
天啊，天啊，
如何才能摆脱那些念头？
转来转去折磨我，
吞噬着我！

合唱
震怒日既然来临，
尘世化为灰烬。

恶灵（大风琴声）
震怒向你降临，
喇叭长鸣，
坟墓颤动，
你开始胆战心惊，
从死灰般的寂静中苏醒，
去接受烈火的非刑！

格丽卿
我离开这里，
这风琴的声音几乎令我窒息！
这赞美歌深深地感化了我。

合唱
审判已升庭，
万恶皆昭彰，

无恶不受罚。

格丽卿

我感到一阵紧张，

石墙的圆柱包围着我，

圆圆的屋顶压迫着我，

我需要空气！

恶灵

你快躲避吧！

虽然躲不过耻辱和罪罚。

你需要空气？需要光？

可怜的你！

合唱

罪孽深重，何须再言？

有谁庇护，向谁乞怜？

正直之人，尚且难免。

恶灵

圣者见你，掉头回避；

清白之人用手碰你都心寒。

可怜啊！

合唱

可怜罪孽深重，又何须再多言！

格丽卿

邻居，您的瓶子。（昏倒）

瓦尔普吉斯之夜

（哈尔茨山，希尔克和埃伦特附近）

（浮士德，墨菲斯特上）

墨菲斯特

你想不想用一根扫帚代步？
我倒希望有一匹健壮的山羊。
这里离目的地还有遥远的路程。

浮士德

我的腿还很有劲，
这根有节的手杖也很耐用，
我们又何必要抄近路呢？
在这山谷中的迷宫中穿行，
攀登清泉奔腾不息的山峰。
如此幽径，引人入胜，
春意在桦树枝头喧闹，
枞树也感觉到。
难道春光没有笼罩我们的四肢？

墨菲斯特

我可一点也感觉不出来什么春意。
我体内还存有寒冷的冰雪，
我宁愿路上还是雪上披霜。
半圆的红月散发出暗淡的余晖，
慢慢升上半空，将山路照得十分幽晦。
令人每走一步不是撞上树，就是碰上岩。
我要召唤磷火，请别反对。
那边正有一簇燃得正旺的磷火。
喂，朋友，能否请你帮帮忙？
何苦这样白白将火光燃尽？
求你为我们照亮山路。

磷火

诚惶诚恐，谨遵台命。
我希望自己能够收敛起轻浮的天性，
不过我已经习惯曲折地步行。

墨菲斯特

嘿嘿！它竟想模仿人类，
我以魔鬼的名义命令你走直线！
否则我吹灭你摇曳不定的生命之光。

磷火

我知道，您是我家的主人。
我愿意听从您的吩咐。
不过，您得想一想，
今晚山上群魔乱舞，
您要让磷火为您引路，

可不能过于挑剔。

（浮士德，墨菲斯特，磷火互相唱和）
我们已走进梦的幻境和魔的故乡，
大显身手把路引，引导我们向前行。
快快进入那辽阔荒凉之地。
那茂密的树连成一片，
从这头到那头，
蜿蜒高耸，
滑石峭壁，
如同熟睡时的鼾声！
飞跃那草地与山岩，
随着那潺潺溪水而去。
已分不清是水滴在弹奏还是有人把歌唱，
或者是呢喃的娃娃音？
抑或是婉转优雅的簧鼓被敲响！
凡是被期盼和爱慕的，
回音会一一将其回应，
犹如古代歌颂的战绩传诗。
“呜呼！咿呀！”叫声渐行渐近。
是哪种禽类？
难不成它们竟都是清醒的？
那在草丛中缓慢爬行的肥头大耳之物，
可是蝾螈？
那树根健如长蛇，
在岩土中滋长盘生，
牵引着它们之间传奇的纽带，
好像是欢呼着要将我们捉住。
那如乌贼须一般从树瘿下伸出的浓密树荫，

仿佛作势要将行人缉拿。
还有老鼠，千百万成群结队，
齐趟过那苔藓和荒丘。
萤火虫密密麻麻地飞入，犹如天上坠落的陨星，
一点点地将行人引诱。
快给些意见：
我们该停止脚步还是继续前进？
这里的一切都在旋转，
所有的山峰丛林都在变形，
还有那不断膨胀的鬼火。

墨菲斯特

抓紧我的衣角，
这是山顶中部。
山中有财宝发光，
人人都会大吃一惊。

浮士德

一道朝霞似的幽光，
在谷底闪烁，这是多么奇妙！
万丈深渊也逃不过它的光亮。
那边烟雾升腾，气流飘浮。
这边从沼气中闪出火光，
初时如游丝袅袅，
之后便泉水奔腾；
有时蜿蜒过山谷的脉络，
在整个山谷中迂回萦绕；
有时又在狭窄的角落崩塌，
崩成山石，碎若沙尘，

犹如金沙洒落。
看哪！那座山，
整个峭壁都像是在燃烧！

墨菲斯特

难道是财神在庆祝节日，
为了炫耀他金碧辉煌的宫殿？
你能看见，真的是三生有幸。
我已隐约听见宾客熙攘的声音。

浮士德

狂风在空中狂啸直冲，
猛烈地吹打着我的脖子。

墨菲斯特

你快将岩石的老肋骨抓紧，
否则狂风会将你吹进深谷。
雾霭笼罩整个夜空，
听！森林中发出噼啪声，
受惊的猫头鹰四处飞散。
听！长青宫殿的圆柱已破裂。
树枝戛然而断，
树干轰然倒地，
树根拔地而起——
它们东倒西歪，
断木残枝层层叠叠，
乱作一团！
狂风在呼啸！在咆哮！
你可听见有声音从高处传来？

似远似近，响彻了整个山谷。

女巫（合唱）
女巫们走向布罗肯，
麦梗枯黄，
苗儿青青。
那儿聚集着一大群人，
上座是乌里恩先生。
跨过了石头，跨过了树根，
女巫和山羊，气味臊死人。

声音
老包玻[①]骑着一头老母猪，一个人来了。

合唱
光荣归于有名人，
包玻老母请先行。
老母骑在猪背上，
后面还跟着一大群女巫。

声音
你从哪条路上来？

声音
从伊尔森斯坦那边。
在那儿，我看过猫头鹰的巢，

① “老包玻”指尚未完全入魔的女巫，她们追求接近女巫行列而不可得。此处用以比喻半吊子人才。

它瞪着一对大眼睛！

声音
你们这些地狱的恶魔，
干嘛骑得那么快？

声音
她擦破了我的皮，
你看看我的伤！

女巫（合唱）
道路又宽又长，
为何如此拥挤？
用棍戳它，用扫把搔它，
儿快闷死！娘快疯狂！

巫师（半数合唱）
男人爬行像蜗牛，
女人事事争个头。
走到恶魔家去，
女人抢前一千步。

另一半巫师（合唱）
我们一点不在意。
女人虽然快了一千步，
不管女人怎么赶，
男人一跃便赶上。

声音（上方）
来吧，一起来吧，从湖底一起来！

声音（从下）
我们很想一起登高，
我们洗过澡，全身洗干净，
永远不会生男和育女。

双方（合唱）
风歇星遁，
间月藏身。
魔音齐飞扬，
千万火星飞。

声音（从下）
停下，停下。

声音（从上）
是谁在岩缝里叫喊？

声音（下方）
带我一起！带我一起去！
我已攀登了三百年，
只是还没有达到顶峰。
我想跟着我的同类。

双方（合唱）
骑扫把，骑拐杖，
骑叉棍，骑山羊。

如果今天不能飞升，
那就注定永远沉沦。

半女巫（下方）
我跑了很长时间，
可别人走了老远老远。
我在家心神不宁，
到这里却还是追不上同伴。

女巫（合唱）
油膏使女巫变得勇敢，
破布正好可以充当风帆，
木盆可以当作小船，
今儿不飞便飞不上天。

双方（合唱）
我们正环绕着山顶，
轻轻掠过了地面，
使用你们的魔女群，
覆盖整个大草原。
（落下来）

墨菲斯特
挤呀！撞呀！冲呀！闹呀！撕呀！搅呀！
拉呀！嚷呀！闪呀！喷呀！臭呀！烧呀！
地地道道的女巫本色，
紧紧地跟着我，
要不我们马上会被冲散。
你在哪儿?

浮士德（远处）
这里，这里！

墨菲斯特
你怎会被挤到那么远？
想必我必须执行家法了。
让开！伏郎公子来了。
让开，我的良民们！
把手给我，博士！
用力一跳！让我们挣脱这喧闹的人群，
挣脱这乱套的地方。
那附近似是发出了奇异的光！
或许能指引我们找到出路。
来吧，博士！让我们趁机溜进去。

浮士德
你这矛盾的家伙！
去吧。我定会紧随你而去。
我且必须承认，这想法巧妙绝伦。
从瓦尔普吉斯之夜辗转布罗肯，
竟是为了在这仙境享受清闲。

墨菲斯特
看！那火焰居然色彩斑斓，
一群人正围着它快活地旋转。
人虽不多，却毫不孤单。

浮士德
我却更愿意站在那上面。

火与烟雾缭绕的旋涡清晰可见。
那里的人群正一步步涌进恶魔的怀抱，
他能解开一切不为人知的哑谜。

墨菲斯特

但那哑谜将永无止境。
罢！就让世人各自苦恼，
我们大可安心享受这难得的清静。
大世界里有无数个小世界，
这是亘古不变的定律。
那妙龄的女巫赤身裸体，
上了年纪却懂得了遮羞。
给我个薄面！放宽心。
开心才不费力气！
有什么乐器在响？
真是令人厌恶！
看来我非得习惯不可。
走吧！
我们无处可去，
我就来做个牵引。
也好让你再拾得一份良缘。
如何，兄弟？
这地儿可不小。
看！
简直一望无际，
到处灯火通明。
跳舞！煮食！喝酒！还有——爱！
如此，
你觉得几处能胜过此佳境？

浮士德

你让我在此结识姻缘，
是以巫师的身份还是魔鬼的一员？

墨菲斯特

平日我习惯化装埋名，
可每逢节日，
却也想戴上勋章。
虽没有膝带让我显得与众不同，
可马脚在家乡却是至尊荣耀。
可否看见了那只蜗牛？
它正缓缓爬过来。
就凭它那薄弱的感官都可轻易分辨我的味道，
所以我想装也力不从心。
走吧！从这儿到那儿，
我做媒，你求爱。
（对几个坐在炭火余烬周围的人）
诸位先生！
你们怎么了？
为何不与年轻人一起尽情狂欢？
平时独自在家，想必也太过萧条寂寞。

将军

如今的国民，谁还敢信！
尽管以往战绩显赫，
而她竟像个女人！
身边围绕的只有年轻人，

大臣们

众叛亲离的我们，
只能暗自缅怀往日荣耀。
想当年我们雄霸一方，
如今我们的时代早已消失无垠。
往日你我如此聪明，
却也会做些错事。
如今本应安享富贵，
可这一切却早已不复存在。

作家

即使文章富含哲理，
可谁还有那闲心细读？
而那些年轻的孩子们，
哪会像如今这般自大张狂？

墨菲斯特

（突然现出龙钟老态）
最终的审判已经如期而至。
最后一次攀登女巫山，
酒壶里的浊酒所剩无几，
想必世界末日即将降临。

卖旧货的女巫

先生们，
可别慌乱逃走，
莫失良机，
仔细看看我的货，
品种繁多。

每一样都举世无双！
每一样都曾给人类世界带去遍体鳞伤！
看！这些匕首无一不曾染过鲜血！
这些酒杯无一不曾盛过鸩毒，
灌进那健康的躯壳！
每一件首饰都引诱过女人！
每一把刀剑都贯穿过人心！

墨菲斯特

表姨妈，识时务者为俊杰。
过去的已经过去。
您若再不推陈出新，
可就再也无法吸引我们。

浮士德

我可不能得意忘形！
这简直就是盛廿的年会！

墨菲斯特

我们在人海里前进，
别以为是你在挤别人，
其实是别人在挤你。

浮士德

她是谁？

墨菲斯特

瞧仔细了！是莉莉特。

浮士德

谁！

墨菲斯特

亚当的前妻。

她那靓丽的头发，你可要注意。

那是她唯一值得炫耀的东西。

是它助她搞定一位青年，

且让他死心踏地。

浮士德

有一老一少坐在那边。

她们似乎跳累了。

墨菲斯特

既然舞已经开始，我们便不能停歇。

走吧，咱们也融入其中。

浮士德（跟一个年轻人跳起来）

我做了一个美梦，

梦里有一棵苹果树，

树上有两只苹果很红，

它不停地诱惑我爬上去。

美女

世人皆爱苹果，

从生长开始便是如此。

我也激动欣喜，

只因自家园中硕果累累。

墨菲斯特（跟一个年老者跳舞）
我却做了个怪梦，
那是一棵分杈树，
虽然只结了一颗果子，
但我已心满意足。

老妇
马脚骑士，
我真心为您祝福。
您若不怕，
大可一试。

尾脊幻视者
无耻之徒！
胆敢如此胡闹。
我早已证明，
魍魉从不会有人脚。
你们却还在努力地跳，
舞步竟跟人类不相上下。

美女（跳舞）
他参与我们的舞会用意何在？

浮士德（跳着）
哪儿都有他！哼！
别人跳舞，他铁定胡说八道。
错一步，
就全盘皆输。
前进的步伐一旦迈开，

他就会气得跳脚。
反倒像是围绕古老的石磨兜圈子，
他会拍手叫好。
不料却是你请教他。

尾脊幻视者
奇怪，你们怎么还在?
有多远滚多远!
我们早已清醒，
可你们这些恶魔，
完全不遵守规矩。
我们早已清醒，
泰格尔却还在装神弄鬼。
我不停地扫除迷信，
可迷信总是扫除不清，
真是岂有此理!

美女
住口！谁都不愿听你唠叨!

尾脊幻视者
恶魔们，就当着面我来讲清楚，
我的精神不受束缚，
它永远只属于我。
（舞蹈继续着）
想必今日必定无功折返，
幸好这游记被我随身携带，
我可算做了一次旅行。
但愿在我行最后一步前，

能制服你们这些恶魔与诗人。

墨菲斯特

他就要深陷泥沼，
这却是他自娱自乐的老法子。
只有蚂蟥在他的屁股上肆意醉饱，
他才能恢复正常。
（对从舞池退出来的浮士德说）
你为何不留住那美女？
她又唱又跳的，
难道令你不满意？

浮士德

非也，只是她唱着唱着，
便有只红老鼠被吐出来。

墨菲斯特

那又如何！太挑剔可并非好事。
只要不是灰老鼠便够了！
寻欢作乐之时，谁管这些。

浮士德

我还看到——

墨菲斯特

什么？

浮士德

墨菲斯特，

你瞧那远处，
一位苍白的少女孤零零地站在那儿，
她走得很慢，
如同双脚锁上了沉重的枷锁。
我必须承认，这种感觉如此强烈，
我觉得她像格丽卿一样。

墨菲斯特

别管它！别自找麻烦。
那只是个影子，毫无生命迹象，
碰到它可不是好事。
它的眼，
能让人的血液瞬间凝固，
然后如石头般坚固，
就如同美女蛇美杜莎。

浮士德

对，那确是一双死人眼，
没有亲人让它瞑目。
那是格丽卿献给我的双乳，
是我曾经享用过的身体。

墨菲斯特

那是魔法，你这傻瓜别上当！
谁见了她都以为是自己的娇娘。

浮士德

多么欢喜！又如此忧伤！那道目光让我无法自拔！
为何那美丽的脖颈上系有一根红色丝带，

只有刀背那么宽？

墨菲斯特

没错！我也看到了，
她居然摘下脑袋携在腋下，
因为她的首级早已被珀耳修斯砍下。
别再想入非非，
咱们去那个小山头吧，
那儿如同普拉特一样热闹喧哗。
倘若我没被蒙蔽，
我便欣赏了一部戏曲，
不知演了些什么。

天后

演出的通告即将出炉，
那是一部新戏，七部的尾声，
也就这些。
作为当地习俗，
编剧是个业余作家，
演员们也是业余客串。
恕我先走了，两位先生。
揭开幕布便是我的业余工作。

墨菲斯特

我们在布罗肯山遇见你，
那儿很适合你。

瓦尔普吉斯之夜的梦
或奥白朗和蒂坦尼亚的金婚

（插曲）

舞台监督

米丁的弟子们，
咱们今天休息。
峡谷和古老的潮湿山，
全当是布景！

报幕人

结婚五十年，
便可以举行金婚仪式。
夫妻间和睦相处，
远比黄金更贵重！

奥白朗

如果身边有守护的精灵，
那就请现在现形吧。

看这天王跟天后，
今日再结良缘。

帕克
帕克舞动着腰肢，
踮着脚一步步旋转；
他的身后跟着百余人，
与他一起欢舞。

阿莉儿
阿莉儿正在领唱，
她的声音美妙而婉转。
吸引了许多的丑妇人，
和一些容颜姣好的佳人。

奥白朗
普通夫妻若想和睦相处，
不妨多向他们学习。
若想恩爱长留，
偶尔彼此分离很必要。

蒂坦尼亚
夫妻二人若生嫌隙，
就将他们捉起来，
把妻子送到南极，
将丈夫送往北极。

管弦乐队（全奏最强音）
苍蝇的嘴巴，蚊子的鼻子，

以及草里的蟋蟀和荷叶下的蛙
他们就像左邻舍和亲戚，
天生就是音乐家。

（独奏）
风笛声悠扬地飘过来，
仿佛在吹肥皂泡泡。
只听见“啦啦啦声”越吹越大，
犹如吹喇叭快要吹断了气。
刚刚修成的精灵，
拥有蜘蛛脚腿和蛤蟆的肚子，
以小翅膀配着它的小身躯。
从来不曾有过这样的物种，
胡诌几首打油诗倒是很有可能。

绝配佳人

迈着猫步高跳，
踏过甘露和芳草；
虽然脚步很急，
却很难飞上天空。

好奇的旅行家

这里难道不是正在举办化装舞会？
莫非我是看花了眼，
奥白朗竟然也上了妆，
他正在人群中缓缓前进。

正教徒

虽然它没有爪子和尾巴，

我们不必怀疑和忌讳，
就像希腊的诸神，
他其实也是一个魔鬼。

北方的艺术家
不论我的笔会写什么，
如今都还是个轮廓图。
我已经准备好笔墨出发，
打算去意大利旅行。

夫子
来到这里的我真是倒霉，
到处都充斥着荒淫气息；
特别是那一群老女巫，
她们中只有两个人擦了粉。

年轻的女巫
只有白发老妇，
才会上妆、穿衣，
我现在裸体骑着山羊，
露出我丰美的肉体。

端庄老妇
我们知书达理，
不愿与你争论；
你的年轻娇美，
不久便会油尽灯枯。

乐队指挥

苍蝇的嘴巴，
蚊子的长鼻，
切莫一直围绕裸体打转。
荷叶下的牛蛙，草丛中的蟋蟀，
不要奏错了音乐的节拍。

风信旗（向一方）

这样的聚会最完美，
女是传统的好姑娘！
男是英俊的好儿郎，
似锦的前途在前方！

风信旗（向另一方）

地若不裂，
将其泯灭。
紧随其后，
投身地狱。

克生尼恩

我们好似蝼蚁，
螯钳很小却尖锐。
至高敬意，
只为我主撒旦。

亨宁格斯

看他们成群结党，
以尖牙利嘴伤害他人。
最后却还要说，

他们其实有一副好心肠。

艺术保护者

我与女巫一起鬼混，
将一切烦忧抛至脑后。
我对此道甚是精通，
就是缪斯也不及我。

泯灭的精神

附凤攀龙我很有一套，
现在，请抓紧我的衣裾。
布罗肯山的雄伟，
犹如德国帕纳苏。

好奇的旅行家

看呐，那个莽夫是谁？
他趾高气扬地跨着大步。
他一路打探，
是在“调查耶稣会员”。

鹤

我最爱在清水中捉鱼，
同时也喜欢在浊水捉鱼，
即使在恶魔群中，
也会有善男与信女。

凡夫俗子

信徒果然就是不一样，
他们用尽一切手段。

来到布罗肯之山秘密集会。

舞蹈者

又来了一支合唱队，
咚咚地鼓声由远至近。
不要闹，让我仔细听！
那是芦苇荡中的群鹭之鸣。

舞蹈教练

人人都卖力扭腰，
当仁不让把舞领。
胖子跳，驼背扭，
不管好坏，
也不论精彩。

提琴手

地痞流氓总是相互憎恨，
一心想要置对方于死地。
风笛声将他们招来，
仿旨奥菲的驯兽群！

专断主义者

批判也好，怀疑也罢，
不许闹得我头晕，
恶魔是必然存在的，
不然为何有此名？

唯心主义者

我心中依旧有幻想，

但这次实在令我很苦恼。
今天的我就像个疯子，
把这一切当成了我。

实干者
本体实在令人苦恼，
使我烦闷又厌恶。
今天是我头一回
觉得脚跟有些立不稳。

超自然主义者
这里让我很开心，
大家一起恰逢好事连连。
纵然有恶魔在此地，
想必神灵也会降临。

怀疑论者
有人追着火苗而去，
以为可以寻得宝藏。
怀疑本与魔鬼同调，
我在这里就是巧合。

乐队指挥
荷叶下的牛蛙，
草丛中的蟋蟀，
惹人嫌的清唱家。
蚊子的鼻子，
苍蝇的嘴巴，
你们倒是音乐家。

投机取巧者

我们逍遥自在很快乐，
有个别名叫“无忧”。
哪怕腿脚不能走，
也要用头来走路。

迷惘者

吹牛拍马骗吃骗喝的日子，
如今已无法再继续。
脚下的鞋子已经跳破了，
现在只能光着脚跑步。

鬼火

我生于泥泞，
也归于泥泞。
人前闻声舞步起，
一世风流才出众。

流星

我从高空落下，
绽放无数光彩。
现今躺在草丛中，
谁有好心扶起我？

胖子

滚！别碍眼，
地上的小草被踩坏。
精灵的身体很小，
行动也很笨拙，

只能蹒跚地走过来。

帕克

走路脚步要放轻，
别像象仔胡乱踩，
若问今日谁最重，
当仁不让是帕克。

艾莉儿

慈爱的自然与神灵，
赐给我丰满的羽翼。
与我同行，
一起飞往玫瑰岭。

管弦乐队（最弱音）

云雾渐渐散开，
转眼天色转明。
芦苇的叶子随风轻轻摆动，
一切的幻象都将消散无踪。

阴天　原野

（浮士德，墨菲斯特上）

浮士德

这患难让人绝望！
枉她在尘世中迷惘这么久，
而今她被抓走，
在那监狱里受尽折磨。
倒霉的丫头成了女犯，
沦落到这般地步。
忘恩负义的无耻恶魔，
你竟敢不对我坦白，
就在那儿别动，
用你那双凶残的鬼眼看着，
用你那不可一世的姿态反抗我吧。
她被抓了，现在正身处危难之中。
还落在恶灵和无情审判者的手上。
此刻，
你却用这百无聊赖的游戏糊弄我。

你竟敢隐瞒她日渐增长的哀怨，
让她独自坠入无尽的深渊。

墨菲斯特

她并非第一个！

浮士德

你这贱货！
可恨的狗东西！
勇猛的神灵啊，
乞求你将这废物变成狗，
就像以前，
喜欢在夜间跑到我面前摇头摆尾，
喜欢在诚实的路人脚下翻滚，
喜欢扑在跌倒在地的人的身上；
请把它变回往日可爱的模样，
以便它腆着肚皮，
在我面前的沙土上匍匐前进，
我还能用脚踢那该死的畜生。
不是第一个！悲剧啊！
没有人可以理解：
沉沦在那深渊里的并不止一人。
而在那所谓的慈悲者面前，
为何第一人忍受着刮骨拨筋的折磨而死，
还不足以为其他人赎罪？
那种痛苦让我痛彻心扉，
而你却不以为然地对生命苟笑。

墨菲斯特

现在的我们不再聪慧，
人类也常常思想混乱。
既然你龙头蛇尾，
那为何当初要与我们联盟？
你想飞却又怕晕眩，是吗？
究竟是我们强求你？
还是你强求我们？

浮士德

别再对我露出贪婪的嘴脸。
真是令人作呕！
神圣的神灵啊，
请向我显灵，
你若知晓我的想法，
又为何将我与这幸灾乐祸的恶魔混在一起？

墨菲斯特

讲完能住口了吗？

浮士德

你若不去救她，
我定饶不了你！
用恶毒的咒语，
诅咒你千万年！

墨菲斯特

我无法解开仇恨的枷锁，
监狱的门锁我也无能为力。

救她？！
那请告诉我是谁将她推入那暗黑的深渊，
你或是我？
（浮士德怒目环顾）

墨菲斯特
难道你想用雷火？
好在那种力量没有赋予你们这些自甘堕落的凡人。
想要粉碎无辜的敌人，
这只是在挣扎垂危之际，
用以泄愤的专横行为罢了。

浮士德
必须救她出来！带我去！

墨菲斯特
你是在冒险，你难道不在乎？
别忘了，城里有你亲手欠下的命债，
坟墓里阴魂不散的幽灵，
正等着凶手早日归去！

浮士德
这事可少不了你！
全世界的无辜死亡，
都归罪于你这恶魔。
听着！带我去救她！

墨菲斯特
去就去吧。可我能做什么？

听着，我没有上天入地的权力，
我只能让守门的人昏迷；
钥匙得你去抢，
用你凡人的手把她引出来。
我在外放哨，备好马，
送你们一程。
我能做到的仅此而已！

浮士德

现在就出发。

夜 开阔的原野

（浮士德，墨菲斯特骑黑马飞奔而来）

浮士德

那些女人围着刑台在做什么？

墨菲斯特

我也不知道，像是在煮什么东西。

浮士德

飘来飘去，鞠躬又作揖的。

墨菲斯特

一群女巫。

浮士德

她们是在祭神。

墨菲斯特

走了，快走！

地　牢

（浮士德拿着一串钥匙和一盏灯，站在一扇小铁门前）

浮士德

我感到从未有过的恐惧，
仿佛我承受了人类的全部苦难。
她就在那道石墙的后面。
无心之失让她犯下了罪行，
你却不肯上前。
你害怕与她见面。
去吧！你的怯懦只会让死神有机可乘。
（抓住监锁）

（歌声飘出）
我的母亲是毒妇，
她将我害死；
我的父亲是流氓，
他把我吞吃。
我可怜的妹子，

捡起了我的残骸，
埋在一片阴寒之地。
我化成那美丽的鸟儿，
飞啊飞，飞啊飞。

浮士德（开锁）
她料不到情人还在身边，
在偷听铁链的叮咛声，
还伴有枯草沙沙的作响声。
（走进）

玛格丽特（躲在草床上）
糟糕，他们来了。我会死得很惨！

浮士德（低声）
别吵，别出声，我来救你！

玛格丽特（滚倒在他面前）
你若是人，定能体会我的痛苦吧。

浮士德
你别叫唤！否则会将看守吵醒。
（抓住锁链，把锁打开）

玛格丽特（跪下）
刽子手！是谁赋予你的权力？
为何三更半夜来提审我？
可怜可怜我，让我多活一会儿。
到明天早上不行吗？

（起身）

我还如此年轻，

却要丧命于此。

往日我也如花似玉，

如今却成了祸端的根源。

从前我的身旁总有朋友，

而今个个远走他乡。

花冠早已支离破碎！

花朵早已凋零枯萎！

别抓我。

求你饶恕我吧，

我绝不给你添乱。

不要拒绝我的苦苦哀求，

我从来不曾冒犯过你啊！

浮士德

这断肠的悲惨哭求让我如何忍受？

玛格丽特

现在我完全服从你的安排，

只要能先给孩子喂奶。

我整夜地抱着他，

他们却将他抢走。

只为折磨我，

反说是我害了他。

我的人生不会再有快乐。

他们唱的歌是在消遣我，

那些人真是丧心病狂。

谁许他们曲解，

说我该有这样的结局？

浮士德（趴在地上）
跪在你脚边的，是爱你的人，
他会帮助你解脱这痛苦。

玛格丽特（跪下拜）
跪下来！让我们向神灵祈祷！
看！那台阶下面！
那门槛下面！地狱的烈火在熊熊燃烧。
恶魔狰狞，正在狂妄地嘶嚎。

浮士德（大声）
格丽卿，格丽卿！

玛格丽特（注意）
我朋友的声音！
（跳起身锁链脱落）
在哪儿？
他的声音在呼唤我，
我获得了自由，
谁都不能将我阻拦。
我要飞到他身边，
依偎在他怀里。
他轻轻地呼唤，格丽卿。
他就在门外！
隔着地狱的喧嚣和哀鸣，
穿透恶魔无耻的嘲笑，
我听见了他甜美温柔的声音。

浮士德

是我呀！是我！

玛格丽特

你！哦！再说一次。
抓住他！是他，是他！
那些痛苦都去哪儿了？
还有牢牢枷锁带来的恐惧呢？
是你。原来是你。你来救我！我终于得救了。
我又看见了那条街道！
那是我第一次遇见你的地方，
还有那美丽的庭院！
我同玛尔莎一起在那儿等你。

浮士德

跟我走，跟我一起离开。

玛格丽特

不！再等会儿，
有你的地方我想多待一会儿。
（爱抚）

浮士德

快走！你不能浪费时间！
会耽误大事。

玛格丽特

怎么？你连接吻都不会吗？
亲爱的！我们才分开一会儿，

你居然连接吻都忘了？
往日你的眼神席卷我全身，
还说着温柔的情话。
那时，你的吻让我感到窒息。
可现在为何搂着你的脖子，
你却不作声？
亲我吧！或者让我来吻你。
（拥抱他）
唉！你的嘴唇没有温度。
你的心呢？
是谁将它从我手中抢走？
（转身背向他）

浮士德
来吧！拿出你的勇气，亲爱的跟我走，
我会用千倍的热情亲吻你。
只要你能跟我走。

玛格丽特（转身面向他）
是你，果然是你啊。

浮士德
对，是我。走吧！

玛格丽特
你把枷锁打开，
你又将我搂入怀抱。
不怕我了吗？
亲爱的，你必须知道，

你救的人是谁啊！

浮士德

快走，黑夜正在消失。

玛格丽特

我害死了母亲。
我淹死了孩子。
他是上天恩赐予你我的礼物啊？
是你来了！我几乎不敢相信。
给我你的手，
这不是梦吧？
你温暖的手。
啊！
它怎么湿了，
快擦干净，
仿佛是血迹。
上帝！你怎么了？你做了什么？
快收回你的剑，
拜托。

浮士德

过去的事就让它过去，
我真是被你急死了。

玛格丽特

不，你不能死。
我还要与你商量坟墓的事，
明日清晨你便可直接筹办，

最有利的位置是妈妈的。
旁边紧挨着哥哥。
我稍微离得远一点，
但不能太远。
孩子在我怀抱的右边，
再不许任何人在我旁边。
往日在你身边，
温柔与甜蜜历历在目。
以后再也没有那样的机会。
我感觉自己离不开你，
而你却好像刻意将我推开。
可你依旧是你，
你的目光依旧亲切而温柔。

浮士德

既然你知道是我，就跟我一起走吧！

玛格丽特

要逃走吗？

浮士德

对，到外面去！

玛格丽特

如果外面是坟墓，
还有死神在等待，
那我就来！
从这走进那长眠的归宿。
多一步我也走不了！

难道你要离我而去？
哦！亨利，
我若能与你一路该多好！

浮士德

你可以的！只要你愿意，门永远开着。

玛格丽特

我不能走。我已经毫无希望。
离开，又有什么意义？
到处都是天罗地网，
靠乞讨过日子太过凄凉。
还有良心的谴责！
在异乡飘零太凄惨了。
到头来依旧逃不开他们的手掌！

浮士德

我会在你身边呀！

玛格丽特

快！快点！去救那无辜的孩子！
快去！沿着小溪一直走。
跨过独木桥，便有一个林子。
左边有一块木牌，就在那个池塘。
赶快将他捞起！
他想浮起，还在努力挣扎！
快去救他！快去！

浮士德

清醒一些，醒来吧！
只要一步，
你就能重获自由！

玛格丽特

我们若能翻过那座山该多好！
那儿有一块石头，妈妈坐在上面，
突然我如当头棒喝。
那块石头上的妈妈，
只是摇晃着脑袋。
她头压得很低，不点头，不招手，像睡了很久，
她已沉睡，再不会醒来。
那真是幸福的时间啊！

浮士德

我求也不行，说也不行。
看来只能强行将她抱走。

玛格丽特

放开我！你这暴徒，
不要这样凶残地抓着我！
为了能讨好你，往日我可是百依百顺呢。

浮士德

亲爱的！天快亮了！

玛格丽特

天亮了！是的，黑夜过去了！

我的末日来了，
这该是我结婚的良辰！
你来看过我的事，请保守秘密，
花冠碎了，
往事不堪回首。
总有一天我们还会相见，
可惜不会是在跳舞的时候。
人群拥扰，却异常寂静，
没有哪里可以将他们容下。
丧钟已经敲响，木棍也已折断。
他们捆着我，送上断头台。
世界到处是坟墓，死寂无声。

浮士德
天主，为何让我生于这乱世？

墨菲斯特（站在门外）
快走！不然你们就死定了。
畏惧、迟疑、徘徊有什么用！
我的马儿开始发抖，晨霞之光逐渐显露。

玛格丽特
是什么东西突然冒了出来？
是他！居然是他！将他轰走！
这是神圣之地，他来干什么？
难道是来捉我？

浮士德
你必须活着！

玛格丽特

上帝的安排，我必须听从！

墨菲斯特（对浮士德）

快走！先生！别逼我连同你一起抛弃。

玛格丽特

天主，救救我吧！我是你的信徒。

天使啊，带着你的大军，

围绕在我身边，请把我庇护！

亨利！

见到你让我害怕！

墨菲斯特

她受到了判决！

声音（从上）

得救了！

墨菲斯特

来我这儿！（与浮士德一同消失）

声音（从内渐次消沉）

亨利，亨利。

（第一部完）

浮士德博士的悲剧

The Tragical History Of Doctor Faustus

〔英〕克里斯托弗·马洛　著

主编序言

克里斯托弗·马洛（Christopher Marlowe），是戏剧版的浮士德传说最早的作者。他于1564年2月出生在坎特伯雷，是一个鞋匠的儿子，大约比莎士比亚早出生了两个月。1587年他从剑桥大学毕业，获文学硕士学位，此后他在伦敦定居了下来。悲剧《帖木儿大帝》被普遍地认为最迟创作于该年。该剧被视为创立了以无韵诗为标准的英国戏剧的典范。《浮士德》可能是他在接下来的1588年创作的，此前他写有《马耳他的犹太人》和《爱德华二世》。马洛与人合写了几部作品，创作了《英雄与林德尔》的前两部分，并翻译了奥维德和卢肯的作品。1593年6月1日，他死于一次酒馆里的斗殴。

对于马洛本人的情况，我们知之甚少。文献中记载的他的无神论的信仰和放荡的生活方式可能夸大其词。最近的研究使我们有理由相信他的异端行为可能不过只是一种单一的生活方式。一些对于他性格的攻击性言论只不过是来源于一些社会名声经不起查证的人的评判，然而，他的朋友们的文字描述以及他们提及的马洛的方式却与那些言论截然相反且极具说服力。

马洛的戏剧的最突出的特点是把所有的焦点都集中在一个令人印象

深刻的核心人物身上，主要是基于一种单一的情感，一种对某物热切的渴望。在《帖木儿大帝》中其表现为对统治世界的权力的渴望；在《马耳他的犹太人》中，是无穷无尽的财富贪恋；在《浮士德博士的悲剧》中则是一切的知识。这些具有主导性的个性特征，通过铿锵的韵诗，以修辞的形式表现出来，有时幻化为崇高的志向，有时则演变为咆哮。《浮士德博士的悲剧》中惨不忍睹的喜剧场面可能不是马洛的错，该剧虽缺乏结构上的统一性和完整性，却展现了具有伟大能力的英雄在事业上的追求和他们的最终命运。在对特洛伊的海伦的评论中和浮士德临终的话语里，他书写出了英语语言文学史上最杰出的两段诗歌。

查尔斯·艾略特

剧中人物

教皇、红衣主教洛兰、德国皇帝、冯霍尔特·K、浮士德、

维尔德斯和科尔尼硫斯、浮士德的朋友们、瓦格纳、浮士德的仆人、

乡巴佬、知更鸟、拉尔夫、葡萄酒、马夫、骑士、老人、

学者、僧侣、奴隶、冯霍尔特公爵夫人、路西法、巴尔泽、墨菲斯特、善天使、恶天使、七宗罪、恶魔、精灵形状、帕里斯王子、海伦、特洛伊、合唱团。

合　唱

特勒斯菲尼领域的军队正在行进，
在那里，战神与迦太基人同仇敌忾；
在曾经糜烂的帝王宫殿里，
不会再有风流倜傥的贵族玩弄爱情，
也不会再有人在辉煌而隆重的仪式上，
卖弄天神缪斯的伟大诗句。
各位观众，我们如今要演的是，
浮士德红运当头时的故事。
请各位冷静沉着地评判我们的表演。
首先我们要谈的是浮士德的童年。
他出生在德意志的一个叫罗德城的普通家庭，
成年后来到温顿堡投靠亲戚。
不久，他就获得了神学学位，
并在学术上取得了了不起的成就。
他同时还获得博士的学位，
超过了一切崇尚神学的人。

他开始为自己的满腹学问而骄傲。
他凭着一双羽翼，无所不能。
最后，他因痴迷邪门歪道，
而对真正的学问厌恶至极，
他毁坏了羽翼，老天让他毁灭。
他醉心世人所唾弃的巫术，
画符念咒是他终日的最爱，
就连天帝也无法看下去。
瞧，博士正端正地坐在他的书房里呢！

第一幕　书房

（浮士德在书房）

浮士德

快坐下，浮士德，决定你的课业吧。
专注地学习科学专业，
学位一到手，那便是你卖弄的招牌。
每门学问都精通，
一辈子将亚里士多德的著作研习通透，
美好的分析学，我已为你着迷，
“辩论是逻辑的目的。”
逻辑的最终目的不是让人无法反驳吗？
除此之外，这门学问难道没有更大的用处吗？
如果这样，那么你的目的已经达到，可以不用再读了。
浮士德，凭你的才华，可以钻研更高深的学问。
再见，哲学。现在我要拿起医书。
常言道：“哲学之末亦是医学之初。”
做医者吧，浮士德，不但有大把金银入囊，
还可以留下千古美名。

“医学的根本是强身健体。”
嘿，浮士德，你的目标不是已经实现了吗？
你平时说的话不就是医学宝典吗？
那千金的良方难道不是你开的吗？
你不是还让所有人避过了瘟疫吗？
你不是让那痛苦的绝望慢慢消除吗？
可你终究还是个普通人。
你有长生不死术吗？
或能让死了的人再活过来吗？
倘若可以，世人皆为你臣服。
再见了，医学——法典又在哪儿了？
（诵）
“若一物同赠两人，那么，
一人获该物，另一人则获同等价值的物品。”
多么经典的关于遗赠的例子啊。
（读）
“儿子该有的继承权不能被父亲夺走，除非……”
这是法律该讲的，
跟法典一样实际有用。
这种学问只适合那种一心为金钱的人，
而他要的只是那身衣裳。
这对我来说实在庸俗低贱。
思来想去，神学才是最好的。
浮士德，你要细细品读拉丁文的《圣经》。
（读）
“罪恶到头的结果是死亡！”这太苛刻了。
“我们若声称自己无辜，便是自欺欺人，这便是违背真理。”
怎么会？好像我们一定会犯罪，然后因此而死。
唉，上天注定的生死我们始终是逃不掉的。

"凡是该有的总是会有的。"
这算什么东西啊！看来神学也不适合我。
术士们的那些符号和魔法才妙不可言。
看那圈圈、线线、字母还有符号，
那才是我浮士德所向往的学问。
啊，那是一个充满荣耀与权力，
利益与能力并存的世界，
它现在就在一个能为之奋斗的青年面前。
在寂静两极间活动的所有事物，
都将被我征服。皇帝和国王，
只能在自己的国家指手画脚——
呼唤风雨不行，驱云散雾也不行。
可他的统治早已高于这一切，
那绝不是凡人能想到的统治范围，
法力高强的术士就是掌管一切的天神。
博士啊，想尽办法成为他吧！
（瓦格纳上）

瓦格纳
致敬吧！向我那至亲至爱的朋友们。
德意志的科尔尼硫斯与维尔德斯，
邀请两位到我这里来吧！

瓦格纳
是，先生。我这就去。（下）

浮士德
我一个人无论怎么努力都不及与他们商谈更有帮助。
（天使和恶神上）

天使

浮士德，那是邪书，你必须丢弃。
不能看它，它在诱惑你纯洁的灵魂。
老天的诅咒将降临于你。
若看，就看圣书吧。那邪书会亵渎神灵！

恶神

浮士德，那书你就好好领悟吧！
宇宙一切的规律都被囊括其中。
想想看，人间的你却如同法力无边的天神，
你的命令能召唤风雨雷电。
（天使和恶神下）

浮士德

这念头已经填满了我的心灵！
我也许该请精灵为我寻求一份希望，
替我解决这一切，
帮我完成那极度危险的事业。
我要命令他们夺得西印度的黄金，
捞来深海的夜明珠；
走遍新大陆的所有角落，
把所有好吃的水果和美味找来；
让我听闻那稀奇古怪的趣事，
和那不为人知的秘密；
然后在德意志的分界上筑起铜墙铁壁，
莱茵河的水将美丽的温顿堡环绕；
在大学的课堂堆满漂亮的丝绸，
同学们都穿着好看的衣裳。
我还要招兵买马，

让帕顿公爵无法立足于德国，
德意志仅有的君主便是我；
我还要让效忠于我的精灵们，
发明比把安特卫普桥炸毁的火船更犀利的武器。
（维尔德斯和科尔尼硫斯上）

来吧，德意志的科尔尼硫斯与维尔德斯，
请告诉我们们宝贵的意见。
科尔尼硫斯、维尔德斯，
是你们让我下定了决心，
日后以禁术和妖法为业。
并非只有你们说的那样，
我心里还有无法抑制的狂热，
让我排斥干扰，
每日只将魔法钻研。
哲学无用且枯燥乏味；
庸俗之人才学习法律和医学；
神学与前三者相比更登不上台面，
枯燥乏味，又无用武之地；
唯独魔法，它才让我欣喜得发狂。
我的挚友们，请帮助我学习。
往日我三段简单的阐述，
便使德意志教堂的牧师刮目相看，
使温顿堡的英雄纷纷前来倾听，
就像阴曹地府忽然降临了音乐之神，
令所有的鬼魂都为之倾倒。
阿格里帕般的神通才是我心生向往的，
他的身影让整个欧洲为之臣服。

维尔德斯

浮士德博士，这些魔法秘籍，
加上你的聪明才智和经验，定能让世界臣服于你，
就如同美洲的印第安人乖乖归服于西班牙的王。
风雨雷电的守护神，
也是我们三人永远的忠实奴仆，
其就像狮子守护我们般忠诚地顺从着我们；
像德意志的骑兵挥动着武器；
又像是北欧的巨人，绕着我们奔走忙碌；
也有像女人又像少女的时候，
眉宇之间流露出娇羞的美，
丘比特晶莹的胸膛哪里比得上。
他们从威尼斯抢来了载满货物的船，
那是从美洲而来的财富，
每年都能将西班牙皇室的仓库填满。
而这些只要博学的浮士德能够下定决心。

浮士德

维尔德斯，我已经下定决心，
与你们同舟共济，绝不反悔。

科尔尼硫斯

魔法所创造的圣举，
会让你为之赞叹，其他一切将再也无法入眼。
一个人若能观摩星象，
精通语言，并懂得晶石的用法，
那便掌握了魔法的精髓。
浮士德，别再犹豫了，扬名天下指日可待，
快掌握这魔法的精妙之处，

它远胜过那枯燥乏味的甲骨文。
守护神告诉我，他们能让大海干涸，
所有石沉海底的宝藏都能寻得。
对了，深海的一切宝藏，
那是祖先们埋藏的。
浮士德，到了那时，你说我们三人可还需要别的？

浮士德
什么也不需要！你们的话令我心花怒放！
现在，就来教我一些入门的魔法吧！
这样，我就能一试身手。
只要有个安静的树林，
我就能在其中享受魔法给我带来的奥妙与快乐。

维尔德斯
那我们赶快找个安静的树林，
记得带上阿尔伯纳和培根的作品，
希伯来的诗集以及新月全集。
至于其他必备品，
会谈结束时我会一并告诉你。

科尔尼硫斯
维尔德斯，那就由你先教他一些咒语，
接着是各种魔法的窍门。
浮士德博士，这样一来你就能自己运用魔法了。

维尔德斯
首先，是基本法门，
也许日后你会是个青出于蓝的高手。

浮士德

那赶快与我一起吃饭吧，饭后，我们立刻去探寻魔法的真谛。

临睡时我定要试试自己修炼的成果，

即便是丢了命也在所不惜。

（齐下）

第二幕　浮士德宅前

（两位学者上）

学者甲

浮士德如何了？就是那个平日在学校整天说着“所以我证明”的家伙。

学者乙

瞧，他的徒弟来了，问问不就知道了。

（瓦格纳上）

学者甲

喂，你的老师去哪儿了？

瓦格纳

天知道！

学者乙

怎么，你也不知道吗？

瓦格纳

我原本知道，但现在又不知道了。

学者甲

行了，别瞎掰。他去哪儿了？快告诉我们！

瓦格纳

你们这些人讲究逻辑推理。可你们却问些令人不解的的问题。承认错误吧，然后再好好思考思考。

学者乙

你说你知道，不是吗？

瓦格纳

谁可以作证？

学者甲

我。我亲耳听见。

瓦格纳

这跟问你的朋友有什么差别，我还是贼？

学者乙

那就是你刻意隐瞒？

瓦格纳

答对了。没错，我就是想说，你们虽然不笨，但你们的问题却登不上台面。浮士德是个“自然生物”。而“自然生物”不是自主行走的吗？所以，你们何必提出这样的问题？假如我是急性子，易恼羞成怒，若是发火，在我四十英尺[①]内的你们就会当场暴毙，想必下次会审时你俩定受绞刑而死。既然如今我已压倒了你俩的气焰，我便要露出仁慈的模样，对你们说：我亲爱的两位哥哥，浮士德老师在里面吃饭，和科尔尼硫斯与维尔德斯在一起。我手里的酒杯就能证明，它若能讲话，也会很高兴地告诉两位这个事实。好了，就请上帝祝福两位，庇护并保佑你们，我亲爱的哥哥们。（下）

学者甲

既然如此，想必浮士德已经中了魔法的圈套，那两个家伙专干这个，并且早已经臭名昭著。

学者乙

即便他是个陌生人，跟我毫无干系，我也为他感到痛心。去通知校长，走，看看校长能不能劝他，将那个家伙拯救。

学者甲

一切都晚了。我怕再没有谁可以挽救他。

学者乙

我们就试试吧。

（同下）

① 1英尺=0.3048米。

第三幕　小树林

（浮士德上，实验魔术）

浮士德

大地一片雾霭阴沉，
仿佛对猎户座淋雨的样子格外喜爱，
从天际的边缘慢慢窜到中间，
遮蔽天空的是它漆黑的气息。
浮士德啊，你开始念咒语吧，
看看众位恶魔是否臣服于你。
祷告完成了，祭品也都准备好了，
这咒符里的名字是耶和华，
混乱颠倒着前后左右的神明的名字。
天际恒星的图形一个不差，
行星与十二宫的记号，
这些定能召唤精灵，
浮士德，别害怕，快下定决心，
最高极限地尝试魔法。
庇佑我，死神！愿耶稣的精神显灵！冰雹、水、火、空气，听我号令！巴尔泽、东亚的王、地狱的主子戴蒙，我将追随你们！但愿墨菲斯特迎来全盛时期！你为何不现身于此？以耶稣和死神之名，洒下圣水，勾勒十字架的图案。我祈愿，墨菲斯特即刻现形！

（墨菲斯特上）

墨菲斯特，
你这般丑陋的形象怎么配得上我？
我命令你即刻去更换。
去扮个修道的老行僧，
那种装扮才与魔鬼是同道中人。
（墨菲斯特下）

浮士德

这神咒果然非比寻常，
这种魔法谁会不想习得？
墨菲斯特是那样服服帖帖，卑躬屈膝地服从。
咒符和魔法居然有这么大作用，
没错，浮士德，你终于是一等一的法师了，
你能召唤墨菲斯特这般了不起的恶魔。
“当真？你居然可以召唤装扮成老僧的恶魔墨菲斯特。”
（墨菲斯特重新上，着修道老僧装。）

墨菲斯特

浮士德，我要为你做什么？

浮士德

要你一生一世都追随我，
只要是我的命令你都必须服从，
不管是要天上的月亮，

还是海里的星星。

墨菲斯特

魔王路西法才是我的主人。
他不允许我就不能服从你，
除非他让我听命于你。

浮士德

难道不是他让你来的吗？

墨菲斯特

不，是我自己来的。

浮士德

难道你来到这儿不是因为我的咒语？快告诉我！

墨菲斯特

确实因为这个，并非偶然。
因为每当天帝的名字被颠倒，
发誓背离基督并放弃《圣经》时，
我们就会前来收取他曾经荣耀的灵魂。
当然，用你这样的魔法必不可少：
跟随诅咒，甘愿自己下地狱。
所以使用这魔法的秘诀是：
发誓背离圣教主基督，
不顾一切地立誓效奉地狱魔王。

浮士德

我已经做了，

答应接受他们的法则，
巴尔泽将是我仅有的主子。
我今生的所有都将为他奉献，
下地狱的诅咒也不能将我吓倒，
对我来说地狱和天堂毫无差别。
就让我的灵魂随魔法大师而去吧！
灵魂这等小事就抛诸脑后了。
魔王，你的主人是何方神圣？告诉我！

墨菲斯特

他是统治者，
统治着一切幽灵与恶魔。

浮士德

路西法以往是个天使，不是吗？

墨菲斯特

没错，
曾经天帝还对他颇为爱戴。

浮士德

那他如何会成为众魔之王？

墨菲斯特

哦，那是因为天帝看不惯他傲慢狂妄的样子，才将他逐出了天界。

浮士德

那么，魔王手下，都有哪些人呢？

墨菲斯特

都是曾与他同受天谴的幽灵。
因为他们一起密谋想将天帝推翻，
才让永世的天谴降临。

浮士德

受刑的地方在哪儿？

墨菲斯特

地狱。

浮士德

那你是怎么走出来的？

墨菲斯特

我何曾走出？这里就是啊！
想当初我也曾一睹天帝的威严，
也曾享受着天庭的至高快乐，
而如今那永恒的荣耀已经消逝，
我照样饱受地狱的万般煎熬。
浮士德，别再提及那伤心的往事，
那会让我更加沮丧。

浮士德

因为那不再属于你的天堂，
墨菲斯特这样伟大的人也会悲伤？
向浮士德坚不可摧的意志学习吧，
幸福失去了就没有再留恋的必要。
请帮我给魔王带话，

因为义无反顾地违背了天帝，
浮士德受万劫不复的命运已被注定。
他愿意用灵魂追随魔王，
以此换取我二十四年至高无上的命运，
世间这一切都能尽情享乐，
让你每时每刻围绕在我身边，
尽忠效守，
杀光我的仇人，帮助我的朋友，
我的意愿就是你永远的使命。
去吧，将这话传达给万能的路西法。
半夜在书房我们再见，
希望你将路西法的决定带给我。

墨菲斯特

是，浮士德。
（墨菲斯特下）

浮士德

就算我有享受不尽的生命，
我也愿意全部都用来换取墨菲斯特的效忠。
有了他，世界就听我号令。
让他为我造一座史无前例的大桥，
我要邀很多人从那上面穿过海洋，
非洲环海的山脉被它连接，
让它和西班牙同气连枝，
让所有人都在我的权威下臣服。
德意志的皇帝和世上所有的国王，
没有我的同意就别想坐稳江山。
这心愿我已达成，

现在就再钻研这魔法，
等待重新归来的墨菲斯特。
（浮士德下）

第四幕　一条街道

（瓦格纳和乡巴佬上）

瓦格纳

喂，过来，小伙子。

乡巴佬

小伙子？我呸！哼！该死的小伙子。你见过像我这样长着胡须的小伙子吗！小伙子，我呸！

瓦格纳

告诉我你的收入是多少。

乡巴佬

收入？不还得支出吗？另一面你也该看到才对。

瓦格纳

阿门，可怜的奴隶们！这家伙穷得叮当响，孤家寡人，饿得只剩下皮包骨，我知道他一定会为了换取一只流着血还是生肉的羊腿而放弃自己的灵魂。

乡巴佬

你说什么！用血淋淋的生肉羊腿换取我的灵魂。这可不行，朋友。实话说，代价既然那么大，那羊腿就必须烤熟，再有美味的酱汁配合才行。

瓦格纳

既然如此，你来做我的学徒，来帮我。

乡巴佬

哦？就凭你的一句话我就要信你？

瓦格纳

非也，凭我身上的绫罗绸缎和我的田茅。

乡巴佬

什么，田亩？想必是你父母留下的遗产？

不！你的土地我不好意思霸占。

瓦格纳

听清楚，我说田茅，是驱虫的田茅。

乡巴佬

噢，原来如此，驱虫的田茅，我要是跟了你，身上必定会爬满跳蚤。

瓦格纳

跟不跟我？你都已经沦落到这般田地。够了，别废话，你若不与我签订七年契约，我就让爬满你身上的虱子将你啃成碎片。

乡巴佬

听我说，你就行了吧，它们是我身上的常客。妈的！我的肉，就像是它们占领的疆土，它们肆意妄为。

瓦格纳

喂，给你这些银子，拿着！

（给钱）

乡巴佬

哎哟，这玩意儿是什么？

瓦格纳

法国钱啊，没见过？

乡巴佬

这么多法国钱，要是英国钱就完美了。你给我钱做什么？

瓦格纳

如果有魔鬼来找你，不论时间、地点，你须随传随到。

乡巴佬

不，不行，我不要你的钱。

瓦格纳

我不会收回的。

乡巴佬

你一定要收回。

瓦格纳

大家能做证，我付过钱了。

乡巴佬

大家能做证，我已将钱归还。

瓦格纳

我要让魔鬼来收拾你——现形吧！贝尔齐耳，巴里奥尔。

乡巴佬

就让他们来吧，看我如何收拾他们。他们死了后还不曾被修理过。只要打死一个，你知道往后的老百姓会如何说？——“大家快看，那个乞丐，魔鬼都被他打死了呢。”在这个教区，我也能获个“魔鬼杀手”的称谓。

（两魔鬼上，乡巴佬跑来跑去地喊叫。）

瓦格纳

贝尔齐耳，巴里奥尔，快住手！

（两魔鬼下）

乡巴佬

咦，他们居然走了？滚蛋，爪子好长啊。告诉你们男女之别怎样区分的，头上有角的是男，两个趾蹄的是女。

瓦格纳

好，你就效忠我吧。

乡巴佬

那你必须答应，我若答应效忠你、伺候你，你就必须教会我如何召唤贝尔齐耳。

瓦格纳

我会教你变化，你可以想变什么就变什么——小狗、小猫、小老鼠、大耗子，一切你想的东西。

乡巴佬

啊！信奉基督的我，变成小狗、小猫？不！我不要！我要变成小跳蚤，到处乱蹦乱跳。一定要跳进那美丽姑娘的胸罩里，替她挠痒痒。没错，然后就待在那儿再也不出来。

瓦格纳

行了，我们该走了。

乡巴佬

但是，瓦格纳，你知道吗？

瓦格纳

什么？——贝尔齐耳，巴里奥尔。

乡巴佬

我的天，饶了我吧！让他俩下去吧。

瓦格纳

废物！称我为瓦格纳大爷！用你的眼睛，死死盯住我的脚后跟，用你的脚踩着我的脚印紧紧跟着！

（下）

乡巴佬

天哪，胡言乱语什么！我必须紧跟着他，侍奉他。

（下）

第五幕　浮士德在书房

浮士德

如今的浮士德博士，你一定会遭受天谴，
你要救赎也是绝对没有希望的。
抛弃幻想，丢弃希望吧！思念天堂和上帝也无济于事了！
信奉魔鬼吧，抛弃对天帝的愚忠。
浮士德，下定决心，你没有退路可言了。
你还在犹豫什么？对了，我仿佛听到耳边有个声音：
“魔法不好，回到天帝的怀抱吧！”
对，浮士德回转头面向天帝。
天帝？他——已经——放弃你了。
你自己的欲望幻化为你信奉的天帝，
欲望中你对魔王的爱还没有忠贞不渝。
我要为他献上初生婴儿的血肉，
为他建一座祭坛和教堂来将他永远供奉。
（天使和恶神上）

天使

浮士德，善良的你放弃魔法吧。

浮士德

绝望和忏悔，算得了什么？

天使

哦，它是你走向天堂的指引啊。

恶神

那只是幻梦，混淆的神经，错乱的产物，
你越信奉，就越糊涂。

天使

浮士德，用你的善良想想天堂和曾经的一切。

恶神

不要，你想的应该是荣耀和财富。
（天使和恶神同下）

浮士德

对，财富！
艾姆顿的财富都是我的。
墨菲斯特只要在我身边，
天帝能把我怎么样？浮士德，你没问题的。
切莫迟疑，出现吧，墨菲斯特。
半夜已经到了。墨菲斯特，来吧！
从路西法那儿带回令人振奋的口信。
来吧，出现吧，墨菲斯特。

（墨菲斯特入场）

快说，你的主人路西法是怎么说的？

墨菲斯特

他说，只要你活着，我就得侍奉你，
只要你肯交出灵魂。

浮士德

为了得到你，浮士德愿意承受一切风险。

墨菲斯特

但是必须将它郑重地交给我，
用你的血书写灵魂交换的证书。
路西法的伟大需要郑重的保单，
你若不愿，我便离开。

浮士德

等一下，墨菲斯特，请你告诉我，
你的主子要我的灵魂做什么？

墨菲斯特

以此扩大王国的疆土。

浮士德

这就是他不断引诱我们的原因吗？

墨菲斯特

同是天涯沦落人！

浮士德

你们在折磨别人的时候也感觉到痛苦？

墨菲斯特

我也亲身体会过那种灵魂所遭受的痛苦。
可是，告诉我，你是否愿意将灵魂交予我？
如果愿意，我是你忠实的奴仆，一直跟随你。
所有你意想不到的愿望我都可以替你完成。

浮士德

是的，我愿意，墨菲斯特。

墨菲斯特

那好，浮士德，拿出你的勇气在你的手臂上写下交付灵魂的时间，
尊敬的路西法确认以便自己能够取得，
然后你就可以同强大的路西法媲美。

浮士德（刺破手臂）

瞧！我刺破手臂，用血立下买卖灵魂的契约，
都是为了你的爱，墨菲斯特。
和那与黑夜永存的魔王。
血从我的手臂缓缓流出，
愿它可以完成我的愿望。

墨菲斯特

还有，浮士德，你必须写清楚，
这契约是你心甘情愿的。

浮士德

没问题。（写契约）

可是，墨菲斯特，

我的血凝固了，我不能写了。

墨菲斯特

我用火让它融化。（下）

浮士德

我的血液凝固，这预示着什么吗？

难道是魔王不愿与我缔结契约？

为何要凝固不让我写下：

“浮士德心甘情愿将灵魂交给你”？

还没让我写完，它就干涸了。

怎么不能继续写？难道我还不能做自己灵魂的主？

那就再来一次，“浮士德心甘情愿将灵魂交给你。”

（墨菲斯特重新上，捧着一盆炭火）

墨菲斯特

浮士德，快点过来，有火了，过来烤一烤。

浮士德

它开始熔化了，

我立刻将它写好。（写）

墨菲斯特（一旁）

我什么都愿意，只要能得到他的灵魂。

浮士德

这是契约，已经写好了。

浮士德的灵魂从此属于路西法，

我手臂上好像出现了什么字？

“赶快离开。”让我离开去哪儿？

天帝？不，他会推我进地狱的。

我出现了幻觉，手臂上不该有字的，

但我却看得一清二楚，上面写着：

“赶快离开”，但是浮士德是不会离开的。

墨菲斯特

我去弄点能令他开心的玩意儿来。（下）

（墨菲斯特带着魔鬼、王冠、朝服，再次上台跳了一会儿舞，下去。）

浮士德

告诉我，这些舞有什么意义？

墨菲斯特

没什么意义，这些古怪玩意儿，只是想让你开心罢了。

让你看看魔法的神奇之处。

浮士德

还有，我能随心所欲地召唤精灵吗？

墨菲斯特

那是自然，你还可以做任何稀奇古怪的事。

浮士德

既然如此，那付出灵魂千万次也在所不惜。

墨菲斯特，我把契约交给你，

写着我灵魂契约的纸卷。

还有，你必须做到你我之间达成的约定，那是条件。

墨菲斯特

我以魔王与地狱之名起誓，

定当履行约定。

浮士德

听着："遵从以下条件：一、浮士德可以成为真正的精灵。二、墨菲斯特成为他忠实的仆人，任凭差遣。三、墨菲斯特必须忠诚地为他完成一切愿望。四、墨菲斯特必须在有外人的地方隐身而不暴露行踪。五、浮士德的话，他无权反驳。契约人约翰·浮士德，学位博士，现居温顿堡，根据本契约，自愿将灵魂和肉体交给地狱之王——伟大的路西法，以及墨菲斯特。待二十四年期满，若未违反以上条款，我的身体连同灵魂的一切，他们都有权随意处置。浮士德署名。"

墨菲斯特

这就是你的契约?

浮士德

是，交给你了。愿魔王庇佑你。

墨菲斯特

现在的你有权提任何愿望，浮士德。

浮士德

我有一个问题要问你，

地狱究竟在哪里?

墨菲斯特

天堂以下便是地狱。

浮士德

那到底是什么地方?

墨菲斯特

在水火风土的身体里,
我们在那儿备受折磨,永世不得翻身;
没有界限,也不定范围;
恶魔到哪儿,地狱就在哪儿;
哪里有地狱,哪里就有恶魔。
归根究底,只要宇宙没有毁灭,
世人赎罪的洗礼没有完成,
天堂以外便是无边的地狱。

浮士德

我一直以为,地狱不过存在于荒谬的传言里。

墨菲斯特

你就那么想吧,就让以后的现实为你解释。

浮士德

那你觉得,浮士德的地狱也在吗?

墨菲斯特

是的,就凭这张你亲手书写的纸,
你的一切都已经身处地狱了。

浮士德

罢了！身体都没有了，

灵魂拿来又有何用？

浮士德不是傻子。

身体幻灭，怎么还会感到疼痛。

哼，那些都是鬼话连篇，是唬小孩的。

墨菲斯特

我能证明，地狱不是谣传，

我已经身处地狱，正饱受地狱之苦。

浮士德

现在的你也在地狱？

如果地狱在这儿，那么这诅咒，我也愿意接受。

反正，我还站在这里，还在随意地说话，不是吗？

别说废话，快去给我娶个妻子，

她必须倾国倾城，是全德意志最美的女人，

因为我正有一身的欲火，

急需老婆替我解决。

墨菲斯特

妻子？我拜托你别找这个，浮士德。

浮士德

墨菲斯特，立刻为我找个妻子。

我非要她不可。

墨菲斯特

那好，就替你找一个吧，你在这儿等着别走。

我以恶魔的名义为你找个妻子来。（下）

（墨菲斯特带着魔鬼装扮的女人回来，还带着鞭炮）

墨菲斯特

这个老婆你喜欢吗？

浮士德

让她滚，我不要这种穷凶极恶的臭娘们。

墨菲斯特

浮士德，不要这样，
结婚只是个仪式罢了。
倘若你珍惜我们的友谊，就别去想这个。
我会挑选最漂亮的女人，
每天早上送到你的床上。
只要是你看中的，她就会死心塌地地喜欢你。
她们每一个都比帕涅罗帕还贞洁，
比瑟巴更聪明，像罢免前的魔王般纯洁诱人。
好好看看这本书，（给浮士德一本书）
反复揣摩这书中的奥秘，自有黄金屋和颜如玉在里面；
随意在地面画上一个圈，
倾盆大雨，交加雷电就会降临；
默念咒语三遍，
武装好的士卒就会出现，
随时随地完成你的一切愿望。

浮士德

墨菲斯特，谢谢你，我的确需要这样一本什么咒语都有的书，以便我能随意地召唤我所需的精灵。

墨菲斯特

这本书应有尽有。（翻给他看）

浮士德

我还要一本汇集了天上繁星的书，我要知道它们的规律与排列。

墨菲斯特

这书上也有的。（翻给他看）

浮士德

还有最后一本——我要那书里涵盖了世间所有的花草树木。

墨菲斯特

放心，这本书上也有的。

浮士德

真的？你不会在骗我吧？

墨菲斯特

当然不是。你看。（翻给他看）

（齐下）

第六幕　浮士德的书房

（浮士德，墨菲斯特上）

浮士德

我只要看见天堂就感到厌恶，
你这可恨的墨菲斯特，我诅咒你，
剥夺了我的天堂之乐。

墨菲斯特

为什么？浮士德，
你未免看高你的天堂之乐。
你和世上的所有人比起来，
他们连你现在一半的美好都比不上。

浮士德

你怎么证明你的话？

墨菲斯特

天堂为人而设，那想当然人就比天堂更美好。

浮士德

既然天堂是为人而设，那也包括我，

我要放弃魔法，痛改前非。

（天使及恶神上）

天使

放弃吧，浮士德，天帝的大门依旧为你而开。

恶神

你已到了成为精灵的地步，天帝怎么可能还会可怜你？

浮士德

谁在说话，说我已经沦落到精灵的地步？

就算我是恶魔，天帝也会宽恕我的。

没错，天帝是仁慈的，他一定会宽恕我，只要我真心悔改。

恶神

没错。可你别忘了浮士德是个永远都不会忏悔的家伙。

（天使，恶神下）

浮士德

我心意已决，绝不反悔，

每当说到救赎、回头，或者天堂，

就有个声音不断地告诉我：

“浮士德，你的天罚到了！”

接着，为我特意准备的，

刀、药、枪、白绫和毒箭，便一一出现在我眼前。

我原本早该死了，

如果没有那至高的享受让绝望的我苏醒。

如果不是瞎眼的、为我唱歌的荷马，
没有帕里斯的爱情，以及奥依似为爱殉情；
要不是用竖琴为我弹奏的底比斯城的乐师；
还有墨菲斯特，也为我演奏出了那绝妙的音乐；
那我为何还要死去，还要绝望？
我决心已定：再不反悔。
墨菲斯特，来吧！让我们谈谈关于天空美丽的繁星。
请告诉我，在月亮上可有天庭存在？
那些星辰发着光芒，它们可都是球体，
就像作为宇宙之心的大地一样。

墨菲斯特

这些星星其实就是水火风土中的一种，
相互旋转又同在自己的轨道上，浮士德。
而且它们同时都围绕着同一个轴心，
南北极就是轴心的两头。
金木水火土星也都是事实，
它们也是那繁星中的一员。

浮士德

可是，请你跟我说说，它们的时间与空间有何不同？

墨菲斯特

它们不分昼夜地由东至西一起绕着世界的两极行进，
但在黄道上的运行并不一致。

浮士德

你在开玩笑吗？
连瓦格纳都知道这些事，

难道墨菲斯特就没有更令人折服的本事了？

谁都知道，

行星自转一周即是一个昼夜，

而围绕轴心的公转分别是：土星三十年，木星十二年，火星为四年；

金星、水星、太阳各一年，而月亮最少，只有二十八天。你说的尽是废话，这些是大学一年级学生也会推算的。那你说说，是否每个星球上都有生命或者精灵存在？

墨菲斯特

有的。

浮士德

那又有几个？

墨菲斯特

九个。分别是七个行星、宇宙和最高天。

浮士德

那么，星体相交、平行，日食，月食，盈亏同时发生又该如何解释？为何有的年份有平润之分？

墨菲斯特

因为星体运行的速度以各自为本。

浮士德

那好吧。那就告诉我世界是谁创造的？

墨菲斯特

无可奉告。

浮士德

墨菲斯特，乖乖地告诉我吧。

墨菲斯特

别这样，逼我也没用的。

浮士德

废物，契约里不是已经说过了吗？

墨菲斯特

但那所有的前提是不会冒犯我的主人，
而你这问题已经犯了忌讳。
你应该想的是自己已经到达地狱，
因为你的天谴已经降临。

浮士德

也许你觉得，浮士德想起天帝创造了这世界？

墨菲斯特

别忘了我说过的话。（下）

浮士德

可恶的魔鬼，滚回你该死的地狱吧，
都是因为你，浮士德的灵魂才会遭受天谴。
不知道如今回头会不会太晚？
（天使和恶神上）

恶神

没错，晚了。

天使

浮士德只要肯回头。永远都不算太迟。

恶神

如果你要反悔，魔鬼会让你粉身碎骨的！

天使

回头吧，天帝会庇佑你，魔鬼动不得你的！

（天使和恶神下）

浮士德

阿门，我的圣主耶稣，

救救我浮士德的灵魂吧，求求你。

（路西法、巴尔泽和墨菲斯特入场）

路西法

耶稣处事公正不阿，他是不会拯救你的，

除我之外，没人会接受同一个灵魂。

浮士德

是吗？你是谁？怎么如此恐怖？

路西法

我就是伟大的路西法，和我一同的是地狱的摄政王。

浮士德

浮士德啊，你的灵魂要被他们带走了。

路西法

我们是来告诉你，
你提到了耶稣，已经将契约违反，你已经将我们得罪。
你的心里不该存在天帝，你的心只能有魔王，
和魔王伟大的诅咒。

浮士德

原谅我一次，我以后再也不敢了。
浮士德精灵不会再抬头仰望耶稣，
不向他祷告，不提他的名字。
我会毁掉他所有的经文，将他的牧师杀死，
让我的精灵毁掉他所有的教堂。

路西法

那就这样吧。做好了我们会重赏你。
浮士德，我们带来了好玩意儿给你消遣，
你将看见地狱里七大罪孽赤身裸体的原形。

浮士德

我想我一定会很高兴，
就如同亚当刚被创造出来的时候，第一次瞧见天堂一般。

路西法

别再说什么天堂和创造！在这里，
只能谈论魔鬼，其他的一切都不能谈论。进来！
（七大罪孽上）

（浮士德开始将他们拷问，关于他们的名字和各自的性情。）

浮士德

第一个，报上你的名字？

骄傲

我叫骄傲。父母对我来说就跟奥维德的跳蚤没有差别，我在姑娘的身上到处乱跑，有时会停在她的眉毛上，有时我发现她的眉毛似乎是假的；有时又像是羽毛扇，有时我会吻她的嘴唇。我什么都能做，真的——什么都能做到！但是，啊呀，有股气味在这儿？我不说想必你也闻到了，就在那里，还洒了香水，还被一块有金色边缘的布盖住了。

浮士德

第二个，你呢？

贪婪

我叫贪婪，在一个旧皮囊里出生，我的父亲是一个吝啬鬼。如果我可以为所欲为，我定要把这里的所有人都变成金子，再装进我的柜子里。啊哈哈，我可爱的金子。

浮士德

第三个，你又是谁？

愤怒

我叫愤怒。我没有父母，出生不到半小时，就差点被狮子吃了。从此以后，我就用这对利刃，寻找这世间的对手。实在没人可以与我决斗时，我就只能刺伤自己。我在地狱出生，所以我一直关注地狱里的情况，我想这里必定有一个人是我的父亲。

浮士德

第四个，你又是哪位？

嫉妒

我的名字叫嫉妒。我的父亲是个清洁工，母亲是小贩。因为我不认识字，所以我希望烧尽天下所有的书。看别人吃东西是我最痛恨的事情。但愿世间发生大的饥荒，人们全部被饿死，就留下我一个。到那个时候，你就能看到，我有多么肥胖。可是凭什么，凭什么你们都坐着，而我却站着？滚下去吧！

浮士德

滚蛋，你这善妒的变态！第五个，你呢？

饕餮

我吗？我叫饕餮，先生。自幼我父母双亡，去世时什么都没有留给我，只有日常的伙食，每天三十顿饭，和茶点十顿——而这些仅仅只够我生存而已。哦，对了，我出身高贵的皇室！腌腿大王是我的祖父，葡萄酒妃是我的祖母，我的老师是烤鱼之尊，是腌牛肉大王。哦，关于我的师母，她可是远近闻名，她是个千金小姐，名叫三月啤酒夫人。如今，我的家世你都知道了。浮士德，我的晚饭是否由你来请？

浮士德

不。我希望看到你死去，免得被你吃光了我所有的粮食。

饕餮

我乞求魔鬼弄死你！

浮士德

你去死吧，你这饿鬼！第六个，你是谁？

懒惰

我叫懒惰。向阳的河岸是我出生的地方，自出生起，我就没有离开过那里。今天叫我来这儿，真是累死我了！让饕餮和淫欲把我送回去吧。就算你给我数之不尽的酬金，我也懒得理你。

浮士德

这位窈窕的女子，你是谁？你是第七位？

淫欲

谁？先生你是在说我吗？这种货色就是我：一心沉迷在偷腥欢乐里无法自拔，恪守本分得来的平稳无法将我满足。“淫”就是我名字的第一个字。

路西法

滚吧！都滚回地狱去！

（七大罪孽下）

现在，浮士德，你认为怎么样？

浮士德

噢，我灵魂的饥渴已经被他们填满！

路西法

在地狱里，有非常多的东西可以让人开心。

浮士德

我若能去地狱走一遭再回来，那该多好！

路西法

你的愿望我定满足。今日午夜一到，我就派人邀请你。但是现在，你拿走这本书，根据书上的指引练习，你可以变成任何你想要变的样子。

浮士德

伟大的路西法！忠心地感谢你。

我会像爱护老婆一样爱它。

路西法

浮士德，再见。记住要时刻想念着魔鬼。

浮士德

路西法，再见！墨菲斯特，跟我来。

（全体下）

（评剧人上）

评剧人

知识渊博的浮士德，
他想要知道星辰运动的奥妙，
他想乘坐曾经由双龙驾驭的散发着万丈光芒的神车，
登上奥林匹克之巅。
他正将天地奥秘探寻，
我猜想，古罗马帝国是他的第一站，
观摩教皇和皇宫，
圣彼得的盛世晚宴让他沉迷，
那场面在今时今日依旧无人能及。

（下）

第七幕　教皇的私人庭院

浮士德

墨菲斯特，我的好朋友。
如此庄严的得里弗斯我们居然就这样欢乐地走过。
城池四面绕山，
还有坚不可摧的城墙以及深不见底的护城河，
任何喜欢侵略的君王都无法征服它。
离开巴黎，沿着法国的边境继续前行，
莱茵河水往莱茵的方向缓缓流淌，
两岸的葡萄园里硕果累累。
坎帕尼亚富饶的纳卜勒斯就在前面，
那里的建筑美得赏心悦目，
用砖石砌成的街道笔直，
将全城以四个相同规模的城区区分开来。
诗人维吉尔的坟墓就在那儿，
让我们去祭拜伟大的他吧！
穿过那块岩石就可以直接通往墓地，

一英里[1]的距离，只用一夜就能走完。
沿着这条路还可以到达威尼斯、帕多瓦等地，
途中还有唯美的、高耸入云的神庙。
浮士德就这样打发着他的时间。
但现在我们休息的这个地方叫什么名字呢？
你是按照我的要求带我环游整个罗马帝国吧！

墨菲斯特

已经到了啊，浮士德！不过我们得吃喝住，所以现在我们已经把教皇陛下的私人府邸占有了。

浮士德

哦，那但愿教皇陛下不会讨厌我们。

墨菲斯特

没事，那根本无所谓，这里可以让我们随便享用。
浮士德，现在你要为自己做的是：
想想在罗马有什么东西可以让你开心。
我还要告诉你：这座城池是由七座山峦共同托起的，
台伯河从城正中穿过，
它蜿蜒的河道将这城池一分为二。
河上架着四座壮丽的桥梁，
只要跨过那些桥，
罗马的各地就任你游。
有一座名为安吉罗的桥，
威严且坚固的城堡屹然高耸，
城堡里放着弹药，

① 1英里=1609.344米。

有非常大的数量，
比一年的日子还要多，
除此外，还有恺撒从非洲运来的拱门以及高塔。

浮士德
那阴间的冥王与河流，
还有那条川流不息的、冒着烈焰的火湖，
现在我在此立愿：
我渴望将罗马城所有的名胜古迹尽收眼底。
走吧，我们即刻出发。

墨菲斯特
等一下，或许你会想见一见教皇，
或是去参加彼得的盛宴。
一群光头僧人会出现在宴会上，
你会看到他们心口不一的欲望。

浮士德
我倒是很想要点小把戏，
利用他们的愚蠢寻开心。
给我施个隐身的魔法，墨菲斯特。
好让我为所欲为，
不会被罗马人发现。
（墨菲斯特给他施法）

墨菲斯特
完成了，浮士德。
现在的你无论如何都不会有人看见，
你可以为所欲为了。

（音乐起，教皇、红衣主教上，众修道僧们尾随。）

教皇

主教，离我近些行吗？

浮士德

大口地吃。如果你们不狼吞虎咽，就会被魔鬼掐死。

教皇

谁在讲话？这是什么情况？僧人们当心。

僧人甲

陛下，只有您啊，陛下，别无他人。

教皇

主教，请动筷，这是米兰教长特意送来的美食。

浮士德

多谢陛下隆恩。（抢菜吃）

教皇

怎么回事？谁动了我的菜？你们快去调查清楚？

主教先生，这是教长从佛罗伦萨送来的，请你品尝。

浮士德

既然如此，我得尝尝。（夺取菜）

教皇

主教，举杯让我们干一杯。（夺取酒杯）

红衣主教

这兴许是从监狱逃出来的小鬼。陛下隆恩，请您赦免他的过失。

教皇

大概吧。众僧们就为他唱首能赎罪的歌吧，以此除去那小鬼的罪。请！主教先生！

（教皇在胸前画十字。）

浮士德

可恶！你竟然画了十字在你胸前。

你最好别要什么花样。

（教皇第二次在胸前画十字。）

你又画了一次，有了一、二次，我便知道你还会有第三次，

这是给你的最后警告。

（教皇再画一次，浮士德气急狠狠地给了他一记耳光，所有人都跑了。）墨菲斯特，告诉我，现在我们怎么做？

墨菲斯特

不知道。用铃铛、符咒和蜡烛，是他们驱赶我们的惯用伎俩。

浮士德

你说什么！铃铛、符咒、蜡烛，蜡烛——符咒，居然还有铃铛！翻来覆去地要赶我下地狱！

今天是圣彼得的节日，生禽们的叫声你很快就能听到。

（修道僧重新上来唱挽歌。）

僧人甲

来吧，大家一起虔诚地歌唱吧！

众僧（一起唱）

从教皇筷子下偷走肉的该死的家伙，
天帝让他消失！
那给教皇一个耳光的该死的家伙，
天帝让他消失！
那给众僧敲击桑德鲁头顶的该死的家伙，
天帝让他消失！
打搅我们将神圣挽歌唱起的该死的家伙，
天帝让他消失！
那抢走教皇陛下美酒的该死的家伙，
天帝让他消失！
圣徒们一起让他消失吧！阿门！

（浮士德和墨菲斯特对众僧大打出手，再点燃炮仗扔到他们中间。）

（齐下）

（剧评人上）

剧评人

教皇的宫廷和各种奇闻趣事让浮士德嬉笑之后，
他便按照计划回自己的家乡。
那些曾经为他的离开难过的朋友以及曾经与他关系密切的同伴们，
都纷纷前来献上殷勤表示慰问，以恭贺他可以平安归来。
当问起他们他旅途中的事时，
遨游天际和世界的经历让他振奋；
他们向他请教与星辰有关的问题，
浮士德讲述得有条有理，字字珠玑。
他们无不为他的智慧感到惊讶。
因此浮士德从此闻名四海，
也因此结识了许多朋友，包括社会名流。
而现在浮士德正在卡洛鲁斯五世的宫殿里，同那些高官贵人们举杯宴饮。

他还在宫殿里将那些魔法一一显示，

一会儿就让你亲自看个明白。

第八幕　一个度假庭院

（马夫罗宾手拿一本书走进来）

罗宾

哦，那简直太好了，浮士德的魔法书被我偷来了，我想自己也习得几个魔法咒符。我要让这里的每一个姑娘都与我跳舞畅饮，并脱光衣服站在我面前，如此一来我就可以大饱艳福了。

（拉尔夫边唤着罗宾的名字边走进来。）

拉尔夫

喂，罗宾，快点啊。有客人正等他的马。他还让你将行李收拾干净送过去。老板娘与他吵了起来。老板娘让我来找你。你快去看看吧。

罗宾

走开，别烦我，小心我打你，打得遍体鳞伤。拉尔夫，闪到一边去，别打扰我，我正在做一件大事。

拉尔夫

差不多得了，你拿那书没用的！反正你读不懂。

罗宾

不，我能看懂的。老板与老板娘会最先明白我其实懂的。我知道他是浑蛋，而她是个狐狸精。除非我的法术不灵，否则从现在开始她就得任凭我摆布。

拉尔夫

那是什么书?

罗宾

是什么？是一本比地狱里所有的恶魔写的魔书都厉害的魔书。

拉尔夫

它可以让你变出什么呢?

罗宾

只要有这书，我就可以做很多事。我不花一分钱，就能喝遍欧洲所有酒馆最好的料酒。这仅仅是我的戏法之一。

拉尔夫

我们的教士说这不算什么。

罗宾

拉尔夫，还有一件事，你若对厨房的小姑娘心存念想，深更半夜之际，我就能让她乖乖地爬到你床上，让你为所欲为。

拉尔夫

天啊，罗宾你真是了不起！我果真可以将她弄到手尽情享用？若是真的弄到了手，我便--辈子免费用马饲料将你的魔鬼饲养。

罗宾

拉尔夫，别再说了。那些靴子我们必须先擦干净，该擦的已经有很多了，之后再去试试我刚学的魔法。

第九幕　客店

（罗宾和拉尔夫端着银酒杯上）

罗宾

我说过了，浮士德博士的魔法书永不干涸。这就是证据。对于看马的我们，银杯是笔很大的财富。有了它，我们就再也不必给马喂草了。

拉尔夫

看，酒保过来了。

罗宾

小声点，我们来试试魔法。

（酒保上）

酒保，账都付了，再见。拉尔夫，走吧。

酒保

等等，先生，离开前你们必须为一只酒杯付钱。

罗宾

一只酒杯？我？拉尔夫，我拿了他的酒杯？懒得理你，你这白痴！我什么时候拿了你的酒杯？不信，你就搜搜看吧。

酒保

是的，我正准备搜搜看，抱歉了。（搜身）

罗宾

证据摆在眼前，你还想说什么？

酒保

你的朋友，我也要说几句。你，先生。

拉尔夫

先生，好！就由你搜个够好了。

（酒保搜拉尔夫的身）

事到如今，你必须对自己冤枉了一个好人而感到羞耻。

酒保

嗯，你们总有人藏起了那酒杯。

罗宾

酒保，你错了，它不在身边，而是在身前。

（旁白）——你这浑蛋，胆敢把好人诬赖，我要好好教训你一顿。别跑，对这件事，我要好好收拾你。我要以巴尔泽之名惩罚你。当心那个酒杯，拉尔夫。

（旁白对拉尔夫）

酒保

你想怎么样？

罗宾

你马上就会知道了。（念书中的咒语）“啊玛尼擦比喇嘛红……”——不对，酒保，我是在戏弄你。当心杯子！拉尔夫。

（旁白）他的念咒开始：“阿拉噶儿码擦哈……，墨菲斯特。”

（墨菲斯特上，在他们身旁点燃鞭炮，然后下。大众四处乱跳。）

酒保

哦！上帝！罗宾，这是什么意思，你又没有拿酒杯？

拉尔夫

我真该死！好酒保，你的酒杯在这儿。

（取出酒杯给酒保）

罗宾

原谅我们吧！我知错了。善良的魔鬼啊，就原谅我一次，我再也没有胆子偷您的书了。

（墨菲斯特重新上）

墨菲斯特

我尊敬的魔王啊，在您无限的威严之下，
再自以为是的枭雄也会跪倒颤抖，
供上数之不尽的祭品放在您的祭台上。
这俩浑蛋胆敢用您的咒语烦扰我！
我从遥远的君士坦丁堡被召唤，
居然只是为了这两个该死的奴隶寻开心。

罗宾

您从君士坦丁那么遥远的地方赶来？那真是辛苦了。您可愿意吃顿饭再走，只要从你的兜里掏几个钱就行？

墨菲斯特

什么？可恶的龟孙子。你胆大妄为至极，我要将你变成猴子，将你变成狗再离开。（下）

罗宾

猴子？那真是太好了，那样一来孩子们就能跟我玩耍了。我还能吃到好吃的坚果与苹果。

拉尔夫

而我却成了狗。

罗宾

你一辈子只能待在馊水沟里了。

第十幕　皇帝的庭院

（皇帝，浮士德，骑兵和侍卫尾随）

皇帝

浮士德先生，传闻你拥有永远无边的法力，在我国，甚至全世界，都无人与你匹敌。传说你有一个任你差遣、替你做任何事的精灵。就让我当众见识见识你的本领，亲自来证明这一传闻。我以皇权起誓，不管你用的是什么魔法，我绝不会有任何干涉。

骑士

他看起来倒真像是位魔法师。

浮士德

皇帝陛下，传闻浮夸，我当之有愧啊。

今承蒙陛下召见，我万分惶恐。

为报圣恩我愿效劳陛下，略尽绵力，以表敬意。

皇帝

既然是这样，那先生，请听我说，

有时独自一人冷冷清清，
在这深宫里，心头总有万千愁绪。
前代帝王的功绩令人深思，
这辉煌的国家就来自他们英武的才能——
他们征服过无数疆土，赢得了富可敌国的财富——
像我自己这一代，
以及后代继位的帝王都无法超越他们的威名。
其中，以亚历山大皇帝最为功名显赫，
他是帝王中最出类拔萃的，
他的丰功伟绩发出了万丈光芒，
照亮了世界的每一个角落。
我听闻无数人提及他的名字，
却痛心无缘一睹他伟岸的风采。
如果你可以用神奇的法术，
让这已故的伟大的征服者再现人间，
连同他美丽的情人一起出现，
他们的服饰、样貌、动作，
都必须跟以前一模一样。
只要你满足我这个愿望，
我一辈子都会嘉奖你。

浮士德

我高贵的陛下，我将用我所习知的一切法术，指挥我的精灵，为您达成心愿。我一定能做到的。

骑士

我知道这对你来说根本就是小菜一碟。（*在旁边说*）

浮士德

但是，这两位仙人的身躯不能前来见您，请陛下见谅。因为它们早就与尘土融为一体。

骑士（在一旁说）

浮士德，实话证明你依旧光明磊落。

浮士德

即将出现在陛下面前的是由两位精灵幻化的影像，他们的样子将与亚历山大皇帝和他的情人在鼎盛时期的形象一模一样，我相信陛下一定会十分满意的。

皇帝

来吧，我想立刻见到两位的样子。

骑士

博士先生，听见了吗？请为陛下把亚历山大以及他的情人一同召唤出来。

浮士德

那自然难不住我。

骑士

这玩意儿，会像我被猎神变成一头鹿一样可信吧！

浮士德

你错了，先生。那就只像在阿克泰安死后，把他头上戴着绿帽子的鹿角送给了你一样。墨菲斯特，把他们引来。（墨菲斯特下）

骑士

你变你的戏法，我先告辞了。（下）

浮士德

你竟敢顶撞我，待会儿看我怎么收拾你。看，来了，陛下。

（墨菲斯特上，带着幻化成亚历山大以及他的情人的两位精灵）

皇帝

传闻说那位美人生前有颗痣或胎记长在脖子上，我该如何辨别真假?

浮士德

陛下大可以走近细看。

（精灵下）

皇帝

这一定是真身，绝不是什么精灵！

浮士德

陛下，请把刚才与我斗嘴的骑士召回。

皇帝

来人，你去把他叫来。

（一侍卫下）

（骑士重新上，头生两角）

骑士，你这是怎么了？我原以为是单身汉的，原来你早已有老婆了。看，她不仅为你准备了双角，还亲手安在了你的头上。你可以摸摸。

骑士

你这来自地狱的贱货，

挨千刀该死的混账！
谁给你的胆子竟敢侮辱上等人！
狗杂种，解除你在我身上下的魔法！

浮士德

急什么，慢慢来。还记得刚刚在我与皇帝谈话时从中捣乱的你吗？我想你应有的报应就这样降临了！

皇帝

我亲爱的浮士德，给我个薄面，就饶恕他的罪过吧。他已经遭到报应了。

浮士德

我倒不是为了惩罚这出口伤人的骑士而有意将他侮辱，而是为陛下用魔法找些乐子。我的心思简单明了，现在就为他将魔法解除。骑士先生，以后遇到博学的人要恭敬客气。墨菲斯特，让他恢复原形吧。（墨菲斯特为骑士解除魔法）陛下，您的心愿我已为您达成，请允许我就此离开。

皇帝

那么再见了，博士。在那之前，我会给你我答应过的赏赐。
（齐下）

第十一幕　草地，后半场是浮士德的住处

浮士德

墨菲斯特，时间正悄无声息地溜走，
吞噬着我的时间，我的生命线渐渐减短，
它如今还在吞噬我为数不多的残年，
所以，我们得尽快回到温顿堡了。

墨菲斯特

骑马和步行哪个是你心中所想呢？
过了这片绿意盎然的草地，我愿意步行。
（一马贩上）

马贩

我一直在寻找一位名为“浮士德”的医生，原来他在这儿。愿上帝庇佑你，老先生。

浮士德

马贩，欢迎。

马贩

我付您十块钱，能否买你的马？

浮士德

这不行，若你的价格是五十块，马就是你的了。

马贩

唉，四十块是我的全部家当了。求求这位先生帮我说说好话吧。

墨菲斯特

算了，卖他吧。他虽说无妻无子，经济负担却不小。

浮士德

好，钱给我。（马贩付钱）我的随从会给你马。不过我得告诉你，它决不能被你骑下水。

马贩

它不喝水吗？

浮士德

喝，什么都喝，但是不能将它骑到水里。你可以骑它跨过篱笆、壕沟等什么都可以，随你所想，但绝对不能骑到水里。

马贩

哈哈，先生——我现在可走运了。我绝不会笨到用四十块的价钱把它卖出去。要是它还能耍点把戏就可以让我舒坦地过完下半辈子。看看，它的屁股是光滑的，多可爱。

（旁白）——先生，让你的随从交出马吧。但是，倘若有一天它生病了，我能否将它的尿接给你看，让你知道它得了什么病？

浮士德

滚蛋吧，混账东西，别把我当成马医！（马贩下）

浮士德

你是个终究会死的人！
你的日子不多了。
绝望难免让我感到惊慌，
姑且先睡一觉来排除焦虑吧。
别再左思右想，耶稣还在十字架上与强盗说“你好”呢！
睡吧，浮士德，别担心。
（在椅子上入睡）
（马贩全身湿透地再上，并大声叫喊。）

马贩

哎呀，我的妈呀！这浮士德医生也太扯淡了嘛！医生鲁斯珀也不会像他这样。他让我的四十块钱全部付诸流水了。他叮嘱我千万不要把它骑到水里去，我怎么就偏偏不听他的话呢？我心里想着兴许这马有特殊的本事，他也不想被我知道，可是鲁莽的我居然骑着它跳进了一个水池。刚触到水面，胯下的马就变成了一捆稻草，马儿居然不见了。这是我生平第一次险些被水淹死。我要向那位医生讨回我的钱，倘若他不愿意，我就让他吃尽苦头——小声点，那就是他的随从——不知道他有没有听见？你家主人在什么地方，变戏法的？

墨菲斯特

有事吗？你不能见他。

马贩

我偏要。

墨菲斯特

他正在休息，你改日再来吧。

马贩

我要见他，立刻，否则我就打碎他的眼镜。

墨菲斯特

他八夜不曾合眼了，浑蛋。

马贩

那跟我有何干？我偏要见他。

墨菲斯特

看，他不就睡在那里吗？

马贩

没错，就是他。感谢老天，医生先生！浮士德医生先生，我的钱！我的四十块钱不能就这样换一把稻草。

墨菲斯特

看见了吗，他根本听不见你说话。

马贩

嘿！先生！（趴在浮士德耳边）你快醒来！我绝不离开，除非把你弄醒。（拉浮士德的腿，腿掉了。）天啊！完蛋了！我该怎么办？

浮士德

我的腿，天呀，我的腿。快救我！墨菲斯特！去报官啊！我的腿呀，天啊！我的腿。

墨菲斯特

混账东西！跟我去官府。

马贩

不要啊，医生先生，饶恕我吧，我愿意再给你四十块钱。

墨菲斯特

钱呢？

马贩

没有带在身上，跟我去，到了旅馆我就给你。

墨菲斯特

快去拿过来。

（马贩下）

浮士德

走了？滚蛋吧！浮士德的腿根本没事，这点小把戏便又让他用四十块钱换了一捆稻草！

（瓦格纳上）

瓦格纳，你有什么消息吗？

瓦格纳

先生，公爵冯霍尔特想见见你。

浮士德

老实人冯霍尔特公爵，我不介意对他也使用我的魔法。走吧！墨菲斯特。

（一起下）

第十二幕　公爵冯霍尔特的府邸

（公爵冯霍尔特夫妇、浮士德和墨菲斯特，一起上。）

公爵

浮士德，这玩意儿真是大快人心。

浮士德

公爵大人，我很高兴可以见到您如此开心——但是公爵夫人，您似乎对这提不起兴趣。传言害喜的夫人都喜欢吃酸的。夫人，您喜欢吃些什么呢？只要您说，我便为您办到。

公爵夫人

博士先生，真心地谢谢你。看到您如此真诚地为我地实现愿望，我非常开心。那我也就直言不讳了。现在若是夏天该多好，我多想吃一盘熟透的葡萄。可该死的，现在偏偏是冬天一月，我什么肉类都不想吃。

浮士德

我亲爱的夫人，小事一桩，不足挂齿！墨菲斯特，这事交给你了。（墨菲斯特下）

只要能博你一笑，哪怕比这难上一万倍的事，我也会为你办到。

（墨菲斯特端着葡萄上。）

夫人，你想的葡萄来了，请尝尝吧！

公爵

浮士德先生，这让我感到无比惊讶。在这寒冷的冬天，漫天飞雪的一月，这些葡萄你是如何弄来的？

浮士德

大人，两个半球将地球分开，这个半球是冬季，反之则是夏季。比如说印度、加勒比海岸附近的塞班，还有远在另一边的东方国家如今都是盛夏之际。如您所见，我让我的精灵，迅速将盛夏的葡萄带到这里——您觉得如何？合胃口吗，夫人？

公爵夫人

博士先生，说实话，这是我生平吃到的最好吃的葡萄。

浮士德

我为夫人如此喜欢它而感到高兴。

公爵

走吧，夫人，进去吧。为报答他对你的一番好意，我们理当好好谢谢先生的。

公爵夫人

是的，必须如此，我的公爵丈夫，这恩惠我定当一生不忘。

浮士德

多谢夫人，我为此而感到惶恐。

公爵

博士先生，请与我们一起来吧，请务必接受我们的奖赏。

第十三幕　浮士德公寓的房间里

（瓦格纳走进）

瓦格纳

我怀疑我的主人会在不久之后死去，
因为他把自己全部的东西都交给了我，
但这仅仅只是怀疑，因为，如果死亡将近，
他就不会再与那群学生一起寻欢作乐。
直到现在，他们都一向如此，
瓦格纳一生都没有体会过赴宴者们的那种酣畅淋漓的快感。
看，他们来了！宴会似乎已经散了。
（浮士德、三个学者和墨菲斯特同上。）

学者甲

浮士德博士，经过一番讨论，我们一致认为古希腊神话中，海伦是纵古穿今的第一美人。倘若您可以让我目睹这位举世无双的美人的容颜，我们必对您心怀感恩。

浮士德

你们让我感受到了真诚的友谊，
并且浮士德一向不会拒绝好朋友的合理请求，
所以我一定把那位绝代美女带到你们面前，
她依旧美丽且光彩照人，
同带着被俘虏的帕里斯王子一起渡洋回到辉煌的王城的时候一样。
别说话，别让现在的你我身处险境。
（音乐响起，海伦上台）

学者乙

天啊，我笨拙的嘴实在不足以形容这位绝代美女的雍容华贵。

学者丙

我总算明白愤怒的希腊人，
不惜常年征战，也要争夺这位皇后的原因了——
她的美艳确实古今少有。

学者甲

大自然天然雕饰的佳宠，
超越人间一切的极品，
如今我已亲眼看到了这一切，
那便祝愿浮士德博士，幸福平安！

浮士德

也愿你们幸福平安！各位，再见了！
（学者们齐下，老者上。）

老者

浮士德啊，祈祷我能带你走回生命的正轨。

让你沿着那幸福的道路，
最终步上天堂之门。
哭泣吧！交融你那痛心疾首的罪孽和你的血，
别哭泣，他会用罪恶来吞噬你的灵魂。
只有救世主的怜悯才能将这些罪恶宽恕，浮士德。
我祈求上帝，愿他用他的血将你所有的罪恶洗清，
除此之外，任何人都无法把你拯救。

浮士德

浮士德，你在哪儿？你究竟做了什么？你这可怜虫。
你的报应到了！浮士德，你的天谴来了。如今你只有绝望地等待死亡。
地狱正疯狂地嘶吼，讨要它曾赋予你的它的权力，它大声呼喊着：
“浮士德，你的阳寿已尽，给我你的命吧。”
浮士德下定决心，立刻就偿还所有的罪孽！
（墨菲斯特将匕首递给浮士德。）

老者

等等，浮士德，万不可自寻短见。
我看见你的头顶盘旋着一位天使，
手里拿着装满慈悲之水的宝瓶。
可以用它来拯救你的灵魂，
别灰心，求天帝宽恕你吧。

浮士德

啊，我亲爱的朋友，你的话安抚了我悲伤的心灵，
就让我诚心地忏悔吧！为了自己犯下的罪孽。

老者

我走了，但我依旧放心不下，

我怕你的灵魂终究难逃此劫。
（下）

浮士德

唉，身受诅咒的浮士德博士啊，慈悲究竟在哪儿？
我诚心忏悔和祷告，可身处绝望之中的我依旧无法自拔。
在我的心中，地狱正在与天堂交战，
我又该怎样才能逃脱这枷锁？

墨菲斯特

你这该死的叛徒，因为你背叛了魔王，
所以我即刻把你的灵魂逮捕。
立刻抛弃天帝，不然我立刻让你魂飞魄散！

浮士德

是，拜托你求求你的主人将我的狂妄饶恕。
为了保证，我将再次用鲜血立下誓言。

墨菲斯特

那就快写，别再心口不一，
否则你不仅会让鲜血白流，还会遭受更大的罪孽。
（浮士德割破手腕，写血书。）

浮士德

我亲爱的好朋友，
那卑鄙、无耻、阴险的老者应该受到地狱中最残酷的酷刑，
他居然引诱我背叛我的魔王。

墨菲斯特

他有无比坚定的信仰，我无法惩治他的灵魂。
但他的肉体却能让我肆意伤害，
虽然肉体并没有太多价值。

浮士德

我亲爱的好友，求你答应我最后一件事。
请你把之前的那位叫海伦的美女弄来做我的情妇，
她的温柔和拥抱会让我打消背叛誓约的想法，
专心致志地完成与魔王之间的承诺。

墨菲斯特

这个连同你的其他愿望，
只要一眨眼的工夫，我便能为你实现。
（海伦上）

浮士德

难道是这张脸把千万战船引去，
还让特洛伊城无数的高楼被烧毁？
我美丽的海伦，吻我吧！用你的吻让我坚定不移吧。（吻海伦）
她的吻让我的灵魂在她的嘴唇上舞动！
海伦，把灵魂还给我，来吧！
我要沉沦在这儿——你的蜜唇就是我的天堂。
一切事物都无法与你相提并论。
帕里斯王子就是我，为了得到你，
我宁可让温顿堡被烧毁也要为你保住特洛伊城。
我要将你的徽章镶嵌在我的羽盔上，
让弱智的墨涅拉俄斯与我一决胜负；
我还要将阿格琉斯的脚跟贯穿，

再回到你的身边，把你拥在怀里亲吻。
啊，黑夜的浩浩繁星都不能与你的美貌媲美。
你艳压四方，震撼海内外，
出现在薄命鬼瑟玫勒眼前的丘比特在你面前也会黯然失色；
被狂傲不羁的海神拥抱在怀中的天公也不比不上你的美丽。
除了你，再没人配做我的情人。（齐下）

老者

浮士德，你这悲惨的该死的家伙，
你的灵魂彻底将天帝背叛，
天恩再也不会眷顾你！
（恶魔们上）

魔王撒旦骄傲狂妄，将我们百般折磨，
那是天帝用炉火在考验我们虔诚的信仰。
无耻的地狱，我的信仰必定将你战胜。
痴心妄想的魔鬼们，抬头看向天空。
他们在冷笑你们的狂妄，嘲笑你们的行为。
如今我要抛开地狱。现在，我正要飞向主人的身边。
（魔鬼一边下，老者另一边下。）

第十四幕　浮士德，宅中一室

（浮士德和学者们上。）

浮士德

哦！各位。

学者甲

浮士德，您为何如此烦恼？

浮士德

我的同学们啊！倘若我可以早日和你们相见，我兴许能够像你们一样活下去。可惜，如今我的大限将至，看，他还没来？还没来？

学者乙

浮士德博士，您这话什么意思？

学者丙

他兴许是病了，大概是一个人孤单太长时间了。

学者甲

若是这样，找个医生看看便好。不过是饮食不当，不是大事。

浮士德

我是罪孽深重！他将令我的灵魂和身体坠入地狱，无法翻身。

学者乙

浮士德博士，祈祷吧！仰望仁慈的上天吧。

浮士德

任何人都不能宽恕浮士德的罪孽。就算勾引夏娃的那条大蛇都得到宽恕，浮士德也绝没有机会。唉，专心地听我说话，但不要为此而感到毛骨悚然。一想起我曾经在城里求学的那三十年，难免心有余悸。我多么想我从未踏足过温顿堡啊，也不曾念过书！德意志的全体人员都见证了我所创造的奇迹。是的，这一切被全世界证明着！也是这一切让我将德意志和全世界都丢失了，我丢失了与天帝共存的天堂、幸福的家园和快乐的王国。而浮士德将永远身处地狱！啊，地狱，永远的地狱！我亲爱的朋友们，当浮士德坠入地狱后又是个什么模样呢？

学者丙

浮士德博士，你快向天帝祈祷吧。

浮士德

向那被浮士德发过誓会背叛的天帝祈祷？向被浮士德早已亵渎过的天帝请求饶恕？啊，天帝，我只想默默哭泣。可惜，魔鬼早已控制了我的眼泪。就让鲜血替我流眼泪吧。躯体和我的灵魂啊！但是，他们将我的舌头锁住了！我想用双手祈祷，可他们将我的手控制！看啊，他们将我的手按住了！

三学者

浮士德！你说的是谁？

浮士德

是魔王路西法和墨菲斯特恶魔。啊，各位，我将我的灵魂出卖，只为学习魔法。

三学者

这种事是不被天帝许可的！

浮士德

没错，天帝的确不允许，但浮士德却依旧这样做了。那永恒的幸福与欢乐就被这二十四年的荒唐断送了。我以血为盟，与他们签订了一张契约。如今时间已到，我的灵魂即将被他们取走。

学者甲

你为何不早点告诉我们？我们能请牧师为你祈祷啊。

浮士德

我也曾尝试这样做，可魔鬼将我威胁，我若向天帝祈祷，他就将我撕成碎片；倘若我向牧师祈祷，我的躯体和灵魂就将被夺走。如今说这一切都为时已晚，你们走吧，免得被我连累。

学者乙

天啊，我们能不能想个办法，救救我们的浮士德博士呢？

浮士德

快走，拯救你们自己吧，别管我了。

学者丙

天帝不会抛弃我们的，我们要同浮士德博士一直在一起。

学者甲

亲爱的朋友，我们绝不能亵渎天帝，我们就到隔壁去为浮士德祈祷吧。

浮士德

啊，对，去吧！请为我祈祷吧！无论你们听见任何声音，也绝不要出来，因为我已经无药可救了。

学者乙

我们将祈求您被天帝宽恕，您也一起来吧。

浮士德

各位，再见了。倘若明天我还没死，就会去拜访你们；如果我没来，就证明我已经下地狱了。

三学者

浮士德，再见。

（学者们下，钟敲了十一下。）

浮士德

啊，浮士德啊，
如今你还有一个小时的生命，
之后你就会受到诅咒，永远地坠入地狱。
生生不息的宇宙啊，为我停下你尊贵的脚步，
让时间静止，午夜便可永不再来。
大自然周而复始的太阳啊，升起来吧，
然后再也不要落下，或者让这一小时变成一天、一周、一月，或者

一年，

以便在忏悔中让浮士德拯救自己的灵魂。

“啊！慢一点，再慢一点，黑夜的脚步啊！”

但时间永不停歇，星辰仍在转动，地狱的钟声即将敲响。

浮士德，魔鬼就要到来，你终于要被拉下地狱了。

啊呀，我奋不顾身地朝天帝跑去！啊呀，是谁拽住了我？

看，整个天空都流淌着救世主的血！

只要一滴就足以拯救我的灵魂——啊，我尊敬的耶稣基督，哪怕给我半滴血也足够啊！

啊，别因为我呼唤耶稣基督，就拧碎我的心肝！

我还要将他祈求：路西法，求你饶恕我吧。

魔王呢？他去哪儿了？难道走开了吗？

瞧！天帝皱着眉头朝我伸出了手。

群山之巅，你们一起压向我吧！

埋压我的身躯，我已无颜面对天帝赤怒的双眼。

不！不是的！我只想把头深深地钻进土地里。

大地你迎接我吧！噢，不对，他不愿接纳我。

掌管我出生的星辰啊，

是你们决定了我死后入地狱的命运。

请把我化作一缕青烟融入你们缭绕的云雾里，

如此一来，当恶魔向天空袭击时，

我的躯壳便可从云雾的怀中逃脱，

这样我的灵魂兴许还有被推入天庭的机会。

（十一点半的钟声敲响。）

啊，半个小时就这样再次溜走，眼看着一切都即将结束了！

天帝啊，

纵然你丝毫也不怜惜我的灵魂，

但看在愿为我赎罪而流血的耶稣的颜面上，

解除我无休止的痛苦吧，

让经受了千万年煎熬的浮士德的灵魂，最终可以获得救赎！
噢，对了，一旦下了地狱灵魂就永世无法挣脱。
为何你生来便是个有灵魂的人，而非没有灵魂的生物呢？
啊，如果毕达哥拉斯的轮回说是真的，
那我即将失去灵魂，
没有灵魂的我会转为畜生。不过畜生是无忧虑的，
因为当它们消亡时，灵魂会分为四种魂魄，
而我的灵魂却因无法离开地狱而受尽无边的折磨。
我要诅咒你们，我的父母，
我错了，不对，该诅咒的是浮士德自己，
诅咒那将他天堂之乐夺去的魔王路西法。
（十二点的钟声鸣响。）
啊，它响了，钟声，身体向上飞吧，
不然魔王会迅速将你拖下地狱去。
（电闪雷鸣）
我的灵魂啊，祈求你化成一滴水珠，
融进大海的怀抱，消失不见。
我的天帝啊，圣明的君主，求你不要如此凶残地盯着我。
（魔鬼们齐上）
恶灵恶魔啊，让我再喘息一次吧！
阴森的地狱求你别张口！路西法魔王，求你别朝我走过来！
我要将那魔书彻底烧毁！啊，我的墨菲斯特！
（魔鬼们与浮士德下）
（合唱团上）

合唱

你已经夭折，那本能茁壮成长的参天大树！
那在博学之士的腹中曾生长的阿波罗的月桂，
而今全都化为灰烬。

浮士德终于还是死了。

他所遭受的天谴，就用它来警示自己吧，

他的痛苦能让聪明人从中得到教训：

对于那一切能引诱人的所谓的魔法我们只能一笑而过，

因为其中蕴含的玄机足以将博学的才子们引诱，

让他们为非作歹，然后犯下连天帝都无法宽恕的罪过。

（下）

（完）

埃格蒙特

Egmont

〔德〕歌德 著

主编序言

1775年，当时歌德26岁，在移居魏玛之前，他就已经开始了《埃格蒙特》的创作，通过12年断断续续的努力，于1787年在罗马完成了该剧本。

《埃格蒙特》以当时的低地国家反抗西班牙的统治为创作背景。15世纪，勃垦地的菲利普篡夺了尼德兰几个省份的统辖权，并且从此将这些权力划入自己的统治范围并传给了其后世诸代，直至在任的国王查理五世。这个强势的国王为了遏制新教徒，废除了各省的立宪权，设立了宗教法庭以甄别新教徒。他手下的几个杰出的军官——弗莱明、拉某洛厄、埃格蒙特为他带来无数的荣誉和机会。1557年法国的圣昆廷和1558年格拉沃利纳战役的胜利使得埃格蒙特成为欧洲最负盛名的将军，并成为国民的偶像。1559年，当尼德兰即将设立新一任摄政王时，人们都以为从查理五世那里继承了王权的菲利普二世将会选择埃格蒙特，但他却出乎所有人意料地任命了他的半血亲妹妹玛格丽特——帕尔玛女公爵。在新任统治者的统治下，新教徒受到了疯狂的宗教迫害。1565年，即使身为天主教教徒的埃格蒙特也被送往马德里恳请宽大处理。虽然国王表面上对埃格蒙特十分热情，但是在他回家之后不久，阿尔瓦公爵就被派遣到尼德兰，奉命对所有反抗国王的势力进行铁腕镇压。普莱斯考特和莫特利向埃格蒙特讲述了阿尔瓦公爵是如何以残酷暴虐的方式执行那些命令的。埃格蒙特成了早期的一个政治牺牲品，但是他和考恩特·霍恩的殉难，还有后来遭到暗杀的奥兰吉伯爵——威廉，唤醒了尼德兰人民的反抗意识，使尼德兰最终摆脱了西班牙的统治。

以上概述就是歌德为其悲剧设定的背景。尽管在具体细节上对这则曲折的故事做了不少修改，但剧作家展现了一幅真实的历史画面，并勾勒出了许多栩栩如生的人物形象。这部剧作在舞台剧史上长盛不衰，深受观众喜爱。贝多芬为该剧创作了背景音乐。

查尔斯·艾略特

人物角色

帕尔玛玛格丽特：查理五世的女儿、尼德兰女摄政王

埃格蒙特伯爵：古勒王子

阿尔瓦公爵

奥兰吉伯爵：威廉

理查德：斐迪南的私生子

马基亚夫利：摄政王的手下

克拉拉：埃格蒙特的私人助理，埃格蒙特的心上人

克拉拉的母亲

希尔瓦、戈麦斯：阿尔瓦公爵的手下

布莱肯伯格：市民

文森：职员

布鲁塞尔的公民

索斯特：店主

杰特：裁缝

一位木匠

一个煮皂工

卜意可：尼德兰士兵，埃格蒙特的手下
路易舜：弗里斯兰的退伍军人

其他人物：公民、服务员和警卫员等人
场景：布鲁塞尔

第一幕

场景一——士兵和市民（相互鞠躬）

杰特（走上前并鞠躬）

索斯特、卜意可、路易舜依次上场

索斯特　快点儿，不停地射击吧，把子弹全打完！枪法连我都胜不过！你们一辈子也从来没有打中过三环以上。我敢说我都能当今年的最佳射击手！

杰特　靴子大师——卖鞋的国王？谁会稀罕呢？你得为此付出双倍的赌注，为你的巧言令色，这才公平。

卜意可　杰特，我出钱你跟他赌，你会赢，让我分享胜利。我来招待大家。我在这里已经很久了，一直是一个很有信誉的债主。如果我赌输了，那么也当作你打中了一样认账。

索斯特　虽然我是很失败，也应该有权利说出心中的想法。不管怎样！来吧，卜意可，开枪射击。

卜意可　（射击）现在，下士，小心了！1——2——3——4！

索斯特　四环呀！的确，太了不起！

大家　万岁，国王万岁，万万岁！！

卜意可　谢谢先生们，尤其是“射击大师先生”！感谢你们赏脸。

杰特　你无须感谢任何人，该感谢你自己。

路易舜　让我来告诉你——

卜意可　灰胡子，你要说什么？

路易舜　让我来告诉你们吧，他射击的样子像他的旧主——埃格蒙特。

卜意可　与他相比，我仅仅是一个初学者。他已经人枪合一，无人能及。他百步穿杨不是靠运气或是看心情，绝对不是的。他举起枪就能让子弹正中靶心。我曾经跟他学过。他实在不是一个好教官，教不会手下人。任何在他手下当差的人都学不会这本事。但是，先生们，别忘记——强将手下无弱兵！那么现在，喝酒，这是国王的赏赐。

杰特　我们人人心里都这样认为——

卜意可　我是一个外乡人，想什么就做什么，对这里的一切法律和风俗都不在乎。

杰特　为什么？你比那些不敢冒险犯难的西班牙人还差劲。

卜意可　他说什么？

索斯特　（大声对卜意可说）他想款待我们，不想让我们兑钱，国王只出了两份的钱。

卜意可　那就让他请吧。不管怎样，我们保护这里！这是地主应有的风范，这就是慷慨，把钱用在该花的地方。（端起红酒）

大家　向尊敬的国王陛下致敬！万岁！

杰特　（对着卜意可）当然也向你致敬，我的“阁下”。

卜意可　要是这样的话，我得真心地感谢你！

索斯特　确实！尼德兰人喝酒时，反而要为西班牙国王的健康举杯，换作谁心里都不会自在。

卜意可　谁？

索斯特　（大声地）为西班牙国王，菲利普二世。

卜意可　祝愿我们高贵的国王，一国之主，健康长寿！

索斯特　难道你不是更加敬爱他的父亲，查理五世吗？

路易舜　上帝保佑他！他是天生的王者！他的权力无处不在，他是我一切的一切。而且，他遇到你的时候，会亲切地向你问好，就像是你的一个邻居在跟你打招呼。而在你害怕的时候，他十分清楚如何让你放松心情——你明白我的意思——他想出门时就随时出门，出门只带一两个随从。当他把这块土地的管辖权移交给他的儿子时，我们都感动得流下了眼泪。你能理解的——他是另一类人，一个更威严的帝王。

杰特　除了盛大场面和皇家剧院，他从来不在公共场合露面，他们说，他寡言少语。

索斯特　他从来不是尼德兰人的王。我们的国君肯定都像我们一样享受快乐和自由，善待自己，也善待他人。即使我们都是老实巴交的傻瓜，但我们既不会看低别人也不愿被别人看轻。

杰特　我想，国王的身边哪怕有一位贤臣，他一定会变得足够的宅心仁厚。

索斯特　不，不！他从来不在意我们尼德兰人，不关心他的子民，不与我们亲善相处，我们能爱戴他吗？为什么每个人都喜欢埃格蒙特伯爵？为什么我们对他如此忠诚？这是因为从一个人的脸上的表情，我们就可以看出他是否真的喜欢我们。因为他的眼睛里透出了欢欣快乐、坦诚无私；因为他绝无私心，愿意与需要的人分享一切。愿埃格蒙特伯爵永远健康！卜意可，这是你第一次向我们敬酒，就让我们一起祝愿你的主人永远健康。

卜意可　我真心实意地祝愿埃格蒙特伯爵，永远健康！

路易舜　致圣昆廷的征服者！

卜意可　致格拉沃利纳的英雄。

所有的人欢呼！

路易舜　圣昆廷是我的最后一战，我几乎连爬都已经没力气了，无法扛起我的枪前进。但是我依然坚持，绝不放弃，尽管我的右腿挂了彩，我要再一次剥了法国人的皮。

卜意可　格拉沃利纳之战！朋友们，我们在那里艰苦地奋战过，我们取得了完全的胜利。要是没有这些法国狗把战火和破坏拓展到佛兰德斯腹地，我们也不会如此苦战。不过，最后我们还是把痛苦还给了他们！在这些激烈的战斗中，老兵们坚毅勇敢地前进、射击，四面追击，直到他们累得扭曲了脸，直到敌人的防线崩溃了，才停下来。后来，埃格蒙特的马被击中了，倒毙在他的身下。在很长的一段时间里，我们在开阔平坦的沙地里进行了一场又一场的混战——人对人、马对马、连队对连队地战斗。突然，入海口处发射的炮弹从天而降。“嘭！嘭！”在法国士兵的中心爆炸。他们是海军上将马林率领的英国人，碰巧从敦刻尔克出发经过这里。他们实际上给予的帮助并不多，只能用最小的船只接近战场，而且离得很远——此外，他们的炮弹有时还会落在我们队伍中。不管怎么说，这还是起了一些作用——摧毁了法军的防线，也激发了我们的斗志。敌人慌忙撤退、溃不成军！有的狼狈逃窜，有的被打死了，还有的被逼着跳进海里。当我们尼德兰战士冲到海边，跳进海里追赶他们的时候，有的法军士兵就被淹死了。随后我们仿佛成了青蛙一般的两栖动物，跳进海里追杀敌人。他们就像鸭子一样，被我们驱赶、一一击毙。少数侥幸生还的法军士兵，在逃跑途中死在了用锄头和草杈武装的农妇的手下。他们高卢人的皇帝被迫伸出了爪子和我们言和。这来之不易的和平应归功于我们，归功于伟大的埃格蒙特伯爵。

所有人　欢呼！为了伟大的埃格蒙特，欢呼吧！

杰特　要是他们能够任命埃格蒙特为摄政王而不是帕尔玛女公爵——玛格丽特就好了。

索斯特　不行！事实就是事实！我可不愿听到玛格丽特被人诟病。现在轮到我说话了，愿我们高贵的女士身体健康！

所有人　祝愿她青春永驻！

索斯特　确实，他们家族的女性总是出类拔萃的。摄政王万岁！

杰特　她为人谨慎，做事很有分寸。如果她不那么顽固地和教士们走得那么近就好了。这也许是她的一个错误，因为我们这里已经有十四个戴法冠的主教。我想知道他们到底有什么用？为什么那些外国人还能得到那么多的好处？以前的修道院院长就是从那些人中选出来的。我们会被告知这是因为宗教的缘故。我们心知肚明其中的缘由。对我们来说，三个大主教已经足够了。事情进展得很顺利，也很受好评。人人都忙得不可开交。每一刻都有分歧和敌意产生，越多人搅和，事情就变得越糟糕。

（他们喝酒）

索斯特　但是这是国王的意愿，她无法改变。

杰特　那么我们甚至不能吟唱《新约》中的圣歌，只能唱老调了，这是为什么呢？他们说里面含有异教思想，只有上帝才知道原因。然而我唱过一些《新约》中的圣歌。这些歌都是新作，确切地说，它们并没有什么害处。

卜意可　叫他们滚蛋，滚到别的地方。只要我们喜欢，这里可以唱任何歌。因为埃格蒙特是我们的守护者，他才不管这些事情。在根特市、伊普尔以及整个佛兰德斯，任何人都可以唱他们爱唱的歌。（大声对路稣姆说）圣歌对人们是最有用的，对吧，神父？

路稣姆　是的，这是神的语言，有着教化意义。

杰特　但是，他们说它们不是正确的那种，不是他们喜欢的那种。既然很危险，我们就不应该去碰它们。宗教法庭人员总是秘密地侦查，很多虔诚的信徒落入了他们的手中，受到了惩处。不过他们目前还不算太背离良知。如果他们不许我做我自己喜欢的事，但至少让我可以有思考和唱自己喜欢的歌的权利。

索斯特　宗教法庭人员没有跑到这里监督。我们和西班牙人不一样，不能让我们的良知在这里被压制。贵族们必须注意到这一点，趁早打消他们的想法。

杰特　这倒是一个很严重的问题。当他们闯进我的家中时，我正坐在那儿做我的活儿，哼唱着法国圣歌，脑袋里没有思考唱这歌合不合适——只是因为想唱——因此，我成了一个异教徒，被关进了监狱。或者假设在游经一个城市的时候，我站在人群中听一位传道士的布道，他来自德国，突然我就成了叛徒，随时面临被砍头的危险。你是否听过这样的传道士布道？

索斯特　勇敢的家伙！不久前，我听说有一个传教士在某个地方向成千上万的人传教。他的说教和以前的传教士有几分不同，以前的来自神职人员，是乏味的，讲一些只言片语的拉丁语。这个传教士却发自内心地告诉我们，直至如今，我们是如何被牵着鼻子走，我们的双眼如何被黑暗蒙蔽，我们应该怎样寻找光明——哎，他还证明这些都来自《圣经》。

杰特　话里面或许有点道理。我也经常说到或者想到这些问题。它们总在我脑袋里面挥之不去。

柏塞弗　所有人都在思考这些问题。

索斯特　难怪，从此，人们听到了正确的、新奇的布道。

杰特　那么这到底指的是什么呢？可以肯定的是，他们会让每个人都宣扬自己的信仰。

柏塞弗　先生们，过来！说这些的时候，你们忘记了喝酒也忘记了奥兰亲王。

杰特　我们不应该忘记他。他是一道防卫墙。大家只一想起他，就会觉得可以躲在他的后面，不会被恶魔捉走。来，为威廉王子干杯！

所有人　万岁！万岁！

索斯特　来，白胡子老伯伯，我们敬你一杯。

路稣姆　敬我们的老战士！敬我们所有的战士！永远战斗！

柏塞弗　好极了，老伙伴。敬我们所有的战士。永远战斗！

杰特　战斗！战斗！你们知道自己呼喊什么吗？从你们嘴里流利地说出来倒是容易，但是对我们来说却是一份艰辛，我没有太多话告诉你们。整整一年的时间，我们听到的都是战鼓声，只听说军队是怎样在这里前进；另一支军又是怎样来到这里，又是怎样在工厂附近驻扎，有多少人战死，又有多少人逃生；他们是怎样艰难地冲锋；一方如何取胜？另一方又是如何败阵？他们都无法理解自己是为了什么而战斗。一个城镇是怎样被攻下的，人们怎样被杀戮，战争让可怜的女人们和无辜的孩子们感到如何恐惧。这就是悲伤、困苦，每个人每时每刻想着："敌人来了！接下来死去的会不会是我们中间的某一位？"

索斯特　那么所有的公民都应该练习使用武器。

杰特　说得很好！的确是这样，尤其是那些有老婆和孩子的人。我宁愿听人说起士兵的事也不愿看见他们。

柏塞弗　我可不赞成你的这个观点。

杰特　乡下人，那当然不是针对你这种人说的。只有我们摆脱了西班牙的统治，我们才能再次自由地呼吸。

索斯特　在信仰的问题上，他们给你们的压迫实在是太大了。

杰特　不关你的事。

索斯特　他们在针对你们。

杰特　你给我闭嘴。

索斯特　他们要把他从厨房、地下室、房间还有床上赶出去。（大家的笑声）

杰特　你这个白痴。

卜意可　淡定，先生们！战士非得要高呼和平吗？既然你不知道任何有关我们的事情，让我们以普通市民的身份干一杯。

杰特　我们为平安与和平做好了准备！

索斯特　为了良好的秩序和自由！

卜意可　好极！那将会使我们拥有一切。

（他们一起敲打着玻璃，兴奋地重复着这些话，但这种方式使每个人发出了不同的声音。其最终汇成了一首赞歌。老人听着听着最终也加入了他们。）

所有人　平安及和平！秩序和自由！

场景二——摄政王的宫殿

帕尔玛玛格丽特（穿着打猎的衣服）、朝臣、侍者、仆人

摄政王　取消打猎计划，我今天不去打猎，吩咐马基亚夫利来见我。（所有人都退场了，只剩下摄政王。）这些令人讨厌的事情让我睡不好觉！没有能让我高兴的事发生，没有什么能够转移我的注意力。这些图像总是在我眼前浮现。国王会说这是我天性善良的结果，或是因为我的仁慈。可是我的良心告诉我，我这样做是对的，是最有益的。难道先前我应该用愤怒的狂风来煽动这股火焰，任由它们蔓延吗？我希望控制住它们，让它们自行湮灭。是的，我内心确信这一点，以我对局势的了解，用我自己的双眼判断，我是无罪的，但是我的朋友也会这样认为吗？这些傲慢的外国传教士的气焰越来越嚣张！他们亵渎了我们的圣殿，人们愚钝的头脑乱作一团，他们脑海中产生了幻觉，犯下了可怕的错误，想起来就让人发抖——这些详细的情报必须马上转交给宫廷。我必须抓紧时间，以免谣言比信使还快，免得王兄怀疑我对他有所隐瞒。我想不出任何办法来消除这场祸患，不管是强制还是温和的方法都不会起作用。噢，在人性的光芒中，什么是最伟大的？我们认为要控制住它们，可我们自己却被到处驱使。

（马基亚夫利进入）

摄政王　呈交国王的文件准备好了吗？

马基亚夫利　一小时之后将会上呈给您签字。

摄政王　你写得够详细了吗？

马基亚夫利　按照国王的要求，很全面、很详尽。我陈述了最早在俄梅尔出现破坏圣像的暴乱。一群疯狂的暴徒拿着棍棒、斧头、锤子、梯子和绳索，在少数武装人员的陪伴下，先后攻击教堂、礼堂和修道院。他们将信徒赶出教堂，冲开闭锁的大门，把里面弄得乱七八糟：坠毁圣坛，捣毁圣人的雕像，损坏画像，把它们弄得支离破碎，并用脚践踏；推毁挡在他们面前的所有神圣的东西。我还详述了这些暴徒是如何越聚越多，伊普洱的人们是怎样打开城门迎接他们，这些人是如何以令人难以想象的速度破坏大教堂，烧毁大主教的书籍。不计其数的人们像着魔了一样，分散在梅宁、康迈斯、费尔菲、里尔等地，没有遇到一处抵抗——叛乱似乎是在一瞬间爆发并很快席卷了整个佛兰德斯。

摄政王　哎！你的话再一次地撕裂了我的心，我对邪恶的恐惧感越来越强。马基亚夫利，告诉我你的想法！

马基亚夫利　对不起，尊贵的殿下，我的想法和你差不多，但是有一点区别。尽管看起来你一直待我不薄，但是你很少采纳我的建议。你经常这样诙谐地说："你想得太多了，马基亚夫利！你应该像一个历史学家，在紧急时刻给出建议。"我难道没有预料到这可怕的历史吗？我难道没有预见这一切吗？

摄政王　我也预料到了很多事，但是没有办法改变它们。

马基亚夫利　总之，你无法阻止新信仰的产生。我们就认可它吧，把这些崇拜者与真正的信仰者分开，给他们属于他们自己的教堂，给他们划拨有一定社会秩序的范围，让他们服从法律的约束。你只有这样做才可以立刻平息暴乱。否则其他所有的措施必将无效，国家人口也会流失。

摄政王　难道你忘了对那些讨厌的人持容忍态度的建议已经被我哥哥否决了吗？你难道不知道他的每封信是怎样劝告我要维护真正的信仰吗？你难道不知道他决不想以牺牲宗教为代价而获

得和平和统一吗？我们并不知道，为了查明谁倾向于这个新的学说，在某些地方，他不也支持密探吗？他不是曾经在我们的惊讶下，指出这个那个的姓名，说他们在我们左右秘密地犯了异端之罪吗？他不是下令采取严厉手段了吗？难道我应该宽大？难道我应该谏义，劝他宽容，劝他容忍？难道这不会让我失去他对我的信任吗？

马基亚夫利　我知道，国王把你放在了他能实现目标的重要位置上。通过成功激发人类思想的方法，你能够恢复国家的和平和稳定，而从另一种极端，你将会不可避免地点燃两个国家的战火，所以一定要考虑清楚你正在做的事。这些有来历的商人都结识了贵族、市民、军人这些群体。当我们周围每件事都在改变的时候，我们用什么来坚守我们的观念呢？一些天才人物建议菲利普国王，最好做一个开明君主来统治这些拥有两种不同信仰的市民，而不是怂恿他们相互破坏。

摄政王　不要让我再次听到这些话。正如我所知道的，那些政治家的政策是很少坚持真理和忠诚的，他们的政策从来不考虑内心的正直、善良和宽容。从非宗教事务来看的确如此。然而我们可以像我们互相玩弄一样去玩弄上帝吗？想到那么多已经牺牲的人，我们会对我们已经建立的信仰漠不关心吗？我们会把它丢弃给那些牵强附会的、不明不白的、自相矛盾的异教吗？

马基亚夫利　不要因为我的话就把我想得很糟糕。

摄政王　你的忠诚我心知肚明。另外我还懂得一个人不仅要诚实还要聪慧，但是却错过了最好、最捷径的方法来拯救他的灵魂。还有其他人，我尊敬他们，但我也要责怪他们。

马基亚夫利　你指的是谁？

摄政王　我必须承认埃格蒙特让我每天都感到烦恼。

马基亚夫利　这又是怎么说呢？

摄政王　因为他一贯漠不关心、轻浮多变的行为。当我离开教堂的时候，我听到了一个重大的消息，这个消息是由他本人和其他几个人传出的。我无法抑制自己心中的愤怒，就冲过去朝他大叫："看看你在这个地方都在干些什么，你能忍受吗？你这个伯爵，是国王暗中授命你如此的吗？"

马基亚夫利　他是怎么回应的？

摄政王　他就像是在说一件无关紧要的事："尼德兰人对他们的宪法很满意，人们会跟随宪法的指引。"

马基亚夫利　在他的话里面，或许更多的是事实，而不是主观臆测或者虔诚效忠。当他看见我们觊觎他的财产，而不是提升他们当前的生活水平或精神信仰时，我们还会有希望获得尼德兰人的信任，保持他们的信任吗？那些被新主教拯救的心灵就超越了他们该享受的圣俸吗？他们不是外国人占多数吗？这些总督府邸至今仍然被尼德兰人占据着，但是这些西班牙人就不会违背他们强烈的、不可抗拒的欲望去抢夺这些职位吗？根据他们古老的习俗，他们宁愿被自己的同胞统治而不愿被那些第一次进入这片土地的外国人管理，他们努力使自己的生活富足，以外国人的标准来衡量每一件事，并且行使自己的权利时没有一点诚心或者同情心。

摄政王　你会袒护我们的对手吗？

马基亚夫利　很确切地说，不会。我会完全地站在咱们这边。

摄政王　我要是你这样的性格，会辞掉摄政职位，因为埃格蒙特和奥兰吉表现出了很大的欲望要夺取这个位置。虽然他们是敌手，但现在已经成了盟友，他们会联手来对付我。

马基亚夫利　真是一个危险的团伙。

摄政王　坦白说，我害怕奥兰吉，也忌讳埃格蒙特。奥兰吉总是筹划一些阴险的图谋，他的想法影响很广泛。他稳重老成，看起来同意每件事，从来不做任何反驳。但当他想要做事情的时候，他的远见就会帮他完成计划。

马基亚夫利　相反的是，埃格蒙特胆大敢为，就像这个世界都由他掌控。

摄政王　他骄傲地仰着头仿佛连王权都拿他没办法。

马基亚夫利　所有人的目光都集中在他身上，他就是他们心中的偶像。

摄政王　他从来不假装掩饰什么。似乎没有人有权力让他为自己的行为做出解释。他一直担负着“埃格蒙特”这个名字。他喜欢别人称呼他“埃格蒙特伯爵”这个头衔，就像他很乐意听人说自己的祖先是古德兰的主人一样。为什么他不干脆假定他的头衔是高卢王子呢？他到底有什么目的？难道他想恢复失去的权力吗？

马基亚夫利　我要让他成为国王忠诚的仆人。

摄政王　即使他有这样的意愿，可是他还能给国家贡献什么呢？他现在不仅没有什么建树，反而给我们造成无法言喻的苦恼。他利用宴会和休闲娱乐，联络了很多本地贵族，把他们聚集到一起，比危险组织的秘密聚会的次数还要多。客人们常常举杯为他的健康祝福，他们都喝得烂醉、头晕目眩。他诙谐的玩笑常常会唤起平民的自由意识，使他的侍从和追随者多么兴奋啊！

马基亚夫利　我很确信他没有任何图谋。

摄政王　任由他现在这样下去，就已经非常糟糕了。正如我先前所说的，他损人不利己。他把重要的事当作儿戏，而我们不得不把他的这种行为看成故意为之。因此，我们不得不以儆效尤。我们这样做主要是为了避免某些事情发生。他比一个公认的阴谋主使者还要可怕。如果不把他送上法庭审判，那么我就会大错特错了。我确定令人惧怕的一天已经过去了，这一天他没有伤害我。不，应该说没深深地伤害到我。

马基亚夫利　我觉得他在各种场合的言谈举止，都是出自他的良心。

摄政王　他的良心是一面悦目的镜子。他的行为总是冒犯人。他的所作所为就是把自己当成这里的主人，通过显示自己被衷心拥戴来让我们感受他的至高无上。比如他不会把我们赶出这个国家，因为那样做没有任何必要。

马基亚夫利　我恳求你不要把太多过激的言辞用在他坦率、随性的性情上。这样会让简单的事情复杂化，不仅伤害了你自己也伤害了他。

摄政王　我没有掺杂什么我自己的看法，我只是说了一些必然的结果。因为我了解他，他贵族的特权和他身上的增强了他信心和胆气的“金羊皮”。两者都能在宫廷的突发情况中保护他。好好地考虑一下这件事情：他单独承担了佛兰德斯所有麻烦的责任。从一开始，他就与外国传教士共谋，让所有严厉的措施都无效。或许我应该为他们给了我们这么多的事情做而感到高兴。让我说吧，我要将心里的话一吐为快。我不想无的放矢，我知道他的弱点。因为他的性格使他本就很容易受到攻击。

马基亚夫利　你已经召开会议了吗？奥兰吉会参加吗？

摄政王　我已经把他派到了安特卫普。我会把这个责任的重担交给他们。他们要么必须与我一起合作，共同镇压邪恶势力，要么我就立刻宣布他们是反叛者。请尽快把信写好，拿来让我签名，然后立即把我们信得过的瓦斯卡派遣到马德里。他是个忠诚的人并且很有耐心，我的弟弟首先从他那里获得情报。我会在他离开之前和他谈谈。

马基亚夫利　你的命令一定会被迅速无误地执行。

场景三——公民的房子

（克拉拉，她的母亲，布莱肯伯格）

克拉拉　你不能帮我挽下线纱吗，布莱肯伯格？

布莱肯伯格　克拉拉，对不起。

克拉拉　你怎么了？为什么会拒绝我这个小小的要求？

布莱肯伯格　当我帮你挽线纱时，就会被你施魔法，无法逃脱你的眼睛。

克拉拉　胡说，快过来帮我。

妈妈　（在椅子上编织着）给我唱首歌吧！布莱肯伯格唱歌很好听

的。你以前常常很快乐，我也总是很开心。

布莱肯伯格　曾经是的！

克拉拉　好了，我们一起唱吧。

布莱肯伯格　你先来。

克拉拉　开心地唱这首歌，这是一首军歌，也是我的最爱。（她一边编织一边和布莱肯伯格唱歌）

鼓声响起，横笛开始奏鸣。
我的爱，因为战斗。
他勇敢走在军队前列，
他高高地举起长矛。
人群在晃动，
我的热血沸腾，
我的心在轻轻跳动。
哇，我穿着一件夹克衫，紧身裤，
还戴着一顶帽子。
我无畏地跟随着，
跟着他走出了城门，
穿过了所有的州郡。
我将一直紧紧地追随他。
敌人屈服了，我们俘虏了他们。
哈，对于我，
作为一名士兵是一件多么高兴的事啊！

（唱歌期间，布莱肯伯格不时地观察克拉拉，最终他的声音变得支吾颤抖，他的眼睛里充满了泪水，他流着泪走到了窗户旁。克拉拉独自唱完了这首歌，他妈妈有点不高兴地向他示意，她站起身朝他走过去，然后又转回来，犹豫了片刻，最后再次坐了下来。）

妈妈　街上发生了什么事情？布莱肯伯格，我听见有士兵在行军。

布莱肯伯格　那是摄政王的近卫军。

克拉拉　这个时候行军又意味着什么？（她站起来和布莱肯伯格一起站在窗前）这些不是日常的巡逻队，人数太多了！似乎所有的军队都在这里。布莱肯伯格，快去打听下他们要去干什么。肯定有不寻常的事要发生。快去，好心的布莱肯伯格，给我帮个忙吧。

布莱肯伯格　我马上去，我会很快回来的。

（布莱肯伯格伸出手，克拉拉把手伸给了他，行礼。）

（布莱肯伯格下场）

妈妈　你这么快就把他就打发走了啊！

克拉拉　妈妈，请不要生气。我真的很想知道原因，另外，他待在这里让我很痛苦。我从来不知道怎么面对他。我已经做错了一件事，这件事一直深深地印在我的心里，我知道他能感觉到。而现在，这些都没有用了。

妈妈　他是一个真心真意的小伙子。

克拉拉　我控制不了自己，我必须和善地对待他。我常常责备自己，因为我在欺骗他，我给予他的是没有结果的希望。我处在一个令人伤心而无法逃脱的困境，上帝知道，我不是有意欺骗他，我不愿他抱有希望，但我又不能让他失望。

妈妈　事情本不该是这个样子。

克拉拉　我曾经喜欢过他，而且在我的心里依然喜欢他。我本可以嫁给他的。但是，我相信我从来没有真正地爱上过他。

妈妈　你原本应该开开心心地和他在一起呀。

克拉拉　我本应该是那样的，过着一份安静的生活。

妈妈　因为你的错误，让它全变成了泡影。

克拉拉　我现在陷于一个莫名的处境。当我回想这是怎样成为过去的时候，我心里的确清楚，可我又不知道为什么成了这个样子。但是，当我抬头看见埃格蒙特的时候，我就彻底地明白了缘由。唉！那么莫名的事似乎也就成了自然而然的了。天哪！埃格蒙特是一个多么好的男人啊！各州各郡的人都很尊敬他。难道我在他的怀抱中不是世界上最快乐的人吗？

妈妈　但是将来会有什么结果呢？

克拉拉　我只问，他爱我吗？他爱我吗？好像还有一些未知因素。

妈妈　一个妈妈除了担心自己的孩子，就没有别的事情能让她放在心上了。这件事未来会怎样？我总是很牵挂，总是忧虑，你和他将来是不会有好结果的！你让你自己变得可怜！也让你的妈妈变得可怜啊！

克拉拉　（安静地）你最初也是接受的呀。

妈妈　唉！我真是太放纵你了，我总是那么纵容你。

克拉拉　当埃格蒙特骑马经过的时候，我跑向窗户，你斥责我了吗？你自己不也来到窗户边吗？当他向上看，微笑着点头，跟我打招呼时，他令你感到厌烦了吗？难道你就没有因为你的女儿感到自豪？

妈妈　你就继续责怪我吧。

克拉拉　（动情地）当他频繁经过的时候，我确信他是为了我才走这条路的。难道你就没有暗自窃喜地夸赞他？当我站在玻璃窗后边等待他的时候，你让我离开了吗？

妈妈　我怎么会想到事情会变成这样？

克拉拉　（含着眼泪，泣不成声）一天晚上，他裹着大衣，突然出现在我们的灯前，我吃惊地坐在椅子上，一动也不能动，当时是谁忙着去接待他的呢？

妈妈　我当时怎么会想到我精明的女儿克拉拉，会被这份令人不愉快的爱情冲昏了头脑呢？亲爱的孩子，我现在不得不承受这份痛苦……

克拉拉　（突然大哭起来）妈妈！你怎么能这样折磨您的女儿，来让你自己高兴呢！

妈妈　（哭着走开）唉，因为你的忧伤让我变得更可怜，难道这还不够令人痛苦吗？……

克拉拉　（站起来，面无表情地说）一个被抛弃的人！一个被自己挚爱的埃格蒙特抛弃的可怜人！哪位贵妇不会羡慕可怜的克拉拉呢？因为她在埃格蒙特的心里占有一席之地！——哦，妈妈，我的妈妈。请您不要这样说！亲爱的妈妈，和善一些！让他们想怎么说就怎么说吧——这个房间，这个破烂的房子，它就是一个天堂！因为埃格蒙特的爱总是在这儿流连。

妈妈　任何人都不由自主地喜欢他，这是实话。他总是宽容的、直率的、坦诚的。

克拉拉　在他的血管中没有一滴血液流淌着虚假。那么，妈妈，他确实是最伟大的埃格蒙特。还有，当他来到我的身边，他太温柔了，太和蔼了。他多么希望隐蔽他自己的高贵身份，他的勇敢！他多么渴望得到我啊！他是一个真正的男人、朋友、爱人。

妈妈　今天你希望他来吗？

克拉拉　你难道没有看见我一直站在窗户边吗？你难道没有注意到我一直都在注意倾听每一次的敲门的声音吗？尽管我知道在夜晚到来前他不会出现。从我早上起床开始，我每时每刻都在期待着他的到来。假如我是个男孩，我会跟随他左右，去宫廷，去每一个他要去的地方。我能做的是在战场上扛着他的旗帜！

妈妈　你曾是一个多么活泼可爱、喜欢跑动的姑娘。你小的时候就时而癫狂，时而又沉默寡言，你为什么不把自己打扮得更漂亮些呢？

克拉拉　妈妈，可能会的。如果我想那样做的话——昨天，他的士兵在行进途中高唱着荣誉之歌，至少他的名字在歌里面！剩下的部分我懂。我的心猛然跳到喉咙。要不是感到羞愧的话，我会乐意叫住他们的。

妈妈　小心，你冲动的本性会把一切都搞砸！你会把自己在人们面前露出去。因为不久前，在你的表亲家里，当你发现那幅木板雕像上刻画的是伯爵的时候，你大声尖叫着说：“埃格蒙特伯爵。"——我感到脸上火辣辣的。

克拉拉　我能控制住自己不尖叫吗？我在信件中发现了关于格拉沃利纳战役的图片，然后在后面找寻描述说明．那里写着："埃格蒙特伯爵，骑在他的战马上冲锋。"我激动地颤抖着。然后看到木版画上的埃格蒙特伯爵，我情不自禁地笑起来，他的画像就像格拉沃利纳周围的高塔那样高，旁边泊着英国的船只——当我回想起我的少女时代，那时候的我是如何幻想着战争的场面，当人们谈到埃格蒙——谈到一切伯爵与王公的时候，当时的我将埃格蒙特想象成怎样一个伟大的人物——想到现在，我又是什么情况！

（布莱肯伯格进来）

克拉拉　发生了什么事情？

布莱肯伯格　具体的情况还不是很清楚。据传是最近在佛兰德斯爆发了起义。摄政王害怕蔓延到这里。城堡有重兵驻守，市民拥挤在城门口，街道上挤满了人。我得赶快去找我的老父亲。（就像马上要去）

克拉拉　我们明天能看到你吗？我必须稍微打扮一下。我在等我的表弟，我看起来太不整洁了。来，妈妈，帮我一下。布莱肯伯格，拿着这本书去吧，回头再给我讲讲这样的故事。

妈妈　再见！

布莱肯伯格　（伸出手）我们握个手。

克拉拉　（拒绝他）等你下次再来的时候吧。

（母亲和女儿退场）

布莱肯伯格（单独）

我已经决定了再去一次，然而，当她想要让我离开她时，我觉得我会变得疯狂——可怜的人！你的祖国的命运以及越来越频繁暴发的骚乱都没有让你动摇吗？你的同胞或西班牙人由谁来统治，对你来说都一样吗？——我在上学时，完全是另外一个青年。那时，每逢发下这样的题目：“布鲁图斯的自由论，演讲练习”——弗里茨总是名列前茅，校长也说：“只要层次再深一些，只要全篇不这样重复杂乱就行了。”那时我热血沸腾，是个行动派。现在我却深深地陷入那个女孩的眼神，无法从她那里摆脱出来！但是她不能爱我！——啊，不，她并不是完全地拒绝我，但是得不到全部的爱就不能算是爱了啊！我无法再容忍下去！最近一个朋友悄悄告诉我说，每到晚上，她总是在送走我后，偷偷地让一个男人进入她的房间，直到深夜那个男人才离开，这难道是真的吗？不，这不可能是真的！这是一个谎言！诽谤的谎言！克拉拉是无辜的，就像我是不幸的一样。她拒绝了我，已经让我深深受伤了，我将永远像这样生活吗？我不能，我不能忍受。我的祖国已经遭受了内乱，我会死于这场战乱吗？我无法忍受！只要吹响军号，炮弹落下来，我就毛骨悚然！但是，不要唤醒我！不要召唤我加入救国行列中——这种不幸可怜的境遇最好马上结束！不久前，我曾试图投河自尽，我沉入了河底，因为爱情带给我的痛苦实在太强烈了，可是，我的天性救了我。我会游泳，并违背意愿拯救了我自己。我本以为可以忘记她爱我的那些时光，可是为什么这幸福渗透我的骨髓？我发现了那个遥远的天堂，生活充满了快乐。为何会有这样的希望？（他把手放在桌子上）首先，在这里，我们很孤单——她一直亲切友好地对我，她看起来很温柔，她看着我，我感到一阵晕眩，我感觉她的唇贴在我的唇上。可是现在？死去吧，可怜的人啊！你为什么犹豫？（他从口袋里取出了一个瓶子）我从弟弟的医药箱偷到了你，我不想白白浪费你的用处，请让我从这种焦虑、这种恐惧、这种晕眩中解脱出来，这死亡的痛苦，我要再体会一次。

第二幕

场景一——布鲁塞尔的广场

（杰特和一个木匠师傅正在会面。）

木匠　难道我之前没有告诉你吗？八天之前，我在协会的时候就告诉过你，我说这里将会有严重的骚乱。

杰特　你的确告诉我了，那么，他们真的抢夺了在佛兰德斯的教堂？

木匠　他们还摧毁了教堂和小礼堂。除了那四面光秃秃的墙，什么都没有留下。他们简直就是最卑劣的强盗，把我们的好事都毁了。我们应该早一点向摄政王坚决果断地表明我们的要求，如果我们现在表明态度，或者我们现在就聚集在一起，那么，我们就会被别人说成叛乱分子了。

杰特　唉，每一个人开始都是这样想的。你为什么让自己陷入如此的困境？这是性命攸关的大事。

木匠　当那些已经一无所有的暴民们集体发动骚乱时，我总是担心他们会以此为借口，使我们的国家陷入灾难之中。

（索斯特进）

索斯特　早上好，先生们！近况如何？听说暴乱者已往这个方向冲过来，这是真的吗？

木匠　在这里，他们什么也得不到。

索斯特　一个士兵刚刚来我的店里买烟草，我问过他关于这次骚乱的事情。摄政王虽然是一位勇敢而谨慎的女士，但是这一次她也毫无对策。事情的发展一定越来越严峻，否则她不会躲着不出来。城堡有重兵驻守着，现在甚至有谣言说她打算逃出城去。

木匠　她不应该逃走的！她在这里可以保护我们，并且我们也会比那些大胡须的贵族们更能保证她的安全。如果她能够继续维护我们的权利和特权，我们将会忠实地支持她。

（煮皂工上）

煮皂工　这实在是件糟糕的事情！麻烦来了，所有的事情都要出问题！你要注意保持安静，否则他们也会把你当作暴徒对待。

索斯特　希腊七贤来了。

煮皂工　我知道这里有许多偷偷信仰基督教的人，他们辱骂主教，也不在乎国王，但是有一个忠心的、真诚的天主教徒！

（其他角色逐渐加入到说话者中倾听。）

文森　上帝保佑你，先生！有什么新进展？

木匠　不要理他，他是一个危险的人。

杰特　他不是威特博士的助理吗？

木匠　他已经有好几个职位了。首先他是一个职员，后来每次都会被主顾解雇。由于他爱耍花招，现在的职务包括公证人和律师，除此之外他还是一个彻彻底底的酒徒。

（越来越多的人聚集在一起并且站成组。）

文森　你们聚集在这里，应该是有什么值得讨论的新闻吧。

索斯特　我也是这样认为的。

文森　要是你们当中有一个人足够勇敢，不怕牺牲，我们很快就能挣脱西班牙的束缚了。

索斯特　先生们！你们就不要谈论这些了。我们已经把誓言带给了国王。

文森　国王是向着我们的。请记住这一点！

杰特　这有意义吗？给我们说说你的观点吧。

其他人　请听他说。他是一个聪明的人。他非常机敏。

文森　我曾经有一个老主顾，他有一叠羊皮纸，里面记载了许多古代的宪法、合同和特权。他也有很多收藏，有珍贵的书籍。其中包括了我们整个国家的宪法。首先，我们有我们尼德兰人自己的王子，他们根据我们世代相传的法律、权利和惯例管理国家，只要君主能够公正地对待我们的先祖，他们就会效忠于他。当他逾越了自己的权利范围时，他们会立即警惕起来，各个州就会马上轻视他，虽然每个州都不大，但他们也有自己的会议室和代表。

木匠　管住你的嘴！我们很早就知道这些了！每一个诚实的公民都会尽可能地了解他所需要的宪法。

杰特　让他说，你总是会学到一些东西的。

索斯特　他说得非常对。

几个公民　继续！继续！不是每天都能听到这些话。

文森　你们这些公民，真是的！你们只活在当前，因为你们只是温顺地沿袭着从父辈们那里继承下来的事业，因此你们让政府为所欲为。你们没有从一开始就对历史或者摄政王的权力进行质询，这种疏忽的结果导致了西班牙人对你们混淆视听。

索斯特　如果人们能吃得饱，谁还关心那些啊？

杰特　该死的！为什么以前没有人过来及时告诉我们呢？

文森　我现在就告诉你。西班牙的国王，他有好的运气能够统治这些州郡，但是却没有权力像那些吝啬的国君那样去治理它们，因为这些国君曾经掌控这些州郡。你明白吗？

杰特　解释给我们听一下。

文森　为什么，这再清楚不过了。难道你不能依据州郡的法律来接受统治吗？怎么会这样呢？

一个公民　的确如此！

文森　是不是布鲁塞尔有一套不同于安特卫普的法律？安特卫普的公民来自根特吗？怎么会这样呢？

另一个公民　天哪！

文森　但是如果让问题继续这样发展下去，不久他们就会再给你讲一个不同的故事。你真是的！菲利普，一个女人，现在竟敢尝试连敢于冒险的查尔斯、勇士弗雷德里克或者查理五世都不敢做的事情。

索斯特　是的，是的！老国王也曾尝试过。

文森　是的！但是我们的祖先警惕心很重。如果他们认为自己被君主冒犯了，他们大概会把他的儿子和子嗣掌控在手中，拘留他们作为人质，而且只有在条件最有利的时候才会交出来。我们的先祖是男子汉！他们知道自己的利益！他们知道如何抓住他们想要的东西，然后付诸实践。他们是真正的男人！所以我们的权利才能够如此明了地确定下来，我们的自由才会如此有保证。

索斯特　那么我们的自由是什么？

所有人　我们的自由！我们的权利！快把我们的权利讲给我们听。

文森　所有的州郡都有他们自己特有的权利，但是我们布拉班特省的公民享有最优待的权利。所有的条例我都读过。

索斯特　继续说下去。

费特　让我们来听一听。

一个公民　我求之不得。

文森　首先，它这样写道：布拉班特的公爵应当对人民友善忠诚。

索斯特　好棒！真的是这样写的吗？

杰特　忠诚？这是真的吗？

文森　正如我告诉你的那样。我们对他怎么样，他就应该对我们怎么样；其次在行使他的权力时，他应当妥善使用，不应随意赏罚。

杰特　好极了！好极了！不任意运用他的权力。

索斯特　也不会反复无常。

另一个人　同时也不任意处罚他人！这才是最关键的一点。不会直接或间接地制裁人民。

文森　这是正式的语言。

杰特　把那本书给我们吧。

一个公民　就是，我们必须要看一看。

其他人　那本书！那本书！

另一个人　我们会恳请摄政王读一读。

另一个人　尊敬的先生，你应当成为我们的代言人。

煮皂工　哦，这些笨蛋啊！

其他人　更多东西是书里面没有的！

煮皂工　再多说我会把他揍一顿。

人们　我们会看看谁敢碰他。告诉我们都有哪些权利！我们有更多的权利吗？

文森　是的，有许多权利，而且都是很棒的也是非常审慎的。那本书是这样写的：没有贵族和各个州郡的同意，君主绝不能够从神职人员那儿得益，没有得到贵族和人民的授意也不能增加特权人数。

索斯特　是这样写的吗？

文森　我会给你看，因为这是两三百年前就已经写好的。

一个公民　我们要忍受这些新的主教吗？贵族们必须要保护我们，否则我们会造他们的反！

其他人　我们要受到宗教法庭的威胁吗？

文森　那是你们自己的问题。

人们　我们有埃格蒙特！我们有欧仁吉！他们会保护我们的利益的。

文森　你们佛兰德斯的兄弟们已经准备好了。

煮皂工　你这个卑鄙的人！（打文森）

其他人　（反对煮皂工，并呼喊）你还是西班牙人吗？

另一个人　你怎么打这个博学的人？

（他们殴打煮皂工。）

木匠　看在上帝的面上，请住手！

（其他人参与打架。）

木匠　公民们，你们这样是什么意思啊？

（男孩们吹着口哨，丢石头，放狗；公民张大了嘴站着看，人们向上跑，有些人安静地挪步，有些人瞎起哄，呼喊‘万岁。’）

其他人　自由和权利！特权和权利！

（埃格蒙特与随从进）

埃格蒙特　不要打！不要打！善良的人们。出什么事了？安静，我说，拉开他们。

木匠　我的上帝啊，你就像下凡的天使。嘘！你难道没有看到什么吗？是埃格蒙特伯爵，见到他真荣幸！

埃格蒙特　我也很荣幸！你们可好？市民相互斗殴！你们这样做竟一点也不顾及我们的摄政王吗？大家不要闹了，该做什么就去做什么。工作的时候像是在放假。这场骚乱是怎么开始的？

（骚乱逐渐平息，人们把埃格蒙特团团围住。）

木匠　他们在为自己的权利争斗。

埃格蒙特　做这种荒唐事只会起反作用。你是谁？你看起来是一个诚实的人。

木匠　这就是我们所希望的。

埃格蒙特　你是？

木匠　木匠，而且是公会管理人。

埃格蒙特　那你是？

索斯特　小商人。

埃格蒙特　你呢？

杰特　裁缝。

埃格蒙特　我记得你帮助过我。你的名字是杰特。

杰特　真是万分荣幸，您居然还记得我！

埃格蒙特　我不会轻易忘记我见过的或者我认识的人。请做好自己的事，保持安静！你们的名声够差的了。不要再激怒国王。他毕竟掌着权。一个诚实的市民，能够自己养活好自己，他到哪里都能够得到自己想要的权利。

木匠　这事确实是我们的不当！谢谢你的恩典——要我说的话，你们这些无业游民、酒鬼和流浪汉，为想要点儿东西争吵，饿极了才喊叫自己需要权利；为了让人帮你买罐啤酒，就对那些好奇、轻信的人撒谎，完全不理会这些会给成千上万的市民们带来什么样的灾难。我们要好好守护我们的家产和钱财，他们就想煽风点火把我们赶走。

埃格蒙特　你会获得需要的帮助，我们会采取措施来阻止邪恶的势力。反对新教的立场一定要坚定，不要幻想通过煽动性言论和行为来获取任何特权。待在家里不要出门，绝不允许街头集会。冷静明智的行为将会对大家都有裨益。（此时大部分人已经散去。）

木匠　谢谢你，阁下——谢谢你的善意提点！我们会做我们该做的。（埃格蒙特退出。）一个高尚的人！一个真正的尼德兰人！身上没有一点西班牙人的架子！

杰特　要是他当我们的摄政王就好了。跟着他是一件多么愉悦的事啊。

索斯特　国王可不乐意听见这话。他只想任命他自己的人来当。

杰特　你注意到他的衣服没？这是最新的、最时尚的——西班牙款式。

木匠　一个帅气的绅士。

杰特　对于一个刽子手来说，他的头，现在是一道美味。

索斯特　你疯了吗？你怎么会这样想呢？

杰特　这样的想法从你这样的人的脑袋里冒出来，实在是太愚蠢了！但也的确是。无论我何时看见那个漂亮的长长的脖子，我都忍不住想把它放在断头台上。这些被诅咒的死刑！当小伙子们正在游泳时，我偶然看到一个裸体的后背，我马上想到他会被棍棒击打。如果我见到了一个魁梧的绅士，我幻想我已经看到他被绑在柱子上焚烧的样子。晚上我做梦时，我的四肢都被拷打，人要不停地受苦，所有的欢喜和乐趣早已被淡忘。这些糟糕的影像都深深地印在了我的脑海里。

场景二——埃格蒙特的住宅

（他的秘书坐在叠放文件的桌子旁边，很不耐烦地起身。）

秘书　还没有来！我拿着笔和文件已经等了有整整两个小时了，今天我打算早早走掉。地板在我的脚下燃烧。我很难再抑制住这种不耐烦。“请一定要守时。”这就是他临走前的吩咐，可是现在他自己还没有来。这里有那么多事情要做，我根本就不能在午夜之前完成。当然，他对人本来是不计较的，不过我认为他还是认真一点好，这样可以让人在一定的时候离开，让人可以安排自己的计划。他离开摄政王已经有整整两个小时了，谁知道他会碰巧遇见谁？

（埃格蒙特进）

埃格蒙特　好，现在事情怎么样了？

秘书　我准备好了，三个通讯员正在外面等候。

埃格蒙特　我已经让你等了很久，你看起来有点不高兴了。

秘书　遵从您的吩咐，我已经在这里等了一段时间了。这是公文！

埃格蒙特　要是唐娜·埃尔维拉小姐知道我把你耗在这里的话，她一定会生我的气。

秘书　您真会开玩笑。

埃格蒙特　不，不。不要不好意思。你真的很有品位。她非常漂亮，我不反对你在这宫殿里有位女伴。信里都说了什么？

秘书　很多，阁下，但几乎没有一件是让人高兴的。

埃格蒙特　家里能有开心事就好了，没必要拿外面的事情来让自己开心。信函多吗？

秘书　很多，阁下，三个通讯员正等着送您的回信。

埃格蒙特　说吧！挑最重要的。

秘书　所有都是重要的。

埃格蒙特　那就一个个说吧，动作快点。

秘书　队长布雷达发送了报告，讲述了一大堆发生在根特及其周边区域的事。绝大部分骚乱都已经被平息了。

埃格蒙特　他提到了那些愚蠢荒唐的个人行为了吗？

秘书　提到了，阁下。

埃格蒙特　别理会他。

秘书　其中有6个暴民，他们摧毁了韦尔维耶的圣母马利亚雕像，他们已经被逮捕了。他问他们是否要像对待其他人一样，把这几个人也处以绞刑。

埃格蒙特　我很厌倦绞刑，就把他们鞭打一顿了事吧。

秘书　其中有两个妇女，也要打吗？

埃格蒙特　警告她们，然后放她们走。

秘书　布瑞克，布雷达中队的，想要结婚，队长希望您不要同意他的结婚申请。他写道，要是这个部队里的家属过多，行军的时候，就像一群吉卜赛人搬迁而不是正常的行军了。

埃格蒙特　这件事，就大度点吧。他是一个不错的小伙子，我离开之前，他也诚挚地恳求过我。然而，下不为例。剥夺让他们享受结婚的快乐，我也表示抱歉；不让他们结婚，这事儿也够折磨他们的了。

秘书　你有两个手下，塞特和哈特，污辱了一个姑娘，她是旅店老板的女儿。他们趁她一个人的时候下的手，那姑娘没办法。

埃格蒙特　如果她是一个正经的少女，而他们又使用暴力，就鞭打那两人三天；如果他们存有财产，那就悉数没收了，全赔给那个女孩。

秘书　抓到一个外来的神父，他行踪诡秘地穿过了科米纳。他发誓自己想去法国。根据法令，他应该被砍头。

埃格蒙特　悄悄地送他到边境，到了边境上告诫他，下次，他不会这么轻松地逃掉了。

秘书　这里有一封来自你的管家的信。他说没收到钱，他很难在这周寄给你所需要的数额。最近的骚乱把一切都搞得乱七八糟的。

埃格蒙特　钱一定得送到！他得自己想想办法。

秘书　他说他会尽可能地想办法。万不得已的话，他要提出诉讼，要求监禁雷蒙德，这人欠你的债很久了。

埃格蒙特　但是他已经保证了要还的！

秘书　他最后一次答应两个星期内还。

埃格蒙特　好的，同意再给他两个星期时间，如果再不还，就起诉他。

秘书　您做得对。他不还钱不是因为没有这个能力，而是因为他的贪婪。只有当他知道你不是闹着玩的时候，他才会还钱。管家还建议扣除发放给老兵、寡妇和其他人半个月的抚恤金。这样的话，结余部分可以应应急，他们也得自己想点什么办法。

埃格蒙特　他们能想什么办法？这些贫困的人比我更需要钱。他就别动这心思了。

秘书　那又怎样，阁下，难道他能筹集到您要的那笔钱？

埃格蒙特　那才是他需要想的事。在前一封信里我就这样告诉他了。

秘书　所以他才会这样提议。

埃格蒙特　他们根本不可能办到啊——他必须想想别的办法。叫他想点切实可行的点子，但首先，让他先弄到点儿钱。

秘书　还收到一封来自伯爵奥利瓦的信。原谅我又提起这件事。你应该写一封详细的回信给这位年迈的伯爵。你原本也打算亲自给他回信的，因为他就像你的父亲一样爱你。

埃格蒙特　我抽不出时间，写信对我来说是最烦人的。你很会模仿我的字，就以我的名义回信吧。我正在等奥兰吉。我没时间写回信，写点宽老人心的话，免得他害怕。

秘书　把您想写的东西给我大概说说吧，我马上替您草拟回信，然后让您看一下。我必须写得以假乱真，即使拿到法庭上检验都能过关。

埃格蒙特　给我看看信稿。（在浏览完信稿后）亲爱的、杰出的长辈！在您年轻的时候，您也是如此小心翼翼吗？你难道也从来没有违背过圣意吗？您总希望我待在战场后方？您多虑了！——他的确关心我的安全和幸福，却没有想过：只是为了活着而苟活着就如同死了一样。告诉他不要为了我的安全而担忧。我会见机行事，自己当心的。让他在宫廷里，用他的影响力来关照我，再表达我最衷心的谢意。

秘书　就这些？他可期待着更多话呢。

埃格蒙特　我还能说什么？如果你乐意多写些，那你就写吧。兜来兜去，也就那点话。他想要让我过那种我不想过的生活。快乐地生活，潇洒地度日，把事情看得简单些，这样的生活才是我想要的幸福生活。我绝不愿意用它去换取行尸走肉般的生活。我在骨子里反抗西班牙的生活方式，我也没有任何兴趣，按照新的、谨小慎微的宫廷缛节，唯唯诺诺地度日。活着只是为了保全自己的性命吗？为了保证来日的安全，我要放弃眼前的快乐吗？这些快乐必须消耗在焦虑和恐惧之中吗？

秘书　我恳求你，长官，别对这个受人尊敬的人如此没人情。你向来对每一个人都很友好。用一些亲切的话来减轻你朋友的焦虑吧。看看他有多么体贴，对你无微不至地关怀。

埃格蒙特　他还是不断地唠叨同样的事。他知道我是多么憎恶那些从前的警告。它们只能让我感到苦恼，起不到丝毫作用。假使我是一个梦游者，游走在房顶上。叫我的名字，警告危险，唤醒我，结果只能是害我死掉，这也能称作友谊？还是让每一个人选择他自己的路，自己负责自己的安全吧。

秘书　这样的话，您倒是无所畏惧了，可你的知己和爱你的人却免不了担心害怕。

埃格蒙特　（仔细看完这封信）他又搬出我以前的言行来说事：某天晚上，我们酒后如何草率和放纵；我成了别人的笑料和话题，传遍整个国家。确实，我们曾叫人在我的衣袖上绣了顶帽子和铃铛，后来这种没有任何意义的图案成了众矢之的，成了那些无事生非之人手中的把柄。这些蠢事是我和我的朋友们在狂欢之后不慎所为。这是我们的建议，一支贵族的军队，背着乞讨包，给自己起了绰号，怀着虚假的谦卑，试图唤起国王的责任心。这只不过是我们的某种暗示——然而，这又有什么十恶不赦呢？一个狂欢节的玩笑就被定义为叛国吗？我们只是想为可怜而惨白的人生，用青春的激情和炙热装饰点什么，这又有错吗？把人生看得那么严肃，又有什么意思呢？假如清晨的阳光没有带来一丝新的欢乐，假如夜晚没有赋予我们任何对明日的期许，那每天我们还有必要那么麻烦地穿衣和脱衣吗？看到今天照在我身上的阳光，就非得反省昨日发生了什么事吗？我会竭尽全力地去预见和控制明天——有什么事是不能够预见和控制的吗？我要把这些思虑烦扰抛开，把它们留给学者们和朝臣。就让他们去考虑、谋划、精心专营，达到自己的目的。如果你可以把这些建议写进去，而不把它编成一册书，我没意见。对于一位老人，一切都显得那么重要。他们就像是这样的朋友：握住了我们的手，在放手之前，还要更加亲切地握一会儿。

秘书　好意思。就算是一位行人，当他看见一辆车轮飞转的战车从身边风驰电掣般地飞奔而过，他也会头晕目眩啊。

埃格蒙特　孩子！孩子！别说了！时光的白驹拖拽着我们命运的车撵，受着不可预知的神灵的指引，不停地飞驰；我们没有选择，只有沉着地、稳稳地抓住手中的缰绳，驾驭着马车，时左时右，操纵着马车，避开悬崖以及路上的岩石。谁会在意这是否太匆忙？谁又在意为什么如此？

秘书　我的主公！我的主公！

埃格蒙特　我站在高处，但是我能够，也必须站得更高。勇气、力量、还有希望占据了我的灵魂。至今我还没有实现我的雄心壮志。但是一旦实现，我会坚守，毫不畏惧。但是如果我失败了，一声霹雳，一阵狂风，哦，哪怕走错一步，就注定要坠入万丈深渊，情形就是如此！我就躺在那里，和成千上万的人一起。我从来没有，甚至为了一丁点儿的奖励，放弃和别人血腥地赌博。在这个我一生中最重要的东西都由我的决定来开始的时刻，我难道就该犹豫吗？

秘书　噢，我的主啊，你不知道你在说什么吗！愿上帝保佑你！

埃格蒙特　整理你的信函，奥兰吉要来了。挑选出最重要的先回，信会在大门关闭之前送出去。剩下的部分就先留着。明天再把伯爵的信给他。别忘记去看看埃尔韦拉，代我向她问好。记住去关心下摄政王的身体状况。她可能身体不好，尽管她想瞒着，可大家都看得出来的。（秘书下场，奥兰吉入场。）

埃格蒙特　欢迎，奥兰吉，你怎么看起来有点不安？

奥兰吉　你怎么看我跟摄政王的讨论？

埃格蒙特　我没觉得她接待我们的方式有什么特别。之前我经常看见她这么做。这让人总觉得她身体有点不舒服。

奥兰吉　她在你面前比平时更手足无措吗？谈论暴动时，她开始谨慎地认可我们的行为，但后来就变了。她眼光迷离，虽然只是一掠而过，但是我却看出来了。最后，她开始讲述她喜欢的话题——她高尚仁慈，待人宽厚，她对我们尼德兰人的友情没有被大家完全地认同过，从来没有得到该有的欣赏，没有一件事情达到预期的结果，她说她开始厌倦了，帝王必须拿出其他的办法解决问题。你听见了吗？

埃格蒙特　听见了，但不是全部，我在想其他的事。奥兰吉兄啊，她是一个女士。所有女人都希望所有人能够屈从于她那温柔的桎榼下，让每个大力士都乐意为了她脱下狮子皮，拜倒在她的麾下。因为她们都倾向于和睦，她们希望，对于波及全国的骚动以及她们的对手掀起的风暴，都被她们的一句安慰的话平息下去，把冲突调和得融洽，最不和谐的因素都被她们轻松地控制在脚下。因此，如果她不能完全实现她的愿望，就会发脾气，抱怨别人的不好，用可怕的未来来威胁我们，并且威胁说自己要离开。

奥兰吉　你觉得她这次会真的要做到她所威胁的那样吗？

埃格蒙特　不会，我多少次见到她收拾好东西准备走掉，结果她能到哪里去呢？在这里，她是总督，是女王，想一下，她能游手好闲地待在她哥哥的宫殿里？还是回到意大利，继续靠她的家族势力生存？

奥兰吉　她可下不了这样的决心。我早就看到她在这件事情上的犹豫和徘徊，然而，这全怪她自己。在新的环境中可能又会出新问题，过了很长一段时间她仍然无法拿出解决办法。要是她离开了，国王会另派一个人吗？

埃格蒙特　嗯。这样也好，那人会想点办法，把一切的事情都回归到正常。今天他会被这些琐事缠身，明天又是那些，接下来的日子又会是一些意想不到的障碍。他会花一个月去组织计划，又浪费一个月——只因为他们的失败——甚至半年的时间去关注一个领域。跟他在一起，当然时间会很快流逝，他会感到头晕目眩，而且，事情还是按照原来的轨迹在发展，直到他去祈祷上帝，在狂风骤雨中他能将船驶离礁石，而不是按照他原来计划的那样，将船开到公海去。

奥兰吉　要是国王听其他人的建议，要求她尝试一下呢？

埃格蒙特　尝试什么？

奥兰吉　在不会思考的情况下，他做得出什么事来呢？

埃格蒙特　怎样？

奥兰吉　我们的兴趣一直都在我们所做的事情上，用心观察。我曾把我的处境比作一盘棋，从来不会忽略对手的每一个小动作。作为一个搞科研的人我从来都认真仔细地调查大自然的奥秘，所以我一直把它当成我的责任。哎，国王这个特殊的职业使他自己认识各个政党的构成与责任。我有理由担心一场战争会爆发。国王一直都按照规定的法则来行事，他发现他并不能把事情做好。他还能不能以另外某种方法来追求另一种可能性呢？

埃格蒙特　我不相信。当人上了年纪，经历过太多的事，最后他一定会感到厌烦的。

奥兰吉　还有一件事值得尝试。

埃格蒙特　什么？

奥兰吉　厚待人民，遏制贵族。

埃格蒙特　有多少人曾被这种担心所烦扰？这不值得担忧。

奥兰吉　我一旦感到忧虑，就会逐渐变得多疑，而这些怀疑最终将会变成确定的事实。

埃格蒙特　国王拥有比我们还要忠诚的手下吗？

奥兰吉　我们按照我们自己的方式去为他效劳，而且，我们必须坦白承认，我们的确清楚地懂得了怎样权衡国王的利益和我们的利益。

埃格蒙特　谁又不是如此呢？他有我们对他的责任和服从，这些都是他应该得到的。

奥兰吉　但是如果他还要要求更多呢？而且把那些我们坚持认为正确的信念当成一种不忠呢？

埃格蒙特　我们应该知道在那种情况下怎样自卫。让他去集结他的金羊皮骑士，我们乐意接受裁判。

奥兰吉　如果不审判就裁决，不判决就惩罚呢？那怎么办呢？

埃格蒙特　菲利普不可能背如此恶名而为之的，他和他的智囊团也不会做这么愚蠢荒唐的事的。

奥兰吉　如果他们真敢做如此愚蠢的事呢？

埃格蒙特　不，那是不可能的，有谁会来攻击我们呢？他们想来抓住我们根本就是白费，是不可能成功的。不，他们不敢这样实施暴政。微风就能把这个消息吹散开来，这片土地上的人们会爆发激烈的冲突。到时候他们还能有什么目标呢？单独的一个国王还有什么权力来审判和谴责我们呢，到时候他们还会靠暗杀来杀死我们吗？他们不会有这样的打算。一个可怕的联盟会团结所有的人民。憎恨会把西班牙王国弄得分崩离析。

奥兰吉　那时这种火焰将会在我们的坟墓上燃烧，我们的敌人将血流成河。想想吧，埃格蒙特。

埃格蒙特　但是他们怎样才能达到这样的目的呢？

奥兰吉　阿尔瓦已经在到这里的路上了。

埃格蒙特　我不相信。

奥兰吉　我知道。

埃格蒙特　摄政王好像什么都不知道。

奥兰吉　所以，我就更加确信。摄政王将会让位于他。我知道他嗜血好杀，他还带着军队。

埃格蒙特　为了能重新滋扰各州吗？人民将会愤怒到极点。

奥兰吉　他们将会把为首的抓起来。

埃格蒙特　不！不！

奥兰吉　我们离开这里吧，回到自己原来的领地去。这样我们在增强实力，公爵不会公然以武力行事。

埃格蒙特　在他来的时候，我们不向他问候吗？

奥兰吉　我们要推迟问候。

埃格蒙特　但是，如果他到的时候，以国王的名义命令我们呢？

奥兰吉　我们就找借口回避。

埃格蒙特　如果他逼我们呢？

奥兰吉　那我们就只能婉言谢绝了。

埃格蒙特　如果他还是坚持呢？

奥兰吉　那我们就更不理会了。

埃格蒙特　然后他就宣战，我们就成了反叛者。不要被自己的小聪明害了。我知道不是恐惧让你屈服。考虑一下吧。

奥兰吉　我已经考虑过了。

埃格蒙特　考虑一下你还有什么应对办法，如果你错了，就要担负责任。这会使整个国家陷入致命的战争。一旦你拒绝，他将会立刻召唤各省拿起武器来，这为西班牙人的各种暴行找到了借口。只要你轻轻地点一下头，你就将激起那些被我们搁置了很久的困惑。想一想这城市、贵族、人民和商业、农业、贸易！想想这些破坏和残杀吧！士兵看见他的同伴倒在他的身边，对此他觉得平淡无奇。可是河里将有市民、儿童、少女的尸体顺流而下，漂到你在的地方，使你惊愕地站在那里，你不知道，你到底在为了谁的利益而战，因为你本是为了那些人的自由拿起武器加入战争，而那些人却已经走到了死路。你不得不自问，我是为了我本身的安全拿起武器的吗？那时你心里又有什么感触呢？

奥兰吉　我们都不是平凡的人。如果为了拯救上千人我们必须要牺牲的话，那我们将义不容辞。

埃格蒙特　珍重自己的人一定多疑。

奥兰吉　那些对自己的动机很坚定的人将会很有信心地前进或者撤退。

埃格蒙特　你的行为将会让你所恐惧的灾祸变成事实。

奥兰吉　智慧和勇气则会促使我们去面对那些不可避免的灾祸。

埃格蒙特　当危险即将来临的时候，最小的希望也会变得重要。

奥兰吉　我们已经没有后路可退，我们已经来到了悬崖的边缘。

埃格蒙特　国王对土地的偏爱就这么狭隘吗？

奥兰吉　不狭隘，也许，有一点狡猾。

埃格蒙特　上帝知道！你冤枉他了。我实在不能忍受他被你说得这样卑贱！他是查理斯的儿子，不会这么卑贱。

奥兰吉　国王当然不会做那种吝啬的事。

埃格蒙特　人们应该更清楚地认清他的为人。

奥兰吉　我们的常识告诉我们，不能再等待这样一个危险实验的结果。

埃格蒙特　没有实验是危险的。我们有勇气去面对这样的结果。

奥兰吉　你被激怒了。

埃格蒙特　我必须用我自己的眼睛去看。

奥兰吉　你和我的观点曾经一致！我的朋友，因为你的眼睛是睁开的，你想的，你就能看见。等待阿尔瓦的到来，愿上帝与你同在！我不这样做，有可能是在救你。毒龙会认为吃掉我们还不如把我们绑起来，如果它不能同时把我们吞掉的话。也许，它会犹豫，为了能更确信地达到它的目的，同时，你也许还能看到他们的真实情况。但是，反应迅速一点！不要错失任何一个机会！珍重！好运！保持警觉！他带了多少部队？他怎样守卫这座城？是什么让瑞金特坚持？你的朋友都做了哪些准备？告诉我一切消息。

埃格蒙特　你打算怎么做？

奥兰吉　听话，跟我走。

埃格蒙特　怎么？哭了！

奥兰吉　因失去一个朋友而流泪并不是没有男子气概。

埃格蒙特　你以为我糊涂了？

奥兰吉　你糊涂了！仔细想想吧！只有很短的时间给你考虑了。保重。

埃格蒙特　（独白）很奇怪，别人的想法竟然会对我们产生这样的影响。我永远也不会产生这种恐惧感。这个人想把他的焦虑传染给我。走开吧！那是不会属于我的！宽容的本性将那些全部扔出去吧！将那些皱纹从我的眉头抹去吧！

第三幕

场景一——摄政王的宫殿

帕尔玛女公爵——玛格丽特

摄政王　早就应该想到这些。哈！我们在辛苦的工作中，尽自己最大的力量做到最好，然而那些在远处发号施令的指挥者，却认为他要求的只是可能办到的事情——呵，当国王的人啊！——我没有想到，事情竟会使我感到如此羞辱。统治真有意思！——而退位？——我不清楚我父亲怎么会这样做，但是换了我也会这样做。

（马基亚夫利出现在背景里。）

摄政王　过来一点，马基亚夫利。我在认真思考我哥哥的来信。

马基亚夫利　我可以知道内容是什么吗？

摄政王　他对我很关心，同样对国家也很担心。他赞美我的坚定、勤勉和忠诚，以及我的这些品质为他在职权上带来的一些利益。他为那些放肆的人民给我造成的这么多的麻烦表示慰问。他彻底地被我的见识征服了，他非常满意我的管理能力，所以不得不说，对一个国王——当然也是弟弟——来说，这封信是非常礼貌的。

马基亚夫利　他已经不是第一次向你表达他对你的满意了。

摄政王　但是这是第一次仅仅是一个修辞上的描述。

马基亚夫利　我不懂你说的是什么？

摄政王　你很快就会懂的——因为从这以后他就会认为，没有士兵，没有一个真正意义上的军队，我就显得不像样子了！他说，因为居民的抗议就把军队从各地召回，是我们的错误。他认为，驻军会掐住人民的脖子，因为这种压力将会阻止他们做出任何不端的行为。

马基亚夫利　这将会从最深处激怒大众的情绪。

摄政王　然而，国王是这样想的，你听到了吗？——他认为一个明智的将军，一个从来不会听解释的将军，将会很迅速地解决各个政党之间的问题，包括人民、贵族、市民以及农民。因此，他派来阿尔瓦公爵还有一支强有力的军队。

马基亚夫利　阿尔瓦？

摄政王　你很吃惊吧。

马基亚夫利　你说，他派来的，还是他问你要不要派他来？

摄政王　国王并没有征求我的意见，是他派来的。

马基亚夫利　很快就会有一个经验丰富的勇士为你效力了。

摄政王　为我效力？说出来，马基亚夫利。

马基亚夫利　我不想对此事发表意见。

摄政王　我想我也可以掩饰。它伤害了我，伤得很深。我宁愿我哥哥说出他真实的想法，而不是让他的秘书通过写信的方式告诉我。

马基亚夫利　他们不能理解吗？

摄政王　他们的里里外外我都很清楚。他们会很乐意做一个大扫除。鉴于不能亲自动手做，所以他们相信任何一个拿着扫把的人。对我来说好像国王和他的内阁会在这件事上付诸行动。

马基亚夫利　那是当然的事。

摄政王　什么都不缺少。他们中也有能人。诚实的罗德利哥，如此富有经验，如此的稳重，虽然没有太高的目标，但也不会让任何事都变得很糟。正直的阿伦佐，勤劳的福伦纳达，坚定的瓦尔加家族，还有其他的人都在这个时候加入了他们。但是这里也有眼光狭隘的托莱多人，有双深沉眼睛的他们非常厚颜无耻，像女人一样发着牢骚，不合时宜地让步。甚至女人也可以骑训练有素的战马，好吧，但是他们自己都不擅长骑马，就像在开玩笑一样。这些，都是以前不小心听那些政党绅士们说的。

马基亚夫利　你为你的画选择了很好的色彩。

摄政王　坦诚地说，从这些色板中我可以自由地选择，青灰色，就像阿尔瓦的肤色一样，还有那些他习惯的颜色。他把每个人都当作亵渎者或者叛徒，在这样的领导下，他们都被压得变了形，被冲破，分裂，随意地燃烧。而我所完成的，从远处来看，就变得一文不值了，就因为这是正确的。然后他详细地描述了过去的每一场战争，回想起每一次骚扰带给国王的兵变、暴动的画面，在他们面前我们就像在吞食自己的同胞一样。对我们来说，过去暴动的人民造成的动乱已经完全被忘记了。因此，他对那些穷人十分痛恨，他带着恐惧的眼神看着他们，像看野兽、怪兽一样；四处张望寻找火与剑，想通过这种方式来压制人们。

马基亚夫利　在我看来，你太冲动了，你把事情看得太严重了。

摄政王　我已经意识到那些了。他会说出他的命令，虽然还没有被完全剥夺权力，但是我已经太老了，不能明白他们的布置。首先，他会组织一个委员会，他会发展他的权力。如果我有任何抱怨，他就会暗示给我秘密命令；如果我想见他们，他们就会逃避回答问题；如果我还是坚持，他就会拿出一张完全不重要的纸；如果这还不能让我满意，他就会清楚地继续，好像我根本就没有打扰到他一样。同时，他还会熟悉我害怕的，挫败我最珍爱的计划。

马基亚夫利　希望我可以反驳你。

摄政王　他的严肃和残酷会再一次混乱情绪，凭着我的耐心，我会镇静下来。我早就应该看到我的努力的破灭，此外我还能对我做的错事负责。

马基亚夫利　等一下，阁下。

摄政王　我有足够的自制力来保持冷静。让他来吧，我会在他拒绝我之前给他一个最好的恩惠。

马基亚夫利　这一步很重要吗？

摄政王　这比你想象得更难。他习惯于遵守规则，他每天都掌控着成千上万人的命运，从王位上退位就像是进入了坟墓。然而，与一辈子像鬼一样消磨时间相比，徒有虚名地想占据一个已被他人继承了去、已被他人占有和享受的位置还要更胜一筹呢。

场景二——克拉拉的住处

克拉拉和她的母亲

母亲　我还以为只有在浪漫小说中才看得到这样的事情。

克拉拉　（在房间里走来走去，哼着歌）

恋爱的时候，

是最销魂的！

母亲　我有点怀疑你对埃格蒙特的迷恋，如果你爱他，请对他仁慈一点；如果你能征服他，我相信他会娶你。

克拉拉　（唱歌）

泪眼婆娑的，有着丰富的思想；希望和恐惧，在强烈的痛苦中；现在欢呼胜利，在绝望中消沉……爱情的魔力，没有什么能够比拟！

母亲　做这样孩子般的事！

克拉拉　不，不要这样说。这是一首描写贞操的歌。当我还是小孩的时候，这首歌经常伴着我入睡。

母亲　唉！你只想着你的爱情。你的脑袋里不能只装着这一件事。你应该多注意布莱肯伯格。有一天他可以让你幸福。

克拉拉　他？

母亲　是的！这个时刻将会到来！你的孩子们每天都生活在幻想中，不听取我们的经验。青春、快乐和爱，一切都有尽头的，如果一个人有一个地方可以落脚，他就会感谢上帝，那一切就会结束。

克拉拉　（颤抖了一下停下，站起来）母亲，就让那时刻到来吧，就像死亡。以前想到它就感觉很恐怖！但是如果它来了，如果必须的话，那么，我们将要自己承受。我不能没有你，埃格蒙特！（小声哭泣）不！这不可能。

埃格蒙特入场（穿着骑装，帽子遮住了脸）

埃格蒙特　克拉拉！

克拉拉　（大声哭泣）埃格蒙特！（向他跑去）埃格蒙特！（紧紧地拥抱他）善良的、漂亮的埃格蒙特！是你来了吗？你真的在这儿吗？

埃格蒙特　晚上好，妈妈。

母亲　愿上帝保佑你，高尚的阁下！我的女儿快想死你了，离开了这么久，她每天都说起你，为你唱歌。

埃格蒙特　我可以留下来吃晚饭吗？

母亲　不胜荣幸。希望我们还有点吃的……

克拉拉　当然！妈妈，不要紧，我已经准备好了一切。不要出卖我，妈妈。

母亲　只有一点了。

克拉拉　没关系！我觉得只要跟他在一起，我就不会感觉到饿，所以跟我在一起的时候，他也不会有任何食欲的。

埃格蒙特　你这样认为？（克拉拉任性地走开了）你怎么了？

克拉拉　你今天真冷漠！你还没有吻我。你为什么要把你的手臂放在你的大衣里，就像一个刚出世的婴儿？这让你看起来既不像士兵也不像是爱人。

埃格蒙特　只是有时候需要这么做，亲爱的。当一个士兵站在伏兵前他会迷惑敌人，他需要专心，用大衣遮住自己，让他的计划变得成熟，而一个爱人……

母亲　你不想坐下来，让自己舒服一点吗？我要去厨房了，你在这儿的时候克拉拉什么都不用想。你一定要担待一点。

埃格蒙特　您的善意是最好的调味品。（母亲退场）

克拉拉　那我的爱又是什么呢？

埃格蒙特　你是什么意思？

克拉拉　如果你对我有心的话，可以把它比作任何东西。

埃格蒙特　但是，首先……（他把大衣扔到一边，露出一身华丽的衣服。）

克拉拉　噢，天哪！

埃格蒙特　现在我的手臂自由了！（拥抱她）

克拉拉　不要！这会弄坏你的衣服。（她退后）你太完美了！我不该碰你。

埃格蒙特　你满意了吗？我曾经答应过你要穿西班牙款式的衣服来这里。

克拉拉　我没有提醒过你，我以为你不会喜欢。啊！金羊皮勋章！

埃格蒙特　你现在看见了。

克拉拉　那是国王给你戴上去的吗？

埃格蒙特　是这样的，亲爱的！并且这根链子和徽章会给佩戴者带来最高的荣誉。我承认，除了以最高命令召集骑士团来审判我之外，没有任何人可以审判我。

克拉拉　唉，全世界的人连起来才可以审判你啊。这天鹅绒太好看了！这种编织，这种刺绣！真不知道从哪里赞美起！

埃格蒙特　现在你可以看个够！

克拉拉　这个金羊皮勋章！你告诉过我它的历史，并且你说它象征着所有的伟大和珍贵，通过勤奋和努力就可以得到它。这是非常珍贵的东西，我可以把它比作你的爱，甚至我可以把它放在我心上，然后……

埃格蒙特　你想要说什么？

克拉拉　以后不能再比较了。

埃格蒙特　怎么会这样呢？

克拉拉　我不是通过勤劳和努力得到它的，我不值得拥有它。

埃格蒙特　但是这是爱啊。你值得拥有它，虽然你没有刻意去寻找它，但只有不刻意寻找它的人才能得到爱。

克拉拉　这是从你以前经历过的事情得出来的结论吗？你对你自己做出这样高的评价吗？所有的人都爱你吗？

埃格蒙特　会的，我已经为他们做了很多事！我也刻意为他们做事！他们非常乐意拥戴我。

克拉拉　今天你肯去找摄政王了吧？

埃格蒙特　是的。

克拉拉　你跟她处得好吗？

埃格蒙特　看起来是这样的。我们都很仁慈并且相互效劳。

克拉拉　你心里怎么想的呢？

埃格蒙特　她挺不错的。确实，我们都有自己的观点，但是这跟意向不是一回事。她是个很出色的女人，她知道在跟谁共事，并且她会去深入地了解对方但是又不会让对方生疑。我提供给她很多业绩，因为她总是怀疑我隐隐地有一些动机，但是实际上我没有。

克拉拉　真的没有吗？

埃格蒙特　嗯，可能有一个例外吧。葡萄酒在经过一段时间后，桶底都会出现沉淀物。她总是在注意欧仁吉，可是却看不透他。他有一些秘密计划，我通过观察他的表情寻求他的想法，从而得知他的动向。

克拉拉　她在掩饰吗？

埃格蒙特　她是摄政王，你问这个干什么？

克拉拉　请原谅我，我的意思是她很虚伪吗？

埃格蒙特　跟那些实现自己目标的人比，多少有一点吧。

克拉拉　在这个世界里，我从来没有感觉到很自在。她有一种男子气概，不是家庭主妇类型的女人。她是伟大的、坚定的、果断的。

埃格蒙特　在没有涉及过多的事情的时候是这样的。然而，曾经有一次她有点不安。

克拉拉　怎么会这样?

埃格蒙特　她嘴唇上也有了一撮胡子，并且偶尔要忍受痛风的痛苦。她就像是一个合格的古希腊女战士一样。

克拉拉　真是一个了不起的女人！我实在害怕站在她面前。

埃格蒙特　但是，你一般是不胆小的！这并不是害怕，而仅仅是少女的羞怯。

（克拉拉闭上她的眼睛，抓住他的手臂，斜靠在他身旁。）

埃格蒙特　我理解你，亲爱的！睁开你的眼睛吧。（他亲吻她的眼睛。）

克拉拉　让我静一静！让我抱着你！让我看着你的眼睛，在你眼睛里我可以找到希望、舒适、喜悦还有悲伤。（她拥抱并凝视着他。）告诉我！噢，告诉我！好像很奇怪，你确实是埃格蒙特吗！埃格蒙特伯爵！伟大的埃格蒙特，在世上做出如此多的丰功伟绩的人，在报纸里频频出现的人，还是各州的支持者！

埃格蒙特　不，克拉拉，我不是那样的人。

克拉拉　怎么说呢?

埃格蒙特　克拉拉?先让我坐下！（他自己坐下，她跪在他面前的一个脚凳上，把手臂放在他的膝盖上，并抬头看着他的脸。）埃格蒙特是一个孤僻的、冷漠的、不知道变通的人，他像个演员一样，一会儿假扮这副面孔，一会儿又假扮那个。当众人认为他轻松、愉快时，其实他是疲倦的、被误解的，并且是很困惑的。他被人敬爱时，却不知道他人所想。他为倔强的群众尊敬、赞美；被他不敢信赖的朋友包围；被伺机想取代他的人观察着。他经常没有目标地辛苦劳作，但是这通常没有什么回报。噢，不要让我说他都经历了什么，不要让我说他的感受了！但是，克拉拉，在你面前的埃格蒙特是沉着的、坦率的、喜悦的，并且被关爱着，被了解着，这些他都完全明白。并且他紧紧拥抱着他无限的自信和爱。（拥抱着她）这就是你的埃格蒙特。

克拉拉　我死也瞑目了，世间再也没有比这一刻更快乐的了。

第四幕

场景一——一条街道上

杰特，木匠

杰特　嘘（引起人的注意）！老乡，就说一句话！

木匠　继续走你的路，保持安静。

杰特　我只说一句话。没有什么新的事情发生吗？

木匠　除了我们被再次禁止言论，没有什么新的事。

杰特　怎么会这样？

木匠　到这儿来，挨着这座房子。谨慎点！阿尔瓦公爵一到这儿就发布一项法令，如果发现两个或三个人聚集在街上交谈，不用审判，直接宣布叛国罪。

杰特　啊（表情惊讶，恐惧）！

木匠　禁止谈论国事，违者将判终身监禁。

杰特　为我们的自由感到悲哀！

木匠　所有敢谴责政府的人都被处以死刑。

杰特　啊！为我们的性命悲哀！

木匠　而且他许父亲、母亲、孩子、亲属、朋友和仆人以丰厚的奖励，让他们在法官面前揭露家庭的隐私。

杰特　我们回家吧！

木匠　那些顺从的人，不论是他们的人身还是财产都不会受到任何伤害。

杰特　真是亲民啊！自公爵进入城镇，我就感觉心神不宁。自那时以来，这一切对于我来说就好像天空被黑纱笼罩，它们低垂着，人们必须弯腰以免撞到头。

木匠　你觉得他们的士兵怎么样？我们早已习惯了他们的嚣张跋扈，可他们又不是同一类的人。

杰特　呸（表示厌恶，轻蔑）！看到那样的部队在街上行进会令人心绞痛。他们站得像蜡烛一样笔直，表情僵硬，步子整齐划一。他们站岗放哨的时候，你经过其中一个士兵旁边，他的目光就好像要把你彻底看穿。他看起来如此严肃沉郁，你可以想象在每个角落都看到一个监工一样的人。他们使我很不愉快。我们的民兵都是嬉戏作乐的家伙，他们十分随便，用帽子遮住耳朵，总是分开两腿站着，他们待人宽容。而这些家伙就像一架心里面住着魔鬼的机器。

木匠　假如那样一个人用枪瞄着你大吼“停下来”，你会停下来吗？

杰特　我应该会当场死掉。

木匠　我们回家吧！

杰特　不会有什么好事了，再见。

（索斯特进入）

索斯特　朋友们！老乡们！

木匠　嘘！我们走吧！

索斯特　你们听说了吗？

杰特　听到很多传言。

索斯特　摄政王走了。

杰特　那么只有上帝能帮我们了。

木匠　她是同我们站在一起的。

索斯特　她突然就走了。她不同意公爵的做法，她已经给贵族们捎信说她还会回来，但是没人相信。

木匠　上帝原谅这些贵族给我们脖颈上套的枷锁吧，他们本可以阻止的。我们的权利到头了。

杰特　看在上帝的份上，别提什么权利，我都能嗅到死刑的味道了。太阳不会出来，迷雾将笼罩大地。

索斯特　奥兰吉也离开了。

木匠　那么我们完全被遗弃了！

索斯特　埃格蒙特伯爵还在这儿。

杰特　感谢上帝！所有的信徒们都来拥护他吧，让他发挥最大的能力，他是唯一可以帮助我们的人了。

（文森进入）

文森　我终于发现了一些没有躲起来的勇敢的公民啊！

杰特　帮助我们走下去吧。

文森　你们一点都不礼貌。

杰特　现在可没时间客套。你的背又痒了吗？你的伤口都已经愈合了吗？

文森　你问一个士兵的伤势如何？要是我把那些挨打的事情放在心上，就不会有什么出息了。

杰特　问题可能会更加严重。

文森　似乎你预感到暴风雨要来了，胳膊腿却酸软无力了。

木匠　如果你不保持安静的话，你的胳膊腿很快就会被砍下来了。

文森　可怜的老鼠！房子的主人换了一只新猫，你们就陷入了绝望。这只有些许不同罢了。只要保持安静，我们可以像之前那样继续生活。

木匠　你真是个傲慢的无赖。

文森　小道消息！让公爵自己闹吧。这只老猫看起来好像是吞了魔鬼而不是老鼠，但是不能马上消化。我说让公爵自己闹的意思是他一定会像其他人一样吃饭、喝水、睡觉。我们只要等待机会，不用担心。起初，一切都会很顺利。但是，迟早他会发现待在食品室，晚上吃点腌制好的熏肉，还可以休息一下，这可比在谷仓骗几只老鼠要有意思多了。让他们闹吧，我了解这些总督。

木匠　你这样的家伙无所顾忌什么都敢说！如果我说了那样的话，立马就完了。

文森　不要那么紧张！上帝不会因为你们这些蝼蚁，自找麻烦跑过来，摄政王更不会找你麻烦了。

杰特　尽说坏话！

文森　我知道要在一些人的血管里加一点裁缝的血液进去，来代替他们自己的勇气。

木匠　这样说是什么意思？

文森　嗯！我想说的是伯爵。

杰特　埃格蒙特，他有什么好害怕的？

文森　我是一个穷鬼，他一晚上扔的东西就能撑上我一年的过活。要是我把我的头换到他肩上十五分钟，他会把他十二个月的收益都全部给我。

杰特　你自认为很聪明，但是埃格蒙特头上的头发都比你的大脑更聪明。

文森　也许是吧！但是他并没有我聪明。这些贵族最喜欢欺骗自己。他应该谨慎地看待自己的信心。

杰特　油嘴滑舌的家伙！他可是位绅士啊！

文森　正因为他不是一个裁缝！

杰特　你这个鲁莽的无赖！

文森　我只是希望把你的胆量注入他的四肢，折磨他一个小时，令他心神不宁，直到他被迫离开这个城镇。

杰特　你胡说些什么，他现在像天上的星星一样安全？

文森　你见过弹指即逝的灯花吗？很快就灭掉了！

木匠　谁敢动他？

文森　你敢干涉，阻止吗？要是他被捕你敢煽动一场暴动吗？

杰特　啊！

文森　你会为他甘愿冒险吗？

索斯特　额（表惊讶，疑问）！

文森　（模仿他们）额！噢！啊！你的惊讶就表现在这些字母里面了。就是这样，还将继续下去。上帝会帮助他的。

杰特　你的厚颜无耻真让人讨厌。那样一个正直的贵族会有害怕的事吗？

文森　这个世界的坏人在任何地方都会得势。在法庭里，他愚弄法官，随便证明被告有罪。我曾抄录过这样一份协议，协议里通过一个代表的盘问，诚实的人被判了罪，法官赞扬了代表并且给了他丰厚的金钱作为奖励。

木匠　为什么？这是一个彻头彻尾的谎言。如果他是无辜的，他们怎么证明他有罪呢？

文森　噢！你这个榆木脑袋！一个人问不出什么东西时，他们就给他安一个罪名。诚实让人轻率，也会把人变得专横。首先他们会平静地问很多问题，而嫌疑人骄傲于自己的清白，就像他们说的那样，明智的人会说很多话。然后，通过这些回答，检察官进一步提出新的问题，并密切关注那些微小的矛盾，然后紧跟线索，使那些可怜的家伙消沉下去，让他们开始语无伦次，或者让他们隐瞒一些微不足道的情况，又或者令他们恐惧。这样一来，我们就有头绪了，我向你保证，在垃圾堆里寻找破布的女乞讨者也比不上那些坏人仔细。他们会从那些弯曲的、脱节的、放错位置的，或者原本错误的细微信息中尽力缝补出一个稻草人。通过这个方式，他们至少能把他们的被告的肖像处以绞刑。这个可怜的家伙若能看到自己的肖像被悬挂起来，他也会感谢上帝了。

杰特　他真是口齿伶俐。

木匠　对付苍蝇绰绰有余，但对付黄蜂就捉襟见肘了。

文森　根据蜘蛛的类型来看，这个高高的公爵就像你花园里的蜘蛛一样，但不是大型的爬行蛛，危险性比较低。它是不会胖的，它吐出的丝虽然细软，但依然很有黏性。

杰特　埃格蒙特是金羊皮骑士，谁敢害他？他只能在骑士团被他同级别的人审讯。你的恶语和坏心肠将这一切都变成了胡话。

文森　我愿意说他的坏话吗？我希望你是对的。他是一个绅士。他曾经宽恕了我的一些本应该被处以绞刑的好朋友。现在我建议你马上离开！我看见那边的巡逻队又开始巡逻了。他们看起来不像是会放下成见与我们亲善的人。我们必须等待，等待一个时机。我有几个侄子和一个爱说闲话的酒保，如果他们在一起玩开心了，他们就不再温顺而会变成凶猛的狼。

场景二——欧伦贝格宫殿，阿尔瓦公爵的住处

希尔瓦和戈麦斯在此碰面

希尔瓦　你执行公爵的指令了吗？

戈麦斯　准时执行了。所有的巡逻队都已接到命令在约定的时间到了我指示的各个地点集合。同时，他们也会跟平常一样在城镇里巡逻。每一个都会无条件遵循命令，因此很快就会形成警戒线，宫殿所有的街道都会被占用。你知道这个命令的原因吗？

希尔瓦　我已经习惯了盲目地执行，而且事实已经证明他的命令是对的，谁又比公爵更能让人信服呢？

戈麦斯　好吧！好吧！我一点也不惊讶你变得像公爵那样简单、缄默。但是对于我来说，我更习惯在意大利那样轻松的职务，这看起来是很奇怪。从忠诚和服从上来说，我依然像老兵一样。但我不习惯风言风语，长篇大论。你一直都保持沉默，看起来好像你不知道怎么让自己开心。在我看来，公爵就好像没有大门的黄铜制的塔，而它的要塞里面一定备有翅膀。不久前我听到他吃饭时对一个快乐的家伙说他就像一个陈

设着白兰地招牌的糟糕的酒店，引来了流浪者和小偷等类的人。

希尔瓦　难道不是他悄悄把我们带到这里吗？

戈麦斯　的确是这样的。那时我们目睹了行军，他将军队带离意大利到这里。他谨慎地从法国的保皇党和异教徒之间，从瑞士和他的同盟者之间穿了出来，并且保持着严格的纪律，轻松地、毫无阻碍地完成了任务，完成了被认为十分危险的行军！我们都看见而且学到了一些东西。

希尔瓦　这里也一样。一切看起来平静得像没有受到任何干扰，不是吗？

戈麦斯　为什么当我们到达时，这里如此的安静？

希尔瓦　各个州都更加宁静了。如果现在还有什么事，那只是有些人想逃走罢了。而对于那些人，我想，公爵一定会立刻关闭所有的出口。

戈麦斯　这些措施一定会为他赢得国王的赏识。

希尔瓦　所以现在我们坚持他的命令对我们是十分有利的。如果国王到这儿来，那么公爵和公爵推荐的人都会受到奖赏。

戈麦斯　你真的相信国王不久后会到这儿来吗？

希尔瓦　许多准备工作都已经做好了，而且据情报来看可能性很大。

戈麦斯　不管怎样，我始终不怎么相信。

希尔瓦　那么保留自己的想法好了。因为就算国王没有到这儿来的打算，但至少可以确定他希望人们能相信这些谣言。

（斐迪南进入）

斐迪南　我父亲还没出来吗？

希尔瓦　我们正在等待他的指令。

斐迪南　贵族们很快就来了。

戈麦斯　他们今天会到吗？

斐迪南　奥兰吉和埃格蒙特。

戈麦斯　（站到希尔瓦的旁边）我好像理解了。

希尔瓦　那么现在就别再说什么了。

（阿尔瓦公爵进入，上前走，余人后退。）

阿尔瓦　戈麦斯。

戈麦斯　（走上前）大人。

阿尔瓦　分配好警卫兵了吗？给他们指示了吗？

戈麦斯　是的。每天都要巡逻——

阿尔瓦　这就好。到廊下等着，希尔瓦将会通知你什么时候把他们召集在一起，占领所有通往宫殿的街道。你知道接下来该怎么做。

戈麦斯　我会照做的，大人。（退场）

阿尔瓦　希尔瓦。

希尔瓦　在，大人。

阿尔瓦　我要你今天将身上所有的优秀品质都表现出来，比如勇气、决心和执行力。

希尔瓦　感谢你给我这个表现自己的机会，您的老仆人会跟原来一样能干。

阿尔瓦　贵族们一进入到我的地盘，就马上逮捕埃格蒙特的私人秘书。包围那些指定的人，你已经做好准备了吗？

希尔瓦　相信我。他们的厄运像测算好的日食一样，一点问题都没有。

阿尔瓦　你让人把他们严密监视起来了吗？

希尔瓦　所有人都被监视起来了，特别是埃格蒙特。自你来之后，他是唯一一位行为没有改变的人，依旧每天玩乐，像往常那样邀请宾客大吃大喝、赌博、射击，晚上与他的情人幽会。而其他人刚好相反，都在生活方式上有了明显的改变。他们依然待在家，但是从外面来看，里面冷清得像是住着病人。

阿尔瓦　那就在他们康复之前，继续监视。

希尔瓦　我一定会把他们带来。按您的命令，我们对他们特别尊敬。他们已经警觉了，变得谨慎、焦虑了。他们向我们表达了他们的感谢，并且感觉到逃跑是最危险的事。他们对能否联合在一起感到很彷徨，而将他们连在一起的纽带又阻止了他们各自大胆的行动。他们都急于消除自己的嫌疑，这因此给他们造成更多的不愉快。我几乎可以很高兴地看到你的计划实现了。

阿尔瓦　我只会为真正完成的事开心，毕竟现在还有一些让我们担忧的事。命运是变化无常的，它总是抬高那些普通而没有价值的事情，但也会使考虑周全的计划失败。等王子们一到，你就下令戈麦斯占领街道，逮捕埃格蒙特的私人秘书和那些指定的人。完成之后就回来告诉我的儿子，他会把消息给我带到委员会来。

希尔瓦　相信傍晚我会出现在你的面前。（阿尔瓦走近他那一直站在走廊的儿子。）我甚至不敢将此事小声说给自己听，我的理智在怀疑自己，恐怕这个事件会与预期不同。我仿佛在自己的灵魂面前看到了贵族们以及千万人命运的天平。当法官仔细考虑时，秤杆开始慢慢地上下移动，最后，一边下沉，另一边升起。屏息看命运的反复无常，一切都已注定。（退场）

阿尔瓦　（与他的儿子往前走）你觉得这个城镇怎么样？

斐迪南　这里的一切都太安静了，我像骑着马经过一条又一条街道打发时间一样。你那些紧锣密鼓的巡逻队令人感到非常压抑，连小声说话都不敢。这个城镇就像暴风雨前的平静，没有一只鸟，也看不到野兽。

阿尔瓦　没有其他更有意义的事情吗？

斐迪南　埃格蒙特与几个同伴骑马到市场，我们互相打了招呼。他高坐在军马上，让我十分钦佩。他呼喊道：“让我们好好训练我们的战马，不久就需要它们了。”他还说今天会再次见我，如你希望的，他会来这里与你协商。

阿尔瓦　他会再次见到你。

斐迪南　我知道的骑士里面，他最讨我喜欢，我想我们会成为朋友的。

阿尔瓦　你总是这样轻率，不加考虑。在你身上我看到了你母亲那样的轻率，也正如此，她才不加考虑地投入我的怀抱。你总被表面迷惑，这让你遇到很多危险。

斐迪南　我会听您的吩咐。

阿尔瓦　考虑到你年轻气盛，我原谅你不顾别人感受的好意。只要你别忘了你在我分配的任务中充当什么角色就好。

斐迪南　如果你觉得必要，就告诉我不要那样做。

阿尔瓦　（停顿一下）孩子啊！

斐迪南　父亲！

阿尔瓦　贵族们就快到了。奥兰吉和埃格蒙特也要来了，我不向你透露将要发生什么事情，并不是不相信你。

斐迪南　您是什么意思呢？

阿尔瓦　我决定逮捕他们——你看起来那么惊讶！现在就告诉你要做的是什么，至于原因我会在所有事完成后再对你说。时间到了就会放掉他们。我想要你做这件最重要、最隐秘的事情。我们骨肉相连，你是我最珍爱的人，为了你我愿意牺牲一切。我想要带给你的不只是习惯于服从命令。我还希望你有指挥和执行的能力。我会给予你很多遗产，让你成为国王最有用的仆人。我会给你最多、最华丽的遗产，让你在你的兄弟面前也不会感到羞耻。

斐迪南　当整个国家的人民都在你面前颤抖的时候你给了我父爱，我会十分感谢你。

阿尔瓦　现在听清楚你要做的是什么。王子们一到这儿，所有通向宫殿的道路都会被警戒。这项任务已经交给了戈麦斯。希尔瓦会立即逮捕埃格蒙特的私人秘书和那些我们认为有很大嫌疑的人。与此同时你要驻扎在大门和庭院里。最重要的是你要带领最值得信任的士兵占领毗邻的房间。然后你在走廊等希尔瓦归来，随便带给我一些无关紧要的文件作为他的任务已经执行了的暗号。继续留在前厅直到奥兰吉离开，然后跟着他。我把埃格蒙特留在这里，装出和他还有话要说的样子。在走廊的尽头，你召来守卫抓住这个最危险的人，同时我会在这儿擒住埃格蒙特。

斐迪南　我的父亲，我第一次带着如此沉重、焦虑的心情服从你的命令。

阿尔瓦　我原谅你。这是你生命中第一个意义重大的日子。

（希尔瓦进入）

希尔瓦　安特卫普的信使来了。这是奥兰吉的信，他不会来了。

阿尔瓦　信使这样告诉你的？

希尔瓦　不是，是我的感觉告诉我的。

阿尔瓦　正如你这张乌鸦嘴所说（看完信，他示意他们俩退到走廊去。阿尔瓦一个人留在舞台前。），他不会来了。直到最后一刻他才宣布不来，不来冒险。因此，与所有的期望相反，这个谨慎的人从来不会抛下他的谨慎小心。时间依然在流逝。手指在钟面摩挲，一项计划是完成还是失败？无可厚非它失败了。机会不会再有，我们的目的也掩藏不住了。长久以来我精心计划这一切，甚至预想了这种意外，以及在此情况下该如何去做。现在，要执行这些计划了，我却被这些怀疑扰乱了理智。抓住那些想要从我手下逃走的人到底是不是权宜之计？我是不是该延迟或不抓埃格蒙特和他的那些朋友以及那些已经在我掌控范围内的人？命运是怎样控制这些甚至不可能被控制的事？多么成熟、完美、伟大、令人钦佩的计划啊！

想要达到的目标是多么的接近啊！但是现在，在这决定性的时刻，你却陷于这样两面为难的境地。一件碰运气的事，你居然抓住了黑暗的未来。你所描绘的还未展开，不知道未来到底是喜是悲。（他变得专心起来，像听到了什么声音，走到了窗户前面。）是他！埃格蒙特！你的马可以毫不费力地到这儿来，不畏惧这血腥的迹象，不畏惧沾有血腥气的剑而来？下马！瞧，你现在已经一只脚步入坟墓了，现在你已经两只脚都踏进来了。唉！现在你应该爱抚他，因为他那些荣耀的过往都将归还给你。而我没有选择，只能离开。我有了这样的错觉，埃格蒙特敢冒险到这儿来，就不会将他的生命交到我的手上！听着！（斐迪南和希尔瓦急匆匆地进来。）听我的命令，我不会改变我的目的。在你带给我希尔瓦的消息之前，我会尽量在这儿拖住埃格蒙特。你的命运已经与亲手逮捕国王最大的敌人——这令人自豪的荣耀连在一起了。（对着希尔瓦说）一定要及时！（对着斐迪南说）去见他。（阿尔瓦继续独自待了一会儿，静静地走到房间里。）

埃格蒙特　我来听从国王的命令，听听国王要我们从永恒的忠诚中为他怎样效劳。

阿尔瓦　首先，他希望听到您的建议。

埃格蒙特　关于什么？奥兰吉来了吗？我原本打算在这里找他呢。

阿尔瓦　恐怕这次的危机中，他要让我们失望了。国王希望得到您的建议，因为只有你的建议才会使各州恢复治安。他深信您一定会热心地和他一起解决这些纷争，稳固这些州郡。这都有利于改善社会秩序。

埃格蒙特　我的王啊，您应该比我更清楚，在生力军再次激起群愤，焦虑与警报再次充斥于人们的大脑之前，一切本已经恢复平静。

阿尔瓦　您似乎在暗示，如果国王没有派我来询问您的话，这种处理方式本应更明智。

埃格蒙特　对不起。我不能断定国王派兵到此的行为是否是故意的，也不能决定他那皇家风范的权力单独出现的时候是否更具权威性。在这里的是军队，不是国王！我们这么做是因为我们已经忘记了我们到底欠摄政王什么，就让她公之于众吧！通过她的精明勇猛、她对权力及武力的明智使用、她的说服力和手段，她成功地激怒了那些暴动者。而让所有人更为震惊的是仅在几个月之后，她就让反叛者回归本职了。

阿尔瓦　我不否认这是事实。暴动已经结束了，人们已经很顺从地退下了。但是，这不是由他们的任意幻想去逾越那些界限导致的吗？又有谁能阻止他们去打破这些任意妄为呢？又有什么力量能抑制住他们呢？又有谁能向我们保证他们将来的忠诚和顺从呢？而他们自己的善意才是我们所有的唯一的保证。

埃格蒙特　一个人内心的善良难道不是最可靠、最高尚的保证吗？天知道在抵抗内忧外患时，除了做到人人为我，我为人人，还有什么能让一个君王拥有更多的保障呢？

阿尔瓦　然而，你不是要我相信现在就是这种局面吧？

埃格蒙特　只有让国王表示一下他的宽恕，这样才能平息人民的愤怒。当信心建立起来的时候，你就会看到忠诚与爱戴会多么快地得到恢复。

阿尔瓦　那又怎样。难道要容许那些罢免了君主权力并且侵犯了我们信仰庇护所的人毫无顾忌地逍遥法外，去见证那些可以免除罪责的犯罪吗！

埃格蒙特　难道因愤怒犯的罪行不能被原谅而只能严惩吗？尤其在这个还有希望存在时候，在这个非常确定邪恶不会再次出现的时候，我们的君王就不该多加戒备？难道那个能宽恕、同情，甚至摒弃对他的尊严发出的挑战的国王就不该为世人和他的子孙后代赞扬吗？难道他们就没有把自己比作上帝，那个扬扬自得到被每一句无关痛痒的亵渎言辞困扰的上帝？

阿尔瓦　然而，国王就该为了上帝的辉煌和信仰去奋斗。我们支持国王的权威。我们不屑于阻止那些高高在上的权威，而复仇又是我们的职责所在。根据我的想法，没有任何一个有罪之人为他的免责而开心地生活。

埃格蒙特　你认为你能接触到那些高层吗？难道我们不知道是恐惧驱使他们背井离乡吗？富人可以带着他们的家产、子女、朋友一起离开去别的国家，但是穷人就只能将他们的劳动力出卖给邻国。

阿尔瓦　如果有碍于实际情况，他们也会这么做。国王想从每个贵族那里都得到建议和帮助，而不仅仅陈述现在的情况或者说推测将要发生什么而已。面对一个强大的恶魔，用希望麻痹自己，相信和睦，不断磨炼，这就像一出剧中的小丑，哗众取宠，假装做事却什么都没有做。好像他们对暴动幸灾乐祸，虽不煽动，却想姑息。

埃格蒙特　（停顿了一下，向前走，控制自己，短暂停顿后，镇定地说）并不是每个计划都是显而易见的。再说了，大多数的说法都是错的。然而谣言四起，说：根据法律规定，国王所拥有的权力是不足以掌控郡县的；对于那些用躯体和生命为他服务的人而言，他也没有能力去保留宗教权力以及保障生命安全，就如同他不能降伏他们，不能抢夺他们古老的权力，不能占有他们的财产，更不能剥夺那些高尚之人的权力一样！据说，宗教只是一个华丽的工具，而隐藏在宗教背后的是很多危险的企图。人们对刻画在这里的神圣图像顶礼膜拜，却不知道背后的捕猎者早已准备好了捕捉他们。

阿尔瓦　这就是你想说给我听的？

埃格蒙特　我并没有表达任何我自己的观点。我只是在重复那些各阶层人们所流传的话而已。尼德兰人害怕双重奴役，但又有谁能为他们的自由保驾护航呢？

阿尔瓦　自由！就是这么简捷明了的词。他们该有什么样的自由呢？而最自由的自由又是什么呢？做对的事就是自由！只有这样，国王才不会阻碍他们。不是的，不是的。当他们连伤害自己和他人的能力都不复存在的时候，他们就认为自己被奴役了。与其管制这样的人，退让不是更好吗？当一个国家被外来势力入侵时，他的人民只对个人的即时利益感兴趣而对敌人的入侵一点行动都没有。当国王需要他们的帮助的时候，他们却起了内讧，这就使得敌军获胜了。限定他们的力量，向着对他们好的方向引导会更好，这就像引导小孩一样。一个人不明智地发展会使得他永远处在初级阶段。

埃格蒙特　如此有智慧的国王是多么难得！多数人应该把他们的利益委托给多数人，而不是一个人。道理听起来确实如此，但又不仅仅是这一个人，还有在他监管下的已经老朽的仆人。看起来只有他们才有变聪明的资格。

阿尔瓦　可能出于这个原因，他们才需要被管束吧。

埃格蒙特　可能他们也不乐意理会他人对自己的指引吧。让他们做自己喜欢做的事吧。我已经回答你的问题了，我再次重申，你建议的方法是永远不会成功的！我了解我的同胞们，他们无愧于走在上帝创造的大地上，他们自我完善、坚韧、充满生机、忠诚、遵守古时习俗。虽然要获得他们的信心会很难，但一旦获得就很容易保持。他们可以被摧毁，但绝不会被征服！

阿尔瓦　你敢当着国王的面把你说的话再说一次吗？

埃格蒙　特如果他在场，我会说得更难听，因为我被恐惧压抑着！如果他鼓励我，鼓励我自由地表达我的想法，这对他和他的子民都是好事。

阿尔瓦　如果可以的话，我可以像他那样倾听。

埃格蒙特　我自己可以对他说，就像牧羊人赶羊和耕牛顺畅地耕地一样轻松。但是，如果你想骑一匹好马，你就要了解它的脾性，而这就需要你找到理由才能从它那里得到。人民希望保留他们过去的宪法，并由他们的同胞来统治，这是为什么呢？因为他们知道他们将受到怎样的统治，因为他们希望统治者大公无私，可以关心他们的命运。

阿尔瓦　难道掌权者不该用权力来改变这些古法吗？不能拥有他最合理的权力吗？永恒是什么？一个郡的构成就应该一直保持不变吗？并不是每一种关系都随着时间的变更而变化。

埃格蒙特　对于那些随意的变更，那些对至高无上的权力的侵占，难道不是一个人允许自己去做成千上万的人禁止的事情的标志吗？当国王变得无限自由的时候，他就能运用他的权力来满足他所有的愿望，去实践他所有的想法。

阿尔瓦　然而那些贵族和他们的这些兄弟们在分配上却是极不公平的。

埃格蒙特　这些事情发生在好几百年前，现在这种事情已经被毫无顾忌地谅解。可是，如果把没有必要的新人派到这里，他们又要再次消耗国家，以饱私囊，人民看到自己成为苛刻的、大胆的、无条件的贪欲的剥削对象，这就要酿成一种不易平息的骚乱了。

阿尔瓦　或许你所说的话，我不应该听，因为我也是一个外国人。

埃格蒙特　在你面前我所提及的人，以我对你的了解足够证明你和他们有本质的区别。

阿尔瓦　尽管如此，我宁愿没有从你这里听到这些。国王派我来，是希望我在这里能够获得贵族的支持。这是国王的愿望，我就应该服从他的命令。国王也是在深思熟虑之后，最后得出这个最能保障人民利益的方案。因为在此之前，这个方案并没有被允许继续下去。国王的意愿在于限制自己的权力，在必要时刻，他们将被迫站起来自己拯救自己。为了大多数人的利益只能牺牲一些身在前线的市民们，让他们在一个英明的政府的带领下，享受和平的祝福。这是他的决心。这一点，我已经委托给了贵族们，在国王的名义下我要从贵族那里获取他们的意见。在国王的意愿里，这个方案当然是要执行的，但是最好的效果就是要在这个方案下实现它的价值。

埃格蒙特　唉，其实你说的话，反而正好证明了人们的恐惧和普遍的担心！当时本该民主决定的事，国王做了决定。为了更好地统治他的臣民，他要粉碎、颠覆、摧毁他的人民的力量、精神和尊严！他会违背他最看重的原则，毁灭国民本性的精髓，当然他的本意是要让他们幸福。他会消灭这些，使一切焕然一新。呵！如果他的出发点是好的，那么，在方法上，他犯了致命的错误！人们并不是反抗国王，人们只是反对国王误入邪道，或许就像第一次得了皮疹的人却往别的病情方向医治。

阿尔瓦　你这样的态度，却妄图想要我们努力达成一致。你认为国王是个庸君，他的大臣们是一群谗臣，或许你所认为的这一切并不现实也并没有那么严重。我想我也不会再有第二次机会被派来进行这种谈判了。对于那些人民，我希望他们可以忠于国王；对于你，作为贵族的首领，我希望可以得到你言行上的支持——而这些你都必须无条件地服从。

埃格蒙特　你是要我的脑袋吧，这倒是可以立刻办到。对一个灵魂高尚的人来说，无论是他向统治者屈服还是他铤而走险，这都是无关紧要的。我已经说了太多没用的话。我也努力营造起气氛，最终却一事无成。

（斐迪南　上场）

斐迪南　请原谅我打断你们的谈话，这儿有一封信，送信的人等着我们快给他一个答复。

阿尔瓦　请让我看一下写的什么（走到一边）。

斐迪南　（对埃格蒙特说）你的属下牵来接你的马真是一匹好马。

埃格蒙特　这确实是一匹不错的马，我已经买了一些时候了，现在我想把它脱手，如果您中意，也许我们可以谈成这笔交易。

斐迪南　我会考虑的。

（阿尔瓦向他的儿子示意，退到后台。）

埃格蒙特　保重！我该走了。说真的，因为我自己都不知道说什么好了。

阿尔瓦　你真幸运，你的好运阻止你充分发表你的观点。你轻率地点破了你内心深处最真实的想法。你粗鲁的言行就是指控你的证据。这比你最忌恨的敌手所能给你制造的麻烦更致命。

埃格蒙特　你的指责没有让我感到不安。我知道我心里是怎么想的，我也知道我把最真诚的心奉献给了我们的君主——国王。我知道我的忠诚比一些千方百计为自己谋求利益的人更忠实。很遗憾我们的讨论居然以这样的结果收场，但是我相信即使我们的观点不同，但是为我们的国王效命、为我们国家的安宁奉献，可以让我们很快团结起来。另一个问题就是关于今天没来的贵族们，恐怕要让他们在一个更有利的时机聚集才能完成眼下不可能的事。我对他们抱着这个希望。

阿尔瓦　（同时给斐迪南信号）等等，埃格蒙特，你的剑。（正门打开，他看到站满了卫兵的走廊，他们原地不动。）

埃格蒙特　（一阵惊讶过后）这是什么意思？就这样招呼我吗？（握着他的剑，好像防卫敌人一样）难道我是赤手空拳的吗？

阿尔瓦　这是国王的旨意，你是我要逮捕的犯人。（与此同时，卫兵从两边进入。）

埃格蒙特　（迟疑了）真的是国王吗？不可能！不可能！（迟疑过后放下剑）拿去吧！这把剑长久以来都是用来保卫国王而不是我自己。

（埃格蒙特在卫兵们和阿尔瓦的儿子的跟随下从正门退出。阿尔瓦原地不动，幕落。）

第五幕

场景一——街道，黄昏

布莱肯伯格　亲爱的，看在上帝的份儿上，告诉我你要做什么？

克拉拉　跟我来，布莱肯伯格！你不认识这人，但我们一定要去救他。因为我们都无比地敬爱他。我发誓，所有人都十分希望去营救他，让宝贵的生命免遭危难，让他重回自由的阳光下。有一个声音要把大家召集起来。他们灵魂深处对他的记忆犹如昨日，他们对伯爵感恩戴德。他们也还记得他健硕的臂膀曾单枪匹马冲营陷阵，让他们免遭灭顶之灾。为他，也为了自己的利益，他们一定会敢于冒险的。我们为什么冒险呢？最多一死，而如果他毁灭了，生命还有什么保持的价值呢？

布莱肯伯格　真是个忧郁的女孩！你不知道把我们束缚起来的势力是多么牢固。

克拉拉　对我来说，这并不是不可战胜的。我们不要把时间浪费在空话上了。这里是我们年迈的、正直的、英勇的民众。请听呀，朋友们！邻居们！听，埃格蒙特的情况怎么样了？

木匠　这个女孩想要干什么？告诉她保持安静。

克拉拉　走近点，那样我们可以说小声点，直到我们团结一致，我们的力量更强为止。一刻也不能浪费！野蛮的专制敢于囚禁他，要举起剑结束他的生命。啊！朋友们，随着暮光的到来，我更加紧张不安了。我敬畏黑夜。我们散开，都快点散开，去召集民众，拿起原始的武器。我们在闹市碰头，在我们精神的鼓舞下，所有人都要向前行进。敌人会眼睁睁地看到他们被包围，然后乱了阵脚，最后就会投降。少数的奴隶怎么能抵抗我们呢？他会回到我们中间来，他会看到自己被营救，而且会感谢我们，因为我们欠了他巨大的人情。他会看到，也许，毫无疑问地可以再次在广阔的天空看到清晨赤红的黎明。

木匠　女士，是什么让你如此烦恼？

克拉拉　你不懂，我说的是伯爵，我说的是埃格蒙特伯爵。

杰特　不要提这个名字！这是很危险的。

克拉拉　不说他的名字吗？这怎么能行？每个人都在说，到处都是，在这星空之下，我常读到他的名字。不要提？是什么意思？朋友们！善良而又仁慈的人们，别做梦了，醒醒吧。别用你那呆滞、焦虑的眼神看着我！向两边投去胆怯的一瞥。我只是说出了大家心中所想但又不敢讲出来的话，难道我说的不正是你们心中想的吗？在这可怕的夜里，让我们问问对方，问问内心，还有谁会大声和我一起呼喊“不让埃格蒙特自由，毋宁死”。

杰特　上帝啊，求求你帮帮我！这事真让我伤心。

克拉拉　别走！别走！不要听到他的名字就躲开，从前，你们听到这个名字，是多么兴奋地迎上前去，当你们听到他到来的风声，听到他们说：“埃格蒙特来了！他从根特来”。居住在他经过的街道的人们都会感到很荣幸。哪怕只有一线希望或者喜悦，他的鼓励都会让人感受到像阳光一样的慰藉，这种慰藉悄悄地弥漫到了探出窗外的疲惫的面庞。然后，当你站在门口的时候，你就会用手举起你的孩子，指着埃格蒙特，呼喊道："瞧，那就是埃格蒙特，他胜过其他所有人。他会给你更好的生活，甚至比你含辛茹苦的父辈们知道的还要好。"不要让你的孩子在将来的某一天询问："他去哪里了？你们说的那个美好未来何时才能实现？"这样我们都把时间浪费在空话上，什么都不做——最后辜负了他。

杰特　你不会感到羞耻吗，布莱肯伯格？不要让她继续这样，不然会大祸临头！

布莱肯伯格　亲爱的克拉拉，我们走吧！你妈妈会说什么呢？也许——

克拉拉　以为我们俩都是小孩儿，或者是发疯了，有什么希望？——我没有希望逃避这个可怕的事实：因为我明白，你们不知所措，你们不能倾听自己内心真实的声音。你们自己应该回头看一下。如果他死了，你们能生存下去吗？你们会生存下去吗？最后一息的自由将因他的死亡而消逝。他跟你们有什么关系？他为了谁才暴露在可怕的危险之中？他的伤口流血或愈合，只是为了你们。他因背负着你们的灵魂而伟大，阴谋的气氛却挥之不去。这个已经习惯给你们支持或者满足你们的恳求的人此刻或许正在想着你们，他对你们抱有希望。

木匠　朋友，走吧。

克拉拉　我既没有男人健硕的臂膀，也没有男人那样的精力，但是我有你们都没有的，这就是面对危险的勇气与沉着。啊，我的存在可以把你们的灵魂点亮，让你们感受到家庭般的温暖，我能够唤醒你们的斗志并且鼓舞你们！好啦！我支持你，我就是一面飘扬的旗帜，尽管手无寸铁，却能够在前面引领英勇的武士队伍。那样我的精神将像火一样，在你的队伍里永存。然而爱和勇气可以将涣散而又内心摇摆不定的大众团结起来，汇聚成强大的洪流。

杰特　把她带走，我真是同情她，可怜的孩子。

（普通百姓退场。）

布莱肯伯格　克拉拉，你不知道我们在哪里吗？

克拉拉　在哪里？在天穹之下。当埃格蒙特走过的时候，天穹会更显富丽堂皇。看！从窗户里看到他们向外张望，四五个脑袋挤在一块。在一些门边，当他对这些胆小的人低头看上一眼的时候，他们曾经低头行礼。啊，当他们尊敬他的时候，我是多么喜爱他们！如果他是一位独裁者，那我就任由他们不顾他的危险掉头而去，但是他们曾经爱慕他。你们的手为他的荣誉而挥舞着，难道现在就不能拿起剑吗？布莱肯伯格，而我们呢？我们要责备他们吗？这些手臂以前常常拥抱他，而他们现在却能为他做什么呀？在这个世界里，很多事情靠计谋来取得成功。你熟悉这座城市，熟悉每条街道，每个小巷。天下没有什么是不可能的，请想想办法吧！

布莱肯伯格　我们该回家了。

克拉拉　好的。

布莱肯伯格　在这个角落，我看到阿尔瓦的卫兵。让理性的声音进驻你的内心吧！你觉得我是胆小鬼吗？你是否怀疑我肯为了你牺牲性命？和你一样，在这个问题上，我们都很愚蠢。你有没有察觉到你的计划很不切实际，冷静点，你不是你自己了。

克拉拉　我不是自己？太可怕了，布莱肯伯格，是你迷失了自己才对。当英雄经过的时候，你大声欢呼，你说他是你的朋友、希望和庇护者。然后我站在角落里，把窗户打开一半，藏起来听，我的心跳比你们的还要快，现在它又快速地跳了起来！在危险的时候你们躲了起来，你们没感觉到吗，如果他死了，你们就会感到迷茫。

布莱肯伯格　我们回家吧。

克拉拉　家？

布莱肯伯格　回过神来！看看你自己！这些都是你在安息日才会想要走的街道。当你谦卑地走向教堂，在那里，我友好地给你一个问候你也许都会不高兴。而现在你站在全世界人的面前说话、做事。冷静点，亲爱的！我们何必多此一举呢？

克拉拉　回家！是的，我醒悟了。快，布莱肯伯格，让我们回家吧！你知道我家在哪儿吗？（退场）

场景二——监狱

舞台被灯光照亮，后方有一张床。

埃格蒙特　（独白）老朋友！一向忠实的睡眠，你也要像我的其他朋友那样抛弃我吗？在嘈杂的战争中，在生命的浪潮中，我在你怀里栖息，如同一个成长中的男孩般轻轻呼吸。当暴风雨呼啸着穿过树叶和树枝，当高大的树枝吱吱嘎嘎摇摆作响的时候，我在内心深处始终坚定不移。现在是什么使你不安呢？是什么动摇了你坚定的思想？我感觉到了它，是一把凶残的利斧，侵蚀你的根基。然而我并未倒下，但一种发自内心的颤抖穿透了我的身躯。是的，它肆虐着，这种背叛的力量，它破坏坚固、高耸的茎，凋谢了树叶，你翠绿的花冠猛落于地。而现在，曾从你的额头表现出的关心，为什么不能驱除这个萦绕着你的可怕预感？因此当你在死亡面前颤抖时，你不会平静地与这个世界相处吗？但这个突然出现的敌人，你也不能跟他争斗什么。这是地牢，象征着坟墓，要像英雄一样去反抗，否则就是胆小鬼。我曾感觉它多么令人难以忍受，在庄严的大厅里，被垣墙束缚，当坐在我柔软的椅子上，在神圣的大厅里会集的大臣们，那些本无须考虑的问题却被无休止地讨论，然而房顶的椽条似乎想要释放我，我会尽快出来，在我的战马上做深呼吸，放飞自己到广阔的天地中，从土壤里呼入自然的醇香。在广阔的天空，星星通过宁静的空气洒下它们的祝福。在那儿，尘世的巨人被我们的母亲触摸，鼓舞；在那儿，我们的人性和欲望在每一根血管里悸动；在那儿，前进、征服、掠夺、紧握拳头，自信地迎接战争；在那里，勇士迈着飞快的步伐，设想主宰世界是他与生俱来的权利；在那里，自由像肆虐的风暴一样席卷田野和树林，从不知道人类追寻的界限。

你只不过是个影子，一个我一直想要拥有的幸福的梦想，命运引领你去何方？它在光天化日之下阻止你继续生活吗？它在令人厌恶的堕落中为你准备好了一座坟墓，这些潮湿的石头上散发出的气味是多么恶心啊！生命停滞不前，我的脚步也停在了坟前。哦，当心，当心！你这个谋杀者——忍耐，自从埃格蒙特成为独身一人时，整个世界都彻底孤独了吗？毫无疑问你的无动于衷并不能带来幸福。通过我这一生，我得坦白承认了，国王的公正和摄政王的友谊像极了爱情——这些突然消失了，就像夜晚的一颗流星，把你独自扔在这阴郁的小路上。我的朋友奥兰吉不再涉及什么大胆的谋划了吗？人们也不再云集去拯救他们忠实的伙伴了？你的城墙束缚着我，迫使我与那么多热情的好心人分开。愿我眼里的勇气激励他们，他们重新对我忠诚。是的！他们成千上万地聚集在一起！他们来了！他们站在我身边！他们虔诚的愿望直冲云霄！然后我祈求一个奇迹：让天使屈尊拯救我。我看到了他们热切地握着矛和剑。门将被冲开，螺栓将被撕裂。城墙被他们摧毁，埃格蒙特欢快地前进着，向即将到来的黎明致敬。多少熟悉的面孔大声欢呼着迎接我！哦，克拉拉！如果你是个男人，我将在这儿第一个见到你——感激你。

场景三——克拉拉家中

（克拉拉在灯光下从她的卧室走出，拿着一杯水，她把杯子放在桌上，朝窗户走去。）

布莱肯伯格　布莱肯伯格，是你吗？那是什么声音？没人了吗？没有一个人！我要把灯挂在窗户上，让他知道我还没睡，我还看着他。他答应给我消息。消息呢？一定出了可怕的事！埃格蒙特被判了罪！什么法庭有权传唤他？——他们竟敢给他判罪，是国王判决了他吗？或是公爵？或是摄政王她自己？奥兰吉和他所有的朋友都犹豫不决！——这是那个我什么都未经历就听到如此多的背叛以及喧嚣的世界吗？是这个世界吗？——可以如此卑微地去承受。如此，我在神与人面前保卫你平安，就如同在我怀里一样安全！我对你而言是什么？你说我是你的，我的整个生命都奉献于你。我现在是什么？我徒劳地把手伸向困住你的罗网。你的无助，我的自由！这是我房门的钥匙。进与出，取决于我的意愿，然而，现在我却无能为力了！——哦，绑住我吧，这样我便不用绝望。把我扔向最深的地牢，那样也许我就可以把头在潮湿的墙上猛撞，让我为自由哭泣。如果我没被束缚，我将如何解救他？——现在我是自由的，在自由的谎言中无能为力——意识到我的存在，却不能为他做任何事，唉！尽管这是你微不足道的一部分，你的克拉拉，是的，像你一样，一个俘虏，并且与你分离，在临死之前消耗着她的生命。我听到了鬼鬼祟祟的脚步声——咳嗽声——布莱肯伯格——是他！——善良可悲的人，你的命运总没有什么不同。你的爱人打开了夜晚的门，唉！多么沮丧的相遇。（布莱肯伯格进来）你脸色怎么那么苍白，那么恐惧！布莱肯伯格！这是怎么回事？

布莱肯伯格　我穿过危险曲折的小路来看你。主街都被部队占领——我是经小路偷跑到这里的！

克拉拉　告诉我，怎么样了？

布莱肯伯格　（自己坐下）哦，克拉拉，我原本不爱他。他是把穷人孤独的羔羊吸引到富裕的牧场的富人，我从未诅咒他，上帝给了我一颗真诚柔软的心。我的生活在苦恼中耗尽，每一天我都希望结束我的痛苦。

布莱肯伯格　忘记那些吧，布莱肯伯格！先不说你自己。跟我说说他吧！那是真的吗？他被判罪了吗？

布莱肯伯格　是的，我知道得很清楚。

克拉拉　他还活着吗？

布莱肯伯格　是的，他还活着。

克拉拉　你怎么能肯定呢？独裁者会在晚上谋杀英雄！他的鲜血流了出来，大家的眼睛看不到，麻木的人们不安地躺在床上，梦见他得救，梦见他们无能为力的愿望终于实现，然而令人愤怒的是，他的灵魂离开了这个世界。他不复存在了！不要骗我！不要骗你自己！

布莱肯伯格　不！——他还活着！——西班牙人想要践踏我们的人民，他们准备了一出恐怖的好戏，想通过暴力彻底粉碎人民渴望自由的心。

克拉拉　继续说下去吧！平静地宣读我的死刑吧！我已经一步步接近了那块福地，并且已经从那安宁的王国里，感受到了安慰的呼吸。说下去吧。

布莱肯伯格　在警卫的交谈中，我知道他们正在市场秘密准备一桩恐怖事件。我偷偷地穿过小路和熟悉的街巷溜到我的兄弟家，从一个后窗里，向集市看去。西班牙士兵围成一个大圈圈，火把在士兵的手中来回摆动，我眯起眼睛看见黑暗中出现了一个黑色宽敞的、高耸的支架，这景象令我充满恐惧。周围有很多人忙碌不停，他们把还看得见的白色的木料部分用黑布裹起来加以隐蔽。台阶也最终被覆盖了，也成了黑色的——我全都看见了。他们似乎在准备什么可怕的祭祀。一个白色的十字架，银光般在夜晚闪闪发亮，一端被升起来了。我脑海中可怕的念头越发地真实了。零散的火把仍然到处闪耀，后来渐渐地熄灭了。突然这个可怕的夜晚回归了虚无。

克拉拉　别说了，布莱肯伯格！别再说了！让这面纱附在我的灵魂上休息。幽灵消失了，而你，温柔的夜，把你的外套借给这个内心在沸腾的大地吧。她将不再忍受这令人讨厌的负担，她颤抖着张开她的大口，“哗”的一声，吞掉了这个可怕的刑架。看到他们的狂暴而受到侮辱的天主派了一位天使下来：由于这位使者的神圣的接触，栅栏和绳索都解开了。他用慈祥的光辉照着这位朋友，并轻轻地引领他穿过黑夜走向自由。我的道路也要在这种黑暗中暗暗地引导我去和他相见。

布莱肯伯格　（阻止她）我的孩子，你将何去何从？你要做什么？

克拉拉　轻一点，我的朋友，不要把别人吵醒！恐怕我们都该清醒了！你还记得这瓶药吗，布莱肯伯格？以前你常常寻死吓唬人的时候，我有一次在玩笑中从你那里拿来的，当时，你真的被吓坏了——现在，我的朋友——

布莱肯伯格　不要这样做！

克拉拉　你不能阻止我。死亡是我的一部分！把你从前给你自己准备的这种舒服的迅速的死法让给我吧！当我打开黑暗大门的那一刻就再也不能回头了，在这压力下，我可以告诉你，我曾经多么真诚地爱过你，深深地可怜过你。我的哥哥早逝了，我选择了你来填补他的位置；你的心却反对我的感情，你曾折磨我也折磨你自己，苛求命运不曾赋予你的与日俱增的热情。原谅我，再见！让我叫你哥哥吧！这是一个包含了许多意义的称呼。以一颗真心接受吧，最后的美丽取代散落的灵魂，接受这个吻。死亡会把大家联合在一起，布莱肯伯格，我们两个也会联合起来！

布莱肯伯格　那就让我和你一起死吧！分享它！哦，分享它！两个生命的灭亡已经足够了。

克拉拉　慢着！你必须活下去，你要活下去——照顾我的母亲。她没有你，会成为被追逐的猎物。为她做我没有做到的事，一起生活，一起为我哭泣，为我们的祖国哭泣，并为独自维护着她的人哭泣。目前的这一代还必须忍受痛苦悲哀，就是同仇敌忾的愤怒也不能将这种痛苦悲哀打消。可怜的灵魂，活下去，穿过时间的缝隙。今天世界突然静止了，它的转动停滞了，我的脉搏将在几分钟内停止跳动。永别了！

布莱肯伯格　哦，和我们一起活下去！我们也是因为你才活下去的！你结束了你自己的性命，也就等于结束我们的生命。活下去吧，我永远陪在你的身边支持你，没什么能把我们从你身边隔开，爱将会在它的温暖怀抱中给你准备最美好的安慰。做我们当中的一个吧！我们的！我不敢说，是我的。

克拉拉　安静点儿，布莱肯伯格！你所触碰到的那根弦，在你来看是希望，而我只看到了绝望。

布莱肯伯格　分享希望的生活！停在悬崖的边缘，看一眼下面的海湾，然后回过头来看看我们。

克拉拉　我已经下定了决心，不要劝我了。

布莱肯伯格　你迷失了，在黑色的夜里，你正一步步走向深渊。希望没有被毁灭，未来还会有希望。

克拉拉　唉！你残忍地把面纱从我眼前撕去。是的，天将破晓！尽管裹尸布似的迷雾包围着他，黎明终将到来。胆怯的市民们从他们的窗口向外凝视着一棵树上的叶子，他们看着绞刑架出现在朦胧的晨光中。受亵渎的神像，在新的痛苦之中抬起渴望的眼睛仰望天父。太阳不敢露面，它不愿指示他要赴义的时刻。时针慢慢地移动—— 一小时又一小时过去了——坚持！现在是时候了。早上的思绪把我带进了坟墓。

（她走向窗户像是往外看，悄悄地喝了毒药。）

布莱肯伯格　克拉拉！克拉拉！

克拉拉　（走向桌子，喝了些水）这里是剩下的。我请你不要跟随我。做你自己高兴的事，再见了。悄悄地吹灭这盏灯，不要拖延，我要休息了。你悄悄地走开，走后轻声地关上这扇门。不要惊醒我的母亲！如果你不想被认为是杀人犯，就逃走吧！（退场）

布莱肯伯格　像以前一样，最后她还是离开了我。谁能想象她是多么残忍，如此轻易地撕碎了一个爱她的人的心。她离开了我，独留我在生与死之间抉择，而这二者都让我厌恶。她和我分享毒药，却选择了独自一人死去！哭泣吧，没有比我更悲惨的命运了。她让我照顾她，把我推还给生活！哦，埃格蒙特，如此令人羡慕的事你都能碰上！她死在你的前面！她手中胜利的王冠属于你，她把天上所有的好东西都带给你！——我该跟随吗？或是又一次站得远远的？带着这难以抑制的嫉妒到离你很远的地方？世上再也没有一个让我停留的地方，而地狱和天堂都同样的痛苦。现在欢迎来到这个不幸的毁灭之地！（退场）

（现场仍然时间不变，音乐声暗示着克拉拉的死亡。）

（忘记熄灭的灯闪耀了一两次，突然熄灭了，然后场景转换。）

场景四——监狱

（埃格蒙特在一张床上睡觉，听到了钥匙声。门开了，仆人举着火把，希尔瓦由士兵协同进来。埃格蒙特从睡眠中醒来。）

埃格蒙特　你们是谁，如此毫不客气地把我从沉睡中吵醒？你们这些无礼傲慢的目光是什么意思？为什么有这些可怕的队伍？是什么可怕的事情让你们来哄骗我半梦半醒的灵魂？

希尔瓦　埃格蒙特伯爵，我们来宣读对你的判决。

埃格蒙特　你们也把执行判决的刽子手带来了吗？

希尔瓦　听着，你的死期将近了。

埃格蒙特　这正好与你们臭名昭著的举动相符，在黑暗中谋划，又在黑暗中执行，这样可以将这种不义的行为隐藏起来！那个把剑藏在斗篷下的家伙，请大胆地往前走吧。我的头颅就在这儿，在一切暴君从别人躯体上砍下的头颅中，这是最自由的一颗。

希尔瓦　你错了！正直的法官不会在白天宣布对你的判决。

埃格蒙特　那么这种大胆超出了所有的想象。

希尔瓦　（从侍从手中拿过判决书，打开它，开始读）

“以国王的名义，在他赋予的权力下可以判决他任何等级的臣子，就连金羊皮骑士也不例外，我们宣判——”

埃格蒙特　国王可以移交权力吗？

希尔瓦　“我们预先经过法律的严格调查，你，亨利·埃格蒙特伯爵，高卢的贵族，犯有叛国罪，现宣读对你的判决如下——黎明的时候你将被从这个监狱带向集市，在那里，在众人面前，作为给所有卖国贼的警告，将以剑结束你的性命。在布鲁塞尔……”

（年份和日期读得很模糊，观众无法听清楚）

“十二人法庭的总法官斐迪南·封·阿尔瓦公爵。”你现在知道你的末日了吧。你有短暂的时间准备即将到来的处决，收拾好你的东西，向你的朋友们道别。

（希尔瓦和随从退场，斐迪南和两个持火把的人入场。）

（舞台灯光昏暗）

埃格蒙特　（站了一会儿，此后陷入沉思，他想象自己独自一人，当他抬起眼睛，看到了希尔瓦的儿子。）

你还在这里做什么？难道是想亲眼看看我的惊讶、我的恐惧？你想把我懦弱绝望的样子描述给你的父亲听吗？去，告诉他，他骗不了世界也骗不了我。开始的时候人民在他的背后谨慎低语，然后声音越来越大，一旦有一天，这个野心勃勃的人从他的骄傲的位置上下来，将有千万人的声音如此评价他：派他到这里来，并不是为了国家的福祉、国王的威严、各州的安宁。他是为了策划战争而来，为了在战争中建立功勋。他一手造成了巨大的混乱，为的是让国王需要他。我成为他狭隘的仇恨和可鄙的嫉妒的受害者。是的，我知道，我将承受死亡之痛，但是这个骄傲的人一直在嫉妒我，一直计划着毁灭我。

从前便是这样，年轻时，我们一起玩骰子，那金子一堆又一堆，从他的面前输到我这边。他的内心被愤怒折磨，却假装镇静，随着我赢得越多他越愤怒。我仍然记得他愤怒的目光，他的面容惨白，充满了狡诈，在一个公众的节日，我们在几千人面前投注。他向我挑战，所有人都支持我。西班牙人和尼德兰人可以投注任意一方。我是胜利者。他的球没击中我的要害，朋友们的欢呼声震耳欲聋。他现在击中了我。告诉他，我知道这事，我了解他的为人。一个小人物用不正当的手段骗人，为自己建立了功勋的纪念碑，这些都会受到世人的鄙视。而你，作为他的儿子，如果可以不遵循你父亲的做法，并对你极想全心全意尊敬的人感到惭愧时，你就及早地为他感到羞耻吧！

斐迪南　我听着你说，不曾打断你！你的辱骂像一个头盔一样重重地落下。我感到震惊，但我全副武装。你打中了我，却伤害不了我，我只感到心灵被鞭挞的痛苦。唉！唉！难道我活着就只是为了见证这样的场面吗？我来这儿就是为了看这个？

埃格蒙特　你感到悲哀了吗？什么事，什么事使你有这样的感触？是后悔把你自己卷进这场无耻的阴谋中吗？你是如此年轻，你的外表如此有魅力！你对我的态度如此友好，如此毫无保留！只要看见你，我就想与你的父亲和解，但你却那么狡诈，唉，比你的父亲更狡诈，你把我引诱到陷阱中。你是恶棍！无耻之徒！无论谁忠诚于你，都会把自己置于危险的境地。但谁会担心效忠你会有危险呢？走开！走开！不要再占据我的最后时间了！走开！然后我就可以整理我的思绪，忘掉这个世界，不过首先要忘掉你！

斐迪南　我能说什么呢？我站在这儿看着你，却看不见你，我才意识到我的存在。我该为自己辩解吗？我该向你保证我不是在最后一刻才意识到我父亲的意图吗？我难道是被他的意志束缚住行动的工具吗？你现在能有什么重要的话让我高兴呢？你迷失了。而我，一个可悲的恶棍，只是来确认这点，只是来为你哀悼。

埃格蒙特　多么奇怪的话，多么意外的来自你鼓励我通往死亡之路的安慰！你，我几乎唯一的敌人，你真的同情我吗，你与杀我的凶手无关吗？说话呀！我为什么要注视你呢？

斐迪南　我的父亲很残暴！是的，在这命令中我承认你的善良。你的确知道我的心，我的性情，你如此频繁地指责我的心就像你从慈爱的母亲那里继承了一颗善良的心一样。你想把我改造成像你一样的人，你迫使我看着你站在坟墓的边缘。在专制命运的掌控中，我可能将陷入深刻的痛苦中。从今以后，我将无动于衷，以麻木不仁的心面对每一件事。

埃格蒙特　我很惊讶！冷静点！站着，像个男人一样说话。

斐迪南　呵，我宁愿是个女人！这样，别人会对我说：他发生了什么，什么让你不安？然后告诉我一个更大的、更骇人听闻的罪行——这样我会感激你，我会说，那没什么。

埃格蒙特　你忘乎所以了。想想你在哪儿吧！

斐迪南　让我的这种感情疯狂吧，让我发泄我的痛苦！当我整个内心抽搐的时候我不再镇定。你非要我在这儿吗？你？这是可怕的！你不了解我！即使你了解我又会怎样呢？埃格蒙特！埃格蒙特！

埃格蒙特　解开这个谜。

斐迪南　这没什么神秘的。

埃格蒙特　一个陌生人的命运怎么能如此深深地触动你？

斐迪南　不是陌生人！你对我而言不是陌生人。你的名字，早在我童年时便如天上的星星一样闪耀！多少次我询问，听你的故事！你的青春是男孩的梦想，男人的青春。因此，当你走在我前面，永远在我前面，我毫不妒忌地看着你，追随你的身影，最终我希望看见你——我看见了你，我的心飞向你的怀抱。我的命运因你注定，当我注视你，我选择了崭新的你。我现在希望去了解你，和你生活，成为你的朋友——和你——现在都结束了，我竟在这儿看见了你！

埃格蒙特　我的朋友，如果它可以给你任何安慰，说实话，在我初遇你时，我被你吸引了。听着！让我们平静地谈谈吧。告诉我，你的父亲最终的目标是要我死，是吗？

斐迪南　是。

埃格蒙特　这句话不是一个纯粹的空话，难道他不是想通过威胁与恐吓来吓唬我、惩罚我、羞辱我后，再用国王的恩惠拉我起来，让我感激吗？

斐迪南　唉，不！可惜不是这样。起初，我也用这种不切实际的希望欺骗自己，但是，当我看到你时，我的内心充满了悲伤和痛，因为我知道你的厄运无法避免！不，我控制不了我自己。谁能帮帮我，帮我想办法，去面对这个不可避免的厄运呢？

埃格蒙特　听我说！如果你是被强迫的，如果你厌恶这种束缚我的暴政，那么请拯救我吧！这个时刻弥足珍贵。你是极权者的儿子，你自己也有一些权力。让我们逃离吧！我认识路，至于逃离的方法，我想你应该是知道的。我和我的朋友们被这堵墙隔离开来，这之间只有几英里[①]的路程，只有解除这枷锁，带我去见我的朋友，那才是正确的做法。在未来的某一天，国王无疑会感谢你救我的功劳。现在他一定大为吃惊，或者他对整个事件一无所知。你的父亲冒险地迈出这大胆的一步，即使这个举动让人惊恐，但是国王必须执行这不可撤销的判决。你在思考？呵，帮我谋划自由的方法吧！请往我的活着的灵魂里灌注一些希望吧！

斐迪南　停！哦，停！每一个字都使我更加绝望。这里没有出口，没有办法，不能逃脱——这个想法折磨着我，揪着我的心，并像爪子一样撕碎了我的心。我给自己织了一张网，我知道这很难逃脱，像个解不开的结，我知道每条大道都被堵死了，就像勇气和谋略被禁锢住一样。我觉得我和你以及所有人都

① 1英里=1609.344米。

是被束缚的。你说，如果还有可行的方法，我会如此悲伤难过吗？我曾放低身份，恳请他放过你。可是，他却派我来这里，为了就是要把我心中还存有的希望与快乐在这个时刻里全部摧毁。

埃格蒙特　真的没有救了吗？

斐迪南　是的，没有救了！

埃格蒙特　（顿足）没有救了！甜蜜的生活啊！过去愉悦的经历！你是我的一部分！如此平静的部分！不管身处混乱的战场还是令人眩晕的刀枪剑雨，或是刺激人心的争吵打斗，难道我必须要和你告别了吗？你没有匆忙离开，也没有缩短离别的瞬间。你要我再一次紧握手，再一次凝视你的双眸，感受你的心、你的美丽和你的价值，最后才推开我说：去吧！

斐迪南　难道我就袖手旁观地站着，无法救你，无法阻止这一切？我是多么的悲伤啊！心痛啊！

埃格蒙特　冷静点！

斐迪南　你能冷静，你能克制，你能在这样的形势下勇敢地继续迈步前进。可是，我能做什么？我该怎么办？你会征服我们，征服你自己，你是胜利者，而我作为你死后的幸存者，却已经失去了宴会上的光环和这个领域的领导地位，我的未来充满了黑暗、荒凉和困惑。

埃格蒙特　年轻的朋友，这就是一个奇怪的宿命，我在得到的同时也在失去，谁会听听我的感受，替我遭受这死亡的苦痛？看吧，你不会失去我，让我的死变成你的镜子。心存彼此的人就会聚合在一起——距离是抽象的。我将为你而生，也将为你而活，因为我已经为自己活得够久了。我享受每一天，每一天我都用激情去演绎，听从我良心的指示做事。现在我的生命要终结了，其实它可能早就已经结束在很久很久以前的格拉维林纳沙滩上。我将失去生命，但我存在过。我的朋友，请遵循我的脚步，我会带你去找寻一个愉悦和快乐的生活，不再惧怕死亡。

斐迪南　你应该为了我们去拯救自己，而且，你也能够拯救你自己。你毁灭是因为你自己。我常听人谈论，关于你的能力，你的敌人和朋友，他们会质疑你的价值。但是，有一点他们都赞同，没有一个敢否认。每一个人都承认，你曾选择一条危险的道路。我时常都想要提醒你！你没有朋友吗？

埃格蒙特　常常有人这么提醒我。

斐迪南　虽然我发现所有这些指控以及在起诉书里的每一点，连同你的辩护，这些话都可能有助于减轻你的罪行，但是依然没有足够的证据帮你完全开脱。

埃格蒙特　没有更多的了。人们可以想象的是，实际上一个人的存在是无法抗拒的宿命，是他自己指引着自己的生活，控制着自己命运。我们不要再想这个事了吧，然而他们也会去关注。可能我身体里流淌的热血，对许多人来说，会把和平带给我的子民们，我流淌着的热血该是多么的自由啊！唉！这是不可能的了。当他失去权力时，这一切就变成了一个无用的推测，若你能抑制或指引你父亲的权力，就这么做吧。唉，谁能做到呢？别了！

斐迪南　我不能离开你。

埃格蒙特　我拜托你照应一下我的部属！我的那些忠实的追随者，不要让他们分散，不要让他们遭遇不幸！我的秘书理查德现在怎么样了？

斐迪南　他已经死了，因为他是你叛国的共犯，所以已经被斩首了。

埃格蒙特　可怜的人啊！还有一句话，就永别了，我也没什么话要说了。然而无论多么强大的精神都有可能被搅乱，最终他人的本性会令他去维护那无法抗拒的权利。就像一个孩子被关进装满毒蛇的围栏时，他像是在享受睡眠，所以疲惫的人在死亡之门打开之前，他就让自己躺下来休息，当他熟睡时，仿佛一个疲惫的旅程还在进行。而且，我认识一个少女，因为她是我的，所以你不要轻看她。请关照她，我将安静地死去。你的灵魂是高贵的，女人肯定会找一个你这样的人来保护她们。我的老阿道弗斯还活着吗？他没有被逮捕吧？

斐迪南　是那个平日里常常和你一起快快活活地骑马的老人吗？

埃格蒙特　是的。

斐迪南　他活着，他没有被捕。

埃格蒙特　他知道她的住所，让他带你去那里吧，他会给你指出一条路！

斐迪南　我不能离开你。

埃格蒙特　（把他推到门口）别了！

斐迪南　哦，让我再次留念这一刻吧！

埃格蒙特　不用告别了，我的朋友。

（他陪斐迪南到门口，然后悲恸欲绝地离开了他。）

埃格蒙特　（独白）残酷的人，你没想到你的儿子会对我有如此情谊吧！他一直用方法来减轻我的压力和痛苦，让我摆脱恐惧和焦虑的情绪。他的本性温和而又迫切地宣称自己最后的信仰。事情过去了，这个问题也解决了。

（他坐在床上，音乐响起。）

安详的睡眠！你像一种纯洁的快乐不请自来，解开了思想的结，你将所有的欢乐和悲伤融合在一起，让它们在我内心无拘无束地流淌，让我沉浸在幻想里。我们将会遗忘，不再记起。（音乐伴随着他的睡眠。在床后面的墙上似乎出现了一个奇特的幻影。自由像是被天上的一团光环围绕，静卧在一团云上。她就像克拉拉斜靠着一个熟睡的英雄。她的面容充满同情，她似乎在哀悼他的命运。很快她恢复成原来的自己并以鼓舞人心的姿态展示了象征自由的弓箭，她鼓励他不要垂头丧气，也提醒他要摆脱束缚。她要他成为一个征服者，她向这个征服者致意，在他的头顶展现一束光环。随着光环靠近他的头顶，埃格蒙特像一个熟睡的人，斜靠着她的脸颊。她控制着这束光环，悬浮在他的头顶。带有音乐的厮杀回响在远处，并渐渐地消失了，但是音乐的声响变得越来越大，直到埃格蒙特醒来。黎明的曙光渐渐照亮了监狱，他第一个动作是把手举过头顶，站起来，凝视着举起的手。）

光环消失了！美丽的幻象，明亮的白昼让你吃惊！是的，两颗欢乐的心汇成的一个光点展现在我的眼前。神圣的自由降临到了我心爱的人的身上，可爱的少女穿着天使般的装束站着。在一个庄严的时刻，她降临到我面前。血迹斑斑的脚逐渐靠近，同时，她还挥舞着她的带有血迹的皱褶长袍。这是我的血，许多勇士的血。不！它不应是白流的！前进吧！

勇敢的人们！自由女神领着你们前进，就像大海冲破海堤，你们也要冲破、推毁暴君专横的堡垒，用你们的猛烈的洪水淹没它，把他们全部赶走。

（鼓声响起）

听啊！听啊！这听起来是多么的熟悉啊！它召唤我们前往快乐胜利的地方！我会勇敢地与我的勇士们踏上这条火焰之路！而现在，我要从这个地牢出去，面对这无上荣耀的死亡。我为自由而死，为我过去的生活和战斗而死。

（背景被西班牙士兵占领）

是的，这些集合排列整齐的队伍，你们吓不倒我。我过惯了军旅生活，习惯感受死亡的威胁，这反而增强了我生命的力量。（鼓）

敌人从四面八方包围过来。刀光剑影在闪烁，加油，勇士们！后面是你们的父母、你们的妻子、你们的孩子！（指向警卫）这些才是促使他们前进的理由，他们不仅仅是为了他们自己的自由。保护你们的家庭，拯救那些你最爱的人，跟随我，用微笑面对死亡。（鼓声。他从舞台上的守卫中穿过，朝着后台的一扇门走去。幕帘徐徐落下，闭上。此时，响起了一首胜利的交响曲。）

赫尔曼和窦绿苔

Hermann And Dorothea

〔德〕歌德　著

主编序言

任何一个国家都鲜有几部如同歌德的《赫尔曼和窦绿苔》那样完美的作品。其人物刻画清晰鲜明，节奏统一，前后一致，叙事合理。它是令人钦佩的艺术典范。此外，该作品在如歌如泣的倾诉中，体现了人物饱满的个性，自然而不做作。在众多此类经典作品中，有如此完美的表现形式者是极其少见的。

这部作品以这样一个历史事件为背景。1731年，萨尔茨堡大主教在他的教区逐出了一千名新教徒，他们当时在德国南部避难，其中有一个女孩嫁给该区一个富有市民的儿子。歌德却用笔改写了这个女孩被放逐的命运，把她写成一个和歌德同时代的人。在这部作品里，这个女孩是位德国人，在法国大革命中，从莱茵河西岸的动乱中得以逃脱。该作品不仅仅以政治动乱为背景，而且还以精湛的技巧融入了其他故事情节。这一技巧的巧妙运用，一处在刻画窦绿苔这个人物的个性时，得以精彩呈现：在该人物出现以前，文中描述了她的第一次订婚因断头台而被葬送；另一处，作家浓墨重彩地描述法国革命的骚乱和德国村庄的宁静，将二者进行了鲜明的对比。

父亲和神父这两个人物角色是歌德直接从事件的本身取材的，母亲则是歌德自己臆造的角色，乡村医生这个角色被歌德用来代表一群朋友。所有这些人物以及两位相爱的有情人，在作品中都得以重塑。作者如此巧妙刻画以至于他们都成为了我们生活中颇为熟悉的鲜活个体，而不再只是具有抽象意义的具有人类本质的固定类型。

从整体上来看，优美的形式、温婉而有度的伤感和摄人心魄的悲怆故事，使得《赫尔曼和窦绿苔》吸引了可能比作者其他任何作品更为广泛的受众。

查尔斯·艾略特

卡里俄佩[①]

宿命与同情[②]

“说实在的，我从未见过如此荒凉的市场和街道！好像这个镇子刚被人扫荡过，或是人都死光了！我想，这里剩下的所有居民不到五十人。好奇心到底让人有什么不敢做！这里人人都在逃命！

“这儿的每个人都注视着那悲伤的排着队的可怜的流亡者。队伍中的每个人都必须经过这条堤道，所有人正在尘土飞扬的正午不停地赶路。

“说真心话，我站在原地不动也能目睹他们的悲苦。现在，善良的逃亡者们，带着他们仅有的财产，被驱赶着！唉！从莱茵河那边，从他们美丽的国家，向我们逃来，路过繁荣的角落，慢慢走进我们华丽的山谷，行进在蜿蜒的道路上。你们做得很好，善良的主妇和孩子们！都忙着分发满车的食物和水，忙着堆堆亚麻布。在可怜的人群中分发那些，原本属于富裕人家的东西。

“这年轻人驾车真老道！他驾驶马车的本领也好！这辆马车就像新的

---

① 卡里俄佩：司叙事诗之女神，为九位缪斯之一。歌德这部作品共有九部分，每部分各以一缪斯之名作代号，不一定与内容有关。

② 难民的命运与别人对难民的同情。

一样，看起来很漂亮。里面可供四人舒舒服服乘坐。另外还有马夫的专属座位。这次，他独自驾着马车轻快地转过街角！”

金狮农场的老板坐在市场对面的门廊下，悠闲地对妻子这样说着。

于是精明的、聪明的家庭主妇回答说：“孩子他爸！事实上，我原本不想自己的老亚麻布被拿走：因为用途颇多，而且一旦有需要，有钱也都买不到。然而，今天我很乐意将之送出，因为每一块布都很好，可以用来做衣衫和被褥。我得知一些老人和孩子因为没衣服穿，不得不赤裸身体。原谅我，他爸！因为你的衣橱也已被我清理干净。尤其用印度花面料做的那件最好的印花棉布外套和内衬精致的法兰绒长套衫，我把它们送人了，它们又小又旧，早已经过了时。”

于是，这位优秀的家主，微笑着回答说：“天啊！失去它们我真遗憾，那件老印花棉布的外套，是真正的东印度布料，这种布料我再也买不到第二件了。不过，我也不打算再穿了，现在不流行穿大衣了，而流行穿夹克出门了。大家总是喜欢穿长靴，睡帽和拖鞋绝对不可穿着出门走。”

“瞧！”妻子打断说，“现在，有几个人回来了，我想那些逃亡者们已经离开了：肯定是这样，那些逃亡者离开了。你看看大家鞋上的尘土！然后再看他们脸上的神情！大家都拿出随身携带的手帕擦拭汗水。要不是为了那些可怜的人，谁也不愿跑那么远，在这大热天里受这份罪。说真的，我听听就可以了。”

听到这番话，善良的农场主强调说：“在这种丰收的好日子，遇到这样的好天气，实在难得。我们应该将晒干的粮食收起来了，就像我们以前收干草一样。如此晴朗的天空，一朵云都看不见，东风送来凉爽。玉米已经熟透了，明天我们就可以开始收获我们的庄稼了。”

他说这些话的时候，街道上回家的人渐渐多了起来。那位当地的富商，带着他的女儿们，坐着敞篷马车（那是蓝度的产品），向着市场对面他那新装修的房子迅速驶去。街道顿时热闹起来，虽然这个城镇的面积小，但是人口很多，许多大买卖在这里交易，许多生产商在这里开设了工厂。这对恩爱的夫妇坐在门口，谈论着那些来来往往的人们。

突然间，能干的主妇打破了平静，兴奋地大喊道："那个是我们的神父！看！他正朝我们走来，和他走在一起的还有我们的医生邻居！他们会把所有的事情告诉我们。他们目睹了外面发生的一切，悲惨的一切。"

那两人走近这对夫妇，并亲切地问候他们。他们在门口的长木凳上坐了下来，掸去脚上的尘土，又拿出手帕给自己扇风。在相互问候之后，医生开始用愤怒的语气说："这就是我们人类，不管是谁，看到邻居发生不幸，只会傻傻地看热闹！遇到可怕的火灾，又全都跑过去观火。看到罪犯被押往刑场，也要跟在后面看罪犯受刑。现在，所有人都跑出去看那些善良的难民受苦，没有人会静下心思索，或许不久的将来，他们自己也会遭受同样的灾难。我觉得这些都是轻浮的表现，不能被原谅，但是人类的本性如此。"

于是有涵养的、睿智的神父接道："这小镇的人们所经历的不多，没有厚重的人生阅历。人们熟悉了解生活，但还需要多听听并见识些什么。需要多多感受《圣经》的精髓，它向我们揭示了人类的命运和秉性。这一切都写进了这部世间最好的作品中。"

"我本不情愿，"神父接着说，"去责难任何一个人的本性，那是天生的。可是光靠我们人类的理解力和理性常常无法办好那些事，有的时候反倒是原本良善的、不可抗拒的愿望帮我们完成那些事。如果好奇心不再用它潜在的吸引力驱使人类，那么，人们又如何知道世间的事物之间的各种联系？因为他们最初追求新奇的，然后就会坚持不懈地努力寻求有益的，最后才会渴求那些在成长中受到熏陶的良善，使自己高尚尊贵。年轻的时候，天性乐观的伙伴会显得轻浮，他们看不到危险，即使遭受磨难，那些痛苦的伤痕也会很快消逝。而他们在成年后，会渐渐摆脱这种轻浮，变得豁达坦荡。不论身处顺境还是逆境，都会满怀热诚，奋发努力。这样的人注定能坦然对待人生的顺境，战胜逆境。"

然后，家庭主妇不耐烦地打断他，大声问道："告诉我们你们看到了什么，我很想知道！"

"很难讲述，"乡村医生勉强回答说，"我还没能回过神，打我看见那发生过的一幕幕之后。哦，那种悲伤啊！有谁能用言语把它描述出来？

就在我们穿过草地前，远远地看到了尘土飞扬，难民们走遍一座座山，一望无际，我们几乎没法分辨得清楚。当我们走到了山间的道路上，才看见拥挤的人群，混乱的步行者和四轮马车。唉！看到这些不幸的可怜人走过这里，由此可以想到，他们的行进是多么的艰难。快乐的生活从此被剥夺。这情景是何等的悲凉，一个完整的家庭，总有许多物品。一个能干的主妇会将它们放置在最适合的地方，随用随取，因为每一件都是常用的必需品——可是，现在这些东西乱七八糟地堆放在各种马车和手推车上，完全就是紧急逃亡时胡乱推放的。抽屉里塞的是一些筛子和羊毛毯子，揉面槽被丢在了床上，床单却被扔在了镜子上。可悲啊！我们清楚这冲突，它将会剥夺一个人奋斗了二十年的成果。他们只有收拾起一些毫无价值的东西，珍贵的东西不得不被舍弃。在这儿，根本没法带走那些小物件，比如旧桶、木板、鹅毛钢笔、鸟笼，这些无用的东西只会拖累他们的牛和马。妇女和小孩们也在辛苦地帮着捆绑，气喘吁吁地搬着篮子和浴缸，全是没有价值的东西。虽然他们放弃他们的财产时那么不情愿，可是也不得不这样做。因此在尘土飞扬的道路上，拥挤的队伍向前行进，一切都显得混乱无序。某家人的牲口较羸弱，只能走得慢些，而另一家却想快点走。突然间，一声尖叫传出来，那是紧紧挤压在一起的妇女和孩子们。犬吠声中混杂着牛的闷吼声，年老体弱者坐在牛车上悲伤地哭泣。车辎过重，以至于底盘下沉，摇来晃去。有的车被挤到了人流的最后，或到了公路的边缘。吱吱嘎嘎的车轮颠簸起伏，马车失去了平衡，结果翻倒掉进了沟渠。人们惊呼着，看到一些人跌倒在了地上。幸运的是，车上的东西只掉到了离马车不远的地方。其实所有的人都以为那些东西会在箱子、柜子的重压下被压碎，只剩下马车的残骸。就这样，无助的人们躺在那里，而人群继续前行，其他的人也匆忙驾车驶过，每个人都只管自己，随着人流行进。我们赶到现场，看到那些病人和老人即使在家里卧床休息，也要长期忍受病痛的折磨，而现在，他们却只能浑身瘀青地躺在地上哭泣和呻吟。在炎炎烈日下，他们被灰沙呛得喘不过气来。”

此时善良的男主人同情地说：“愿我们的儿子赫尔曼会遇到他们并给他们提供茶点和衣服！我不忍心看见他们，看到苦难会使我痛苦。他们最近遭受的痛苦与磨难触动了我，迅速把我从理想打回了现实。希望他们的情况有所改善，这样我们心里也会好受点。但是我们不要再重现这些悲伤的画面了，因为这些恐惧很容易侵入我们这些凡人的内心。对于我来说，焦虑比真正的邪恶更糟糕。请到我们凉快的小客厅吧！这里没有阳光的照射，没有闷热的空气进入。在这里母亲会给我们拿出一壶酒，对于我们八十三岁的老人来说，那酒会让我们安神。这里不是一个适合我们喝酒的好地方，苍蝇围着酒杯到处嗡嗡叫。”

于是他们都欣然接受了邀请，所有人都在凉爽中渐渐变得开心了。

主妇小心翼翼地端来了擦拭得铮亮的长颈酒瓶，里面装着晶莹剔透、享誉盛名的美酒。亮锃锃的锡托盘里，摆满了绿色的大酒杯，它们最适合用来盛莱茵河谷出产的美酒。

三个人坐在那张打蜡打得很光滑的棕色圆形桌子边，桌子被结实的桌脚支撑着。男房东和神父碰一下酒杯，酒杯发出欢快的声音，但神父的心里依旧牵挂着那可怜的人们，默默无言地坐在那里没有任何回应。

男主人用幽默言语打破了他的沉默：“来吧，我的好邻居，举杯畅饮吧，为了感谢仁慈的上帝使我们与邪恶远离，并且还会继续庇佑我们。谁都得承认，由于我们害怕冲突，上帝曾经如此严苛地把我们责备，现在他不停地赐福给我们，给我们庇荫，就像男人看着他的掌上明珠，把它捧在手心，把它看得高于一切！愿他及时出现保护我们，为我们提供帮助！只有当危险来临的时候我们才能领会到他强大的力量。这个曾经由勤劳的市民建造起来的繁荣的小镇，是从废墟中被重建的，从那以后就繁荣昌盛了。现在怎么可能任由它被破坏，让我们之前的努力前功尽弃。”

神父欣慰并且友好地回应道：“坚守你的信念并且保持你的这种态度吧！这样，当命运幸运时，它可以使你坚定和聪慧；当生逢逆境时，它为你带来安慰，并激励你焕发出崇高的希望。”

男主人经过明智的思考，大胆地做出了这样的回答：“我曾经满怀惊讶地看见了莱茵河众多宽广的河面。当我出差去外国游历回来后，再次走近它的时候，它看起来还是那么庄严神圣，顿时我的思想和精神就被冰封了，但是我从来不曾想象它美丽的河岸会如此稍纵即逝。一个壁垒应运而生，来保卫我们的边境不被法国人侵犯，它广泛延伸的河床通道成了我们的护城河。它时刻提醒着人们：看！大地母亲因此保护我们，坚毅的德国人也保护我们，上帝也因此保护我们。尽管上帝有时会对我们感到些许失望。战士早已经疲惫不堪了，一切都暗示着和平。在人们热切期望的那些节日里，还是应该在我们的教堂里庆祝吧？到时候，赞美的颂歌响起，伴随着风琴、铃声，还有喇叭的号声在空中传播。愿那一天，我会见到我们的赫尔曼，伴着他的新娘站在圣坛上，站在那里，站在您的面前宣布他的新婚。为庆祝这喜庆的一天，每一寸土地都应以此为荣耀。那也是我们夫妻的结婚周年纪念日，因此举家欢庆！但是我是带着深深的遗憾庆祝的，而我们的青年人是如此有才干，如此积极上进。在家业方面，外国人却羸弱、落后。我儿子会觉得和别的人在一起，鲜有什么乐趣。不仅如此，他甚至傲慢地完全忽略女性的存在，他避开了为所有年轻人所钟爱的热闹舞会。”

他边说边听，听到嗒嗒的马蹄声由远而近，还有马车轮子的转动声，马车雷鸣般地驶过通道，疾奔而来。

特尔西科瑞（舞神）[①]

赫尔曼

这时，他那年轻、风采动人的儿子进入了房间。神父犀利的目光落到了他的身上——透过这位学生的眼神、他的脸部表情和言谈举止。然后神父面带微笑，真挚地说道："你真是一个与众不同的人，我从来没有见过你这样的人。你如此乐观，你以前从没见过我。你的目光如此闪亮动人。你高高兴兴地回来，看来，你已经把东西分给那些可怜人了，同时收获了他们对你的祝福。"

静静地，带着严肃的口吻，儿子回答道："如果我真是你说的那样，我不是刻意如此，我只是按我的内心所想行事，因为这应该归功于您，我的母亲，您长期以来一直为我们翻箱倒柜，不停地拾掇、归置，直到把所有的东西都收拾妥帖。当我收拾行李准备出门时，她还拿来红酒和啤酒，及时地为我装入行囊。最后我走出大门，走上公路的时候，回望背后挤满了妇女和小孩的人群，他们来为我送行。因为流亡的队伍都已经走远。我加快速度赶路，飞速地驶到了村庄，因为我听说，其他人想在村庄里休

① 司舞蹈与合唱的文艺女神。赫尔曼的心中萌发出喜悦的爱情，不觉手之舞之，足之蹈之，故以舞蹈女神作为象征。

息，休整到天明。

“在新修建的道路那边我加快了速度，我看到了一辆用两头牛拉着的木板车，这是那个地方最大、最结实的马车。同时，伴着矫健的步伐，一个少女走在木板车边上。她手里拿着一根棍子，两头牛就这样在前面拉车。少女驱赶着两头牛在前进，时而修正牛行走的方向，少女就这样驾驭着它们。然后那个少女看到了我，她平静地走过我的马车旁，她对我说：‘我们的处境并不总是如此悲惨，像您今天这一路所看见的那样。我从小到大不习惯向陌生人伸手要东西，他们通常也不愿意施舍东西给乞丐，但是由于情况所迫，现在我不得不请求帮助。今天，在这里，有位富裕的农场主的妻子刚刚分娩，虽然在这种状况下女人很少能在牛车的草堆上平安地产下一个婴儿。但是，现在那个新生的婴儿就躺在那里，没有任何衣物。要是您能为我的朋友提供一点帮助就好了。如果附近有村庄，我们今天就可以休息一下。然而我们还是应该找到其他人，我担心他们已经走远了。你若是有点亚麻布什么的，请给我们点，即使能向你的邻居借一点点也好。就算是把东西给穷人做点善事。’

“她说这些的时候，那个脸色苍白的母亲吃力地抬起头，向我这边看了看，然后我回答道：‘基督教教义常常说：拒绝帮助受苦受难的基督教弟兄，会使他们更加雪上加霜。你必须知道的是，我的母亲早就预测到了你的困窘。早就给了我一卷碎布，以便我直接给那些没有布帛遮体的人使用。’

“于是我将那捆布打开，分给她了些碎布，还给了她我父亲的花布外套，加上衬布和一些亚麻布。

“她高兴地谢过我后，哭着说道：‘不得不相信，信仰可以创造奇迹：只有危难的时候我们才会知道，上帝会亲手引导好人做善事。他通过你实施了善举。愿您在需要帮助的时候，他也能同样施恩于您。’

“我看到那个抱病的女人在看到那些亚麻布的时候是多么的高兴，她怀着一种特别的喜悦心情，给婴儿包上精致的法兰绒宝宝护衣。

“‘我们快赶路吧！’少女对产妇说道，‘赶到乡亲们现在休息留宿的地方。我好一次性把那些衣物分给孩子们。’

“她再一次向我致谢，说了一些感激的话，然后赶着她的牛车继续前进。

“但是我却抓住马的缰绳，在原地停留了下来。我心里盘算着：是继续赶到村庄去，将剩下的那些东西分给其他的人还是和少女一起走，把所有的东西全交给她，让她去细心地分发？

“最终我做出了决定。我在少女的后面默默地驱赶着马车追赶，我很快就赶上了她。我对她说道：‘听着，好心的姑娘。我母亲并不是仅仅打包了亚麻布类的衣服，在马车里我有其他的衣服可以给那个没有衣服穿的婴儿。我母亲除了给了我这些外，还给了我红酒和啤酒等其他各种必需品。我把所有这些东西放在了车厢里。但是现在我想把它们交到值得信赖的你的手上，那样我就能圆满地完成我的使命了。你能更好地根据你自己的判断，决定怎么分配它们，而我就只能漫无目的地随机决定了。’

“少女回答道：‘我会公平合理地分配这一切。你的这些东西，肯定会让那些急需的人感到欣慰的。’

“听她说完后，我马上打开了车厢。拿出了那些备用的火腿和面包，所有的葡萄酒、啤酒，把它们一股脑儿地都给了那少女。

“我本来想要给她更多的东西，但是马车里却已空空如也了。少女打包好东西之后，又继续赶路了，而我则赶着我的马车回来这里。”

现在，赫尔曼讲完了这一切。那位健谈的邻人大叫道：“在这充满了混乱和颠沛流离的日子里，一个人单身独自居住在自己的房子里，不需要为妻儿的安全烦恼，这是再快乐不过的事了！我觉得我现在很幸福，我才不想当父亲！才不想有妻子和孩子被目前的这些烦恼所困，为他们担惊受怕。我经常想到逃难，并且收拾好重要物品、钱币以及我母亲遗留给我的那些珍品，我一直舍不得变卖那些东西，至今珍藏着它们。其中大部分东西我都舍不得丢下，有些是辛苦搜集来的药草和根根，虽然不值什么钱，却很难割舍下。将所有的东西都收拾停当，我才会心满意足地从我的住所搬走。我得把我的钱藏到一个安全的地方，人也须摆脱背井离乡的困境，一切都平平安安的。没人能体会：只身逃命是如此容易的事。”

年轻的赫尔曼听完他的话后反驳说：“我的邻居，我不同意您的观点，也不赞同您的说法。尽管您说的那个男人有应该被表扬的地方，但是他善恶不分，自私自利，不关心别人的喜怒哀乐，不知自己的内心该何去何从。与您说的相反，今天我下定决心要结婚。很多优秀的女人需要丈夫的保护，并且当疾病来袭的时候，丈夫也需要妻子的看护。”

父亲微笑着说道：“你说的我很爱听，这种大道理的话，我还真想到你会说出来。”

突然，那位母亲直接插话，大声道：“孩子，你说的真对！我们做父母的就证明了那一点。虽然我们不是在快乐的时光中选择了彼此，而是在悲伤的时刻被命运绑在了一起。我永远记得星期一的早晨，因为前一天我们的城市发生了可怕的火灾，我们的城市就这样付之一炬。虽然，那已是二十年前的事情，但是那天就像今天一样，是个星期天，天气又干又燥，水源几乎枯竭了。所有人都穿着华丽的衣服在外面散步，有人在磨坊和酒馆里打发时光。突然，城市的边区着起火来，火焰顺着风向不断蔓延，很快，所有街道都被大火吞灭，谷仓也被烧毁。大火沿街烧毁了所有的市场。我父亲的、还有邻居们的房子都被烧成了灰烬。这幢房子当时也没能幸免。

“我们好不容易逃出来，在城外的牧场上坐了整整一夜，守护着床和自己的箱子。渐渐地，极度疲倦的我睡着了。黎明十分，我被凉意惊醒，我看到四周都是大火燃尽后的余烟和火星，墙和烟囱都被烧毁了，变成一片废墟。我开始变得失落，直到太阳升起，显露了它的宏伟壮丽，驱散了我心中的阴霾，给了我勇气。于是我振奋起来了，带着几分希望再一次回到已经被烧的家里，去看看那些我喜欢的鸡是否也逃了出来，这是因为我有些孩子天性。我扒开火灾留下的杂物，艰难前行，来到了那个已经被烧得精光的房子和后院，来到了满目疮痍的残垣断壁前。你也从另一边走过来，查看灾后的一切。你的马被埋在了马厩的废墟里。遍地狼藉，房梁上到处冒着火星，却看不到任何牲口的影子，内心悲痛的我们站在那里面面相觑。

“因为曾经分隔我们庭院的那堵墙已经倒塌，于是你拉着我的手，对我说道：‘丽萨，你怎么也来了？快回去吧，小心烫到脚，现在这些砖瓦很烫，连我穿的厚底靴都要被烫焦了！’你把我抱了起来，抱着我走进了那个已是废墟的庭院。这所房子的门被烧掉了，就只有一扇门拱残留着，孤零零地伫立着，它是唯一的幸存品了。

“你把我放下，低头想要吻我，我拒绝了。但是你却说了一些打动我的甜言蜜语，你说：‘你看我的房子也变成了废墟，你不如留在这里和我一起重建家园吧，作为回报，我也会帮你重建你父亲的房子。’一开始我还不懂你的意思，直到你托你的母亲来向我的父亲提亲。于是很快，他们为我们举行了幸福的婚礼。我快乐地记住这一天，在我们用半焦的木板搭建的窝棚里，我又可以再一次见到升起的太阳是如此的明媚。就在这一天，我有了自己的丈夫。几年后，我有了儿子。因此我赞成你，我的赫尔曼——在如此悲惨的日子里，你依然真诚而坚定地想要照顾某位女子。即使身处战争或灾难的满目疮痍中，你也会有勇气去向她求婚。”

很快，那位父亲激动地回答道：“感情是值得称颂的，故事也是这样。孩子妈，你也是深有体会。而且事情的确那样发生了，结局是好的，毕竟，事情有了好转。并不是每个人都非得白手起家，才会拥有自己的生活和家业。每个人都没有必要像我们那样，让自己担惊受怕，其他的人也如此。从父母那里承受一份完备的家业，进一步繁荣发展，这种人多么的幸福啊！从头开始总是困难的，但是最难的开始还是拥有一幢房子。需要的东西很多，但是所有的东西都变得越来越贵，因此男人们就必须努力增加收入。这也是我对你的期望，我的赫尔曼。我们希望你迎娶的新娘可以为你带来丰厚的陪嫁。因为只有富家女才配得上殷实户家的靓男。这会让我们的家人感到欣慰，精心挑选的新娘进门后，会为我们带来无数已被装满的箱子、篮子作为嫁妆和礼物。

“这些嫁妆意味着母亲多年的忙碌没有白费，她让她的女儿穿着手工精良的华丽衣服。贤能的父母们会给他们车车金银，父亲会把稀罕的珍宝摆在儿子的书桌上。因为总有那么一天，当她带着自己的嫁妆和财产过来时，年轻的新郎会因为从众多的女子中挑选了她而欣喜若狂。女人在一个家庭中的重要性我很清楚。她须熟识各种家务，忙于打扫，不管在厅堂还是厨房。她须懂得生活，不管在床上还是在餐桌旁。只有家境富裕、嫁妆丰厚的媳妇，我才允许她嫁进我的家门。

“贫穷寒酸者最终必定被丈夫轻视，会被丈夫当成女佣。当爱的激情退却，男人就变得不再公正。我的赫尔曼，我年事已高，你应该让我高兴。如果能找得一位儿媳妇迅速为门庭添辉，那就更好了。我可以告诉你，在外面，在房子的另一边，住着一个富人。他的工厂和车马使他越来越富有。他只有三个女儿，她们可以分得他的财产。大女儿已经出嫁了，但是二女儿和三女儿还闺中待嫁。也许不久就会有人将她们迎娶。我要是你的话，我才不会白白等到现在，我早就抱得其中的一个美人归了，就像当初我搞定你的母亲那样。”

然后儿子就诚恳地对急切的父亲做出了回答：“事实上这也曾是我所希望的。就像你的想法一样，去选择一个邻居的女儿做妻子，因为我们一起长大，小时候一起玩耍，在市场的水池边无忧地嬉戏。而且，如果有其他男孩欺负她们的话，我也会奋不顾身地保护她们。这些都已经过去很久了，那些女孩也已经长大了，规规矩矩地待在家里，不再那么疯狂地玩耍了。她们现在都是很有教养的淑女了，确实如此。我有时还会回味过去的时光，有些留念她们的样子，因为我们过去毕竟是很好的朋友。但是现在我和她们在一起找不到往日的快乐了，因为我不得不忍受她们的各种指责：我的外套太长了，布料太粗糙了，而且颜色太普通了，我的头发也没有被精心修剪，应该把头发弄卷。最后，我下定决心打扮自己，像那些店员一样，每逢周日去她们家里，在夏天穿着轻飘飘的丝绸衣服。

“但是我很快就发现她们总在取笑我。当时我就很气愤。这深深地伤害了我的自尊心。我很难过，她们的善意让我感觉自己被冒犯。我从心底里厌恶她们，尤其是那个最年轻的米娜。

“去年的那个复活节，我穿着我的新衣服见到她们：那是我最好的衣服，我的那套衣服现在还挂在衣橱里。把头发弄卷之后，我看起来就像其他的那些青年一样。可是当我走进房间的时候，她们就在笑，不过当时我并不知道她们是在取笑我。

“米娜在钢琴前坐下，她的父亲也在场。听到他女儿的歌声，充满了喜悦和幽默，我不大理解歌里唱的是什么，只听清了帕米娜和塔米诺（塔米诺是埃及王子，帕米娜是夜后之女，这一对情人是莫扎特《魔笛》中的人物。）什么的，不停地重复。此外，我也不能傻傻地坐在那里什么都不做，于是，当她演奏完了以后，我问了一些关于歌词和那两个人的问题。

“随即所有人先是沉默，然后就偷笑起来。那个父亲这样回答了我的问题：‘朋友，我觉得你除了亚当和夏娃谁都不认识吧！’

“于是这时候男士们再也忍不住了，都哄堂大笑了起来。女人也都毫不掩饰地大笑起来。男人们大笑起来，那个老家伙笑得都站不住了，侧身扶住东西。我尴尬地丢下了我的帽子离开了。笑声仍在继续，所有人都在玩闹歌唱。我带着羞愧和烦闷飞快地赶回了家，把衣服挂在衣橱里，并把卷曲的头发拉直了。

“我在心里发誓再也不会踏进那扇门一步了。我自认为这是一个明智的选择。那些女人自负，并且冷漠无情。到今天，我还听到她们叫我塔米诺。”

母亲因此回答道：“你不应该对那些孩子生气这么久，赫尔曼，事实上，她们只是些孩子。相信我，米娜这孩子心地不错。就在不久之前，她还向我打听你的消息。她是最合适你的新娘！”

儿子经过深思熟虑后说道：“我知道不可能！那个屈辱在我心里留下了如此深的烙印。我再也不想见到她了，不想看她坐在钢琴前演奏了。”

这时候父亲生气地插话了：“我不能指望你给我的生活带来什么乐趣了！我早就说过这样的话。当我看到你的乐趣仅仅就是马和耕作的时候，我就觉得你就像是一个为富有的主人忙碌的仆人。你的父亲需要有一个儿子为他的颜面争光，而你的母亲总是用空洞的希望欺骗我。你在学校的各个方面的表现，远远都比不上其他孩子，你的排名总是在最后面。当然，对于一个没有荣誉感的孩子来说，他并不打算去提升他自己。如果我的父亲能够像我关心你一样地关心我，如果他能够送我上学，并指导我，我肯定，我现在是另一副模样了，决不仅仅只是金狮庄园的老板。”

接着那个儿子从座位上站起来，并且静静地，缓慢地走到了门口，没有说一句话。

然而，父亲激动地在他身后吼叫道：“走吧，你这个顽固的年轻人！

我看透了你。去做你自己想做的吧！我才不想管你。但是你别想带一个穷人的女儿回来做我的媳妇！那种下贱女子！我在世间混了这么久，知道怎么处理人际关系，知道怎么取悦女人和男士，于是他们个个心满意足地离开我的房子，新客也会心满意足。而我也下定决心将来要娶一个能干体面的媳妇，使我的辛苦得到安慰：她会为我弹钢琴，城镇里所有最帅气和最优秀的人会聚集在我们家，就像他们星期天在我们邻居家里一样。”

赫尔曼听完后，轻轻地拉开了门闩，走出了房间。

塔利亚[①]

市民

这个纯洁的男孩用这种方式来逃离愤怒的谴责。

可他的父亲却继续用之前的语气说道："他这个样子可成不了一个成家立业的男子汉。看来他很难实现我心底的愿望，我一直希望我的儿子不能像他的父亲，他必须得比他父亲更出色。如果一个人没有了守护和光大家业的兴趣和热诚，如果不能适应时势，跟进外国的潮流，对大家的想法来加以维持、更新、改善，那我们的家和城市会变成什么样子！人生在世，总不能像野菌一样在土里出生，又在土里腐烂，死后一点痕迹也不留。我们从一个人的家业里，可以看出主人的性格。就像我们走进一个新的城市，就能够看出当局政府的政绩。只要看到那些被毁坏的塔楼和墙壁，乱扔在街道和沟渠里的垃圾，没有修复的石头裂缝以及腐烂的梁柱，这些景象就足以说明这个城市的管理很糟。因为上位者若不讲求秩序和清洁，那么他治下的市民就容易龌龊偷懒，就像乞丐习惯于衣衫褴褛一样。因此我希望我们的赫尔曼能早点出门旅行，至少到斯特拉斯堡和法兰克福

① 司喜剧的文艺女神。本歌对市民们的生活方式作了鲜明的描写，充满了幽默、风趣，故以喜剧女神命名此篇。

看看，还有友好的曼海姆，那里有着令人叹为观止的建筑。他一旦折服于如此雄伟整洁的城市，就不再满足于自己的家乡，想要整顿家乡。这城市虽小，却少不了需要点缀。外地人不都称赞我们精心改建的高塔和新建的教堂吗？不是所有的人都赞美我们的石子路吗？那水量充沛，四通八达的下水道，给我们的生活提供便捷和安全的保障。所以，一旦发生火灾很快就会被扑灭。难道这不全是火灾后取得的成就？我六次被城市议会提名为建造大师，并赢得了无数市民的敬爱，他们由衷地感谢我，我的施工计划得到了实施。我也完成了由贤能之士留下的尚未完成的工作。所有人都齐心协力，修建新的马路，要将城市与外面的公路相连。现在我非常忧虑，害怕我们的孩子不会选择这样的人生。一些人只会贪图享受和一时的美貌；另一些人只会躲在家里，在火炉后面哀怨。我担心赫尔曼就会是这两种人中的一种。”

贤惠、聪明的母亲直截了当地说：“孩子他爸，为什么你总是对我们的儿子如此不近人情呢？你这样苛求他，反而更难如愿。我们没有权利要求我们的孩子去实现我们的梦想，我们必须遵循上帝的恩赐，好好地爱护他、抚育他，让他自由地选择人生，因为每个孩子的天赋都是不同的，所以我们更应该让他自己去选择自己的道路，这样他才能获得幸福。我就不觉得我的赫尔曼有什么错，因为我知道将来他有资格继承家业，成为一个优秀的地主，一个市民和建筑商的楷模。即使在市议会里，我料他也决不会比别人差。但你老是让他心里充满委屈的情绪，每日鸡蛋里挑骨头，就像你现在这样谴责他。”

说完她就匆忙离开房间，赶去找儿子。她希望能找到他，对他讲一些宽慰的话，让他开心一点，因为那是她心爱的儿子应得的。

当她走后，父亲才微笑着继续说：“多么奇怪的动物，可以肯定地说，这些女人真是的！简直就跟自己的孩子没两样，这两类生物相互依存，靠彼此来获取安慰和快乐。而我们男人除了奉承和赞扬他们外，别的事一样都不能做。有位古人说的格言，绝对适用：‘不进则退。’这可是永恒的事实。”

医生用一种慎重的口吻答道：“邻居先生，在这点上，我由衷地钦佩你，因为我本人就是在不断地改善提高自己，从而追求新的目标。但愿这不要花费太高的代价。但是一个没有金钱的人，那么积极地去参与一切，整天忙里又忙外，又有何益呢？普通百姓的生活也太举步维艰了：尽管知道那是很好的事情，但他们无法去做，因为他们实在是囊中羞涩。而他们的目标太高，因此他们不断地受挫。为之付出许多，为之付出的代价越来越高，有谁不害怕呢？尤其是在这多事之秋。我早想装修我的房子，将所有门窗都换上光亮的大玻璃，可是谁能像那位富商一样，有自己赚钱的渠道？看那边的房子——绿色的墙面，配上粉白的旋涡形花饰，显得多么富丽堂皇；大大的橱窗玻璃闪烁着亮光，它令市场上其他的房子都黯然失色！可是那次火灾之前，我的天使堂药店和你的金狮庄园却是当时最漂亮的房子。

“我的花园，在这一带十分有名：每一个路过的人都会停了下，目光穿过红色的栅栏，观看那些光彩夺目的石雕和低矮的艳丽花朵。美丽的石洞虽然现在已经破败不堪，可是当年我曾在那里给人送上咖啡，看着那精美的贝壳发出五彩的光，每个人都大为赞赏方铅矿和珊瑚，就是内行人也会看花了眼。客厅里面的绘画也同样壮观，画中衣着华丽的女士与先生们在花园中散步，他们用纤细的手指握着花朵。可是现在，还有谁会光顾我家，这是我最大的苦恼，我现在几乎不出门。现在一切都改变了。因此，木板和木凳都被刷了层白漆，一切都简单而流畅，没有烦琐的雕刻或累赘的镀金，来自国外的木材都十分昂贵，我应该高兴这些东西都是值得流传的珍品，也应该高兴能常改换我的家具，使它们看起来更为时尚。当涉及琐碎的小事时，我们必须小心谨慎，因为我们得付工人的工资。最近，我有一个想法，打算在我的商店的招牌上画上天使长米迦勒的和绕缠在他的脚上的那条可怕的龙，再帮他们镀上一层金。可是我一直没能如愿，因为我无法支付其巨额的费用。”

尤特普[1]

母亲与儿子

男人继续坐着在屋里闲聊。母亲走出家门，寻找她的儿子。她先去门外的石凳那边找他，她记得他以前常常坐在那里。但在那块石凳那边，她没找到儿子。于是，她又走到马厩，看看他是否在照料那些纯种的马，这些名贵的纯种马是儿子买的，儿子一向都喜欢自己照料它们，不愿意别人插手。

但仆人们告诉她："少爷去花园了。"然后她迈着急促的脚步，穿过长长的宽大庭院，走过了马厩，还有精心修建的谷仓，向花园走去。花园的围墙蜿蜒，如城墙一样长。来到花园里，她欣喜地看到苹果树和梨树的树枝上结满了累累的果实，垂直的支架支撑着满载着苹果和梨子的树枝。走到旁边的菜地里，她在粗壮、饱满的白菜上抓出了几只爬来爬去的毛毛虫—— 一个勤俭持家的女人可不允许有一丝一毫的白白浪费！最后她走到了花园的尽头，来到一座忍冬藤覆盖着的凉亭前，这时，她还是没有寻着儿子的身影。她已经把整个花园找遍了。

---

① 司抒情诗的文艺女神。本歌中母子的会话充满了作为抒情诗的核心的爱情，故以抒情诗女神命名此篇。

凉亭外的小门一直半掩着。那是从前，她的祖先、尊敬的市长，得到特许，开凿城墙，由凉亭那边开出去的门。她现在轻巧地跨过已经干涸的护城河。公路边上，在栅栏围着的葡萄园对面，玫瑰或昂首挺胸，或羞涩地沐浴着阳光。她看着这些景色——浓密的绿叶中，盛开着无法掩盖的簇簇花束——她心里也油然升起了几许欢乐。穿过正中间浓密的绿荫，是一道由粗石块铺设的阶梯。小巷两边的葡萄藤上悬挂着麝香葡萄和水晶葡萄，一串紧挨着一串，大的，小的，同紫色的葡萄交相辉映。这些东西都是用来装点客人们的餐桌的。然而其余的山坡上满地都是一颗颗单独种植的葡萄树，结满了串串葡萄，用来酿制精致的美酒。然后，她走上了那斜坡。在这丰收的日子里，人们在这里摘选葡萄，用脚踩踏成葡萄汁，然后将它们装进酿酒的容器。此时，夜晚时分，烟花就从各个方向和角落被燃放，绽放出美丽的火焰。人们以此来庆祝这最美丽和最荣耀的收获。但她越走越是不安，因为在她叫了她的儿子两次或三次后，除了从各个塔顶传回来的响亮的回声外没有任何回答。她从来没有走这么远的路程寻找儿子，因为他从不走远，每次离家前都会提前和她打招呼，以免她着急担心。只是现在，她还希望可以在路上碰见他。

由于葡萄园的两扇门的上面和下面都一样，好像都是开着的。所以，她进了玉米地，这块地覆盖了广袤的山脊。她仍然往前走，令她高兴的是，这块地是她的。所有作物，所有的这一切都是她的。沿着田间的山脊路和田埂，她继续往前走。映入眼帘的是山顶上高高的梨树，还有属于她家田产的边界标志。没有人知道是谁种植了它，但可以在很远的地方就看见它，这棵梨树结的果实很有名。晌午时分，收割者们很喜欢在它的下边享用美餐。牧羊人往往把他们的羊群赶到树下纳凉。人们用粗糙的石头砌成了长凳，草坪也被种植在了四周。

她没有说错，因为赫尔曼坐在那里，双手托着下巴，似乎是在观赏山上的风景，他背对着自己的母亲。

她悄悄地朝他走去，轻轻地摸了摸他的肩膀。他迅速地转过身子，眼中满含泪水。

高尚纯洁的年轻人很快擦掉眼泪，不解地问道：“妈妈，我没想到你能找到我！”

母亲惊讶地回道：“怎么了！我发现你在哭泣，我的儿子？不，这不像你，我从没有见过这样的你！告诉我，你的心里想着什么？为什么跑到这里来，一个人坐在梨树下？还有是什么让你流泪？”

然后，优秀的青年整理了一下自己的情绪，答道：“在他那如铁石般的心里，对眼下的那些难民没有一点同情心。在这样的年代，他却没有为祖国的苦难而着急。而我的心却因为早上的所见所闻而有所触动。然后，我去看了我们家四周广阔和辉煌的农场。在我们的每一个方向，都有着肥沃的土地。只见待收割的金灿灿的谷物被压弯了腰，说明一定会有丰富的收成填满谷仓。唉，但敌人就在附近！莱茵河用它的河水守卫着我们。确实如此！但是，哎呀，您看看。我们的河流、山脉又能拿那些犹如暴风雨般涌来的人流如何呢？他们从四面八方把青年、老人召集到一起，想要使用武力征服大众。但是死亡威胁不了大众：自有前仆后继者！作为一名德国人，岂能苟安于家中或寄希望于从那无处不在的邪恶威胁中逃避？不，亲爱的妈妈，我告诉您，今天让我觉得遗憾，最近城里的男子在被征兵时，我被免于服兵役。我的确是您的独子，当然我们家大业大，要背负的家庭责任也很是艰巨，但我认为在前线保家卫国，要比在这里等待着灾难降临和被奴役好得多。

“所以，我的内心深处的意志告诉我，现在应该鼓起勇气，为祖国的生存而战斗，是的，甚至是捐躯，树立一个值得称道的榜样。只要所有德国的年轻人都在边疆并肩作战，我们是永远不会被别人打败的。他们绝不能把脚踩在我们的领土之上，也绝不能在我们的眼皮下掠夺我们的劳动成果，奴役我们，蹂躏我们的妻子儿女。请听我说，妈妈，我已经下定了决心。对我来说，这是正确合理的决定。优柔寡断通常不是最好的选择。听着，我不会再回家，而是从这儿直接去城市的兵营。我将把右臂放在胸前，宣誓为祖国而献身。到那个时候，再让父亲看看，我的心中是否有荣誉感，是否不求上进！”

贤惠聪明的母亲，眼睛里很快流下了泪水，说：“儿子，你今天怎么了？怎么会如此性情大变？你不要再说那样的话了，就让现在的你和昨天的你、往常的你一样，开诚布公、无拘无束地告诉我你最希望得到的东西。你刚才所说的话，要是别的什么人听见了，他们一定会称赞你的决定是那么的无私高尚，被你说话的语调和意味深长的言辞迷惑。别的倒不敢说，但是这点倒是很肯定。因为我是你妈妈，更加了解你。你的心思被蒙蔽了，你说的并不是你心中真正所想。我十分清楚，该不会是军鼓和军号在召唤你去入伍，更不该是你想穿着军装在少女面前拉风吧。因为，我知道，你的所有的憨厚和勇敢只适用于安安静静地打理农场、料理家务。那么，现在就老老实实地跟我说，你做这个决定的真正目的是什么？”

儿子认真地回答说：“不，是您弄错了，亲爱的母亲。今非昔比。往日的那个懵懂少年已经成长为男子汉了。年少时的狂乱迷茫已经变成了成熟后的冷静镇定。但我仍然还是以往的那个我，心里依旧对不公正和邪恶十分厌恶。我已经学会了在俗世中分辨出真善美，并且能够身体力行。所有这一切，我觉得是正确的，我敢于大胆地去坚持。然而，母亲，你责怪我当然也有你的道理。你拆穿了我半真半假的谎言，这让我感到很惊讶。我承认，我离开父母的家园，不是因为危险的临近，也不是因为报效国家的豪情壮志，我说这些话不过是为了向你隐瞒我心烦意乱的心情而已。妈妈啊，就让我这样离开吧！我心底真实的愿望无法实现，我的生命只能这样继续徒劳地被消耗。因为，我知道，一个人要是由于某种世俗的原因不能和大家达成一致，自己的一厢情愿就只能是自寻烦恼。”

于是智慧的母亲回答道：“说下去吧，把你所有的问题，不论是你自己的还是对你父亲的想法都和我说说。男人总是急躁，往往都会走极端，这样很容易把事情搞砸。而女人则更善于想法子，转弯抹角，巧妙地避开层层阻碍。把所有的事情都告诉我，说说有什么事让你这么激动。以前从未见你这样，你为什么如此热血沸腾？有什么事不顺你的心意，你的眼睛为何泪水汪汪？”

他再也控制不住自己的情绪了，伤心至极，在母亲的怀里放声大哭。可怜的孩子哽咽着说：“今天，我父亲的话真地深深地伤害了我——他本不该用那些话来伤害我。今天不应该，任何时候都不应该。孝顺父母曾是我儿时最大的快乐。我认为，没有任何人比他们懂得更多，没有任何人比他们更聪明。父母严苛的管教充斥着我的整个童年。说实话，很多时候，我都是默默地忍受着我的玩伴。我的善意常常被仇恨回报。对于他们的刁难和殴打，我常常没有任何怨怒。

“但是，每当星期天，父亲从教堂做完礼拜回家，他们嘲笑父亲穿戴得庄严得体，嘲笑他的帽带或外套的花式，我马上捏紧双拳冲过去，疯狂地扑倒他们，拳头用力地砸向他们，劈头盖脸地猛打过去，我才不管打到哪里。他们叫着，血从他们的鼻子里喷涌而出。他们疯狂地挣扎哭叫，都逃不过我的拳打脚踢，他们几乎无法动弹。然后当我长大之后，我又得忍受我的父亲。父亲的暴力语言屡次发泄在我身上，而不是发泄在别人身上。在上次的董事会上，有个委员激起了他的不满，而我就成了他与同僚争斗的出气筒。幸亏你常常怜惜我，因此我时常想，父母为给子女积蓄，不惜忽略自己。但是，唉！为了财产的累积，放弃享受。这不是快乐。金银越堆越高，田产越来越多，但这不会让我们有幸福感。因为父亲老去，他的孩子也一样会长大，只知道操心未来，没有享受到现在的快乐。

“您看看脚下的一切，我们面前是何等辉煌的世界：美丽而富饶的玉米田，它们的下面是葡萄园和花园以及那边的马厩和谷仓——这些我们庄园里所有的美丽。但当我看到后面那间顶楼房间开着的窗子，我就会想起每一个赏月的夜晚和每一个看日出的早晨！短短几小时的睡眠对我足够了。啊，它们对我来说似乎是如此的孤独。室内、庭院、花园、壮丽的田野，以及连绵不绝的山丘，所有的荒原在我面前说：我缺少的只是一个妻子。”

于是善良的母亲用智慧的答案告诉他：“儿子，你想娶妻的愿望并不难实现。你会发现晚上，那里一定会是你最爱待的地方，不过你需要每天辛勤地工作，才会换来独立和自由。那是你父亲的愿望，也是我的愿望。我们一直都在商量——是的，我们甚至都认为，你早就该选个姑娘了。我也曾经意识到了，现在我的心在此地确认了这一点。等到约定的时间到了，这个少女就会准时来到。这可以以后再说。现在最重要的事情是，我们担心你会选错人。要我说的话，我的儿子，我相信你已经有所选择了。因为你的真情已被触动，变得比以前更温柔了。既然如此，诚实地说出来吧，因为我的直觉已经告诉了我：就是你提到的那个少女，流亡的少女，她就是你的选择。”

“母亲！您说对了。”儿子急切地答道，“是的，就是她，她就是我的新娘。如果现在我不把她当作新娘接回家，她将离我而去，或许永远消失，消失在战争的混乱中，或者悲伤地四处漂泊。母亲，那样的话，我们富足家产的兴盛以及农庄四季的丰收对我而言都是毫无意义的。是的，那样的话，即使这房子和花园也会让我感到厌恶。甚至我母亲的爱，唉，也没法治愈我的悲伤。我的心结，对她的牵挂，只有她用爱才能将我的羁绊解开。我看到自己的至爱离我而去，消失在人海。不仅仅少女的心会离开父母，跟随她选择的男人而去，还有那个青年，您的儿子，他无心再想知道父母的任何事。那么，自此失望将会不断地把我折磨，不管我走到哪里都不得解脱。既然父亲亲口讲出了那不容商量的话，既然他拒绝那少女，这就不再是我的家。她，我的新娘，我决定带着她一起去只属于我们自己的家。”

善良智慧的母亲回答：“你们，真的，就像是两块石头，两个人面面相对，都固执己见，互不相让。你爸，他的嘴也说不出一句好听的话。所以，我告诉你，我的儿子，希望在我心里还是有的。她要是诚实善良的话，你的父亲会同意你将她娶回。虽然她确实很穷，你父亲反对娶贫寒少女的决定虽是如此的坚决，但是对许多事情他只是习惯用粗暴的方式来表述而已，却从未付诸行动。即便他现在反对，但终究还会妥协。不过，你必须用好言好语劝他，他毕竟是你的父亲。此外，我们也都熟知他晚饭后常有的怨气——此时，他常激烈地陈词，然后还喜欢质疑别人的看法。此时他所有的暴躁脾气都被酒精激发，是酒精让他听不进别人的话，只能听到自己的意见。现在夜晚来临，他和邻居的谈话也将结束了。他的本质还是挺通情达理的，当他酒意过了以后，他能意识到自己有欠公允，态度也会软下来。来吧，我们立刻行动，成功只属于勇敢者！另外，我们还需要一个帮手，尤其是那位令人尊敬的神父将会给予我们不少帮助。”

她匆忙地说到这里，然后从石头上站起身，拉着她的儿子，他也就跟着她往回走。沉默中，两人走下了山坡，心里都盘算着该如何做。

波利希姆尼亚[①]

世界的公民[②]

然而，那三个人依然坐在一起交谈——那位庄园的主人、乡村医生，还有神父。他们交谈的依旧是之前的话题，从各个角度去讨论。

优秀的神父以他清醒的判断，回答说："我没有想反驳你的意思，我知道男人应该不断地为追求进步而奋斗。事实上，正如我们看到的，他们也在不断地努力攀登，至少心中有新的向往。与之相反的是大自然教会了我们要珍惜目前所有的快乐，教会从习以为常的东西中找到快乐。基于理性和自然之上的一切都是可接受的。人们有过多的欲望，但很少是自己所需要的。生命其实很短暂，命运将受其限制。我从不指责那些孜孜不倦、东奔西走、大胆而热心地漂洋过海，为自己和家人积累了大量的财富而感到快乐的人。我不得不赞叹的是，默默无闻的普通民众也悄无声息地一遍遍地耕作土地，并且从不违农时。虽然土地并不是每一年都有变化。树苗被种下之后，并不急着伸展自己的身躯让自己的枝叶茂盛、高耸入云、繁花似锦。不，农民着实需要耐心，他们需要的是冷静而清醒的头脑以及一

① 司赞歌的文艺女神。本歌的内容赞美了村长的世界主义者的态度。

② 意为世界主义者、四海为家者、居无定所者。此处指村长。

颗永远平静的心。因为那些播下的种子，只有极少数可以被大地化育；那些被饲养的牲口，也只有少数可以繁殖。人们只惦念那些有用的东西，而快乐是老天赋予人的本能。因为上帝施恩于我们所有人，尤其是那些家住城市和乡村交会处的小县城的人。因为他们身上没有农场中痛苦劳作的压力，也没有被城市贪婪的欲望所吞噬。在那里，他们那点微不足道的家财常常被妻子和女儿拿去跟风模仿那些地位更高、更有钱的人。因此，愿主赐福于你的儿子，祝福他的诚恳勤奋，祝福他未来的另一半。”

他们正说着，母亲拉着儿子的手一同走了进来。她把他带到她丈夫面前。

“他爸，”母亲说，“我们两个人常在一起聊天，每次一谈起赫尔曼未来的婚姻，我们都感到十分欣慰，认为那一天总会来到。做父母的总喜欢唠叨，想要给他说这门亲事，又想着定那门亲事，我们总是希望这个少女一定是他的首选对象。现在，这一天终于来临了。老天爷总算把那个少女带到了他的面前，现在他心里已经拿定了主意。我们以前不老是说，这件事他可以自己选择吗？现在不就是让他自由选择幸福快乐的时候吗？我们期盼已久的时刻终于来了啊，他感觉到了爱情，心里已经有了选择，最终做出了男子汉的决定。他的选择就是今天早上他遇见的那个少女，那个他邂逅的少女。现在，我们只能同意这门亲事，否则他就要打一辈子光棍儿。”

“同意我娶她吧，父亲！”儿子补充道，“我已经如此明确、肯定地选择了她。她将是您二老最高贵的儿媳妇。”

但是父亲一直沉默不语。

善良的神父迅速地站起来，接过话茬儿说：“一个人一生的命运，往往只在于一瞬之间的决定。尽管之前我们讨论犹豫了许久，但任何决定都只是瞬间的产物，只有聪明的人才能掌握分寸。如果在进行选择时顾此顾彼，弄得思绪混乱，反而会让我们更加的困惑。赫尔曼是纯洁的孩子。从他童年起，我就认识他，他虽然是个男孩，但他从来不会三心二意。对他来说，他所渴望的通常也是最好的，并且他会将它握得很紧。对于突然发生的这一切不要有什么惊讶和怀疑，确实目前的情形不是你所希冀的那样，也不符合你的设想，因为我们所希望的东西常常存在于我们希望得到的东西之外。上帝赐予我们的礼物，其形式只能由上帝来决定。因此，切勿错失了贵公子钟情的那位姑娘。对于初恋的姑娘，能马上与她牵手是何等的幸福，在他的心中，这份最温馨的爱永远不会枯萎。是啊，他的一切感受让他坚信他的命运就该如此。纯真的爱使得懵懂的少年瞬间变得成熟起来。他不会轻易动摇决心，如果您拒绝他的请求，那么他的大好年华将在凄愁中虚度。”

然后，医生立即用慎重的语气接过来道：“让我们像刚才那样，选一条稳妥的中庸之道。‘从容应急’是奥古斯都皇帝的座右铭。我愿意为我们亲爱的邻居排忧解难，以我有限的知识，尽我所能地为他提供一切帮助。年轻人尤其需要有人来引导。因此，让我去看看那位少女，并且询问和她住在一起或了解她的人。我不容易被欺骗，知道如何分辨谎言。”

儿子立刻插话，真诚地说道：“就这样做，邻居。去做您说的调查。如果神父先生能同您一起去的话，我将会更加荣幸。两个这样优秀的男人会做出无可非议的判断。哦，父亲，请相信我！她不是那种流浪少女，也不是在各处跑来跑去，招摇撞骗，用巧计迷惑毫无经验的年轻人的女人。不，那种毁灭一切的战争破坏了和平的世界，彻底推翻了各种牢牢建立的制度。那些出身高贵者，那些贵族们，不也正在苦难中煎熬？王子们伪装逃命，国王们也过着流亡的生活。所以，唉！她，所有姐妹中最出色的一个，同样也被驱逐出家园。然而，她不顾个人的悲伤，不但没有乞求别人的帮助，反而真心实意地帮助别人。世间物欲横流，苦难蔓延，难道我不该拥有这不可多得的情感和快乐？难道我就不能将我的妻子、我信赖的伴侣揽入怀中，微笑着面对这场战争，就像您二老曾经面对那场火灾的浩劫？”

父亲以无可置疑的语调回答说：“奇怪，你的舌头似乎变得灵巧了，我的儿子。这些年以来，我以为它已经僵化在你的口中，只有被逼无奈，它才会动一动。看来，我今天必须经历这一切，这似乎是所有父亲都害怕遇到的事情，儿子的痴心妄想，母亲总想姑息袒护，所有的邻居也都站在你们那边，帮你们一起来反对我。我能有什么办法？所以，我也不打算反对你们大家，我已预见到自己如果这样做，会碰到抵制和泪水。你们去调查吧，随你们做主，用上帝的名义把那位姑娘带回家来。如果不行，他只好死了这条心。”

父亲这样说后，儿子高兴地大声喊着：“就在今晚，我将把最高贵的女孩带到您面前，所有人都会因为认识这个女孩而高兴的。我可以猜到，那位姑娘也会快乐。她会永远感激我，因为我带给她新的父母、家人。现在我将不再耽搁，直接备上马鞍，带着朋友去找情人的芳踪，让他们凭着自己的才智自由处理，我发誓，我完全尊重他们的裁定，用它来做最后的决定。除非结果允许，否则我决不跟她再相见。”他于是走了出去，这时，其他人仍留在家里讨论，商定大事。

赫尔曼立马直奔马厩，那几匹健马静静地站在那里，吃着干净的燕麦，咀嚼着从最茂盛的草地上割下来晒干的干草。他急急忙忙给它们装上雪亮的嚼子，把马鞍带穿过崭新的铁扣拉紧扣好。赫尔曼拿起马鞭，坐上去，驶到门廊下。两位朋友立即坐到宽敞舒适的座位上，马车就迅速出发，离开了街道、城镇的高墙和粉饰一新的白塔。赫尔曼就这样驶向那条熟悉的公路，上坡下坡，毫不迟疑地往前赶去。当村庄的塔楼出现在他的眼前，菜园围绕的农舍已在不远处时，他决定在这里放马停歇。

这里生长着庄严高贵的菩提树，几个世纪以来，一直如此。村子前大片的草地是当地农夫们和城里人最喜爱的休闲度假胜地。在这树下，有一座泉水池，水不深。走下石阶，就可看到下面有几张石凳，放在泉水池的四周，水很清，围挡很低，汲水非常便利。

赫尔曼决定，把他的马和车子停在这树荫下，他这样做了。接着，他对其他人说道：“朋友们，在这里下车吧。去用你们自己的办法，查证下这姑娘是否真的值得我牵手。我相信她值得。你们不会给我带来什么新的、让我惊讶的消息。若是我一人独去，我会急忙进村去，她的三言两语就能决定我的命运。你们会立刻从人群中认出她来，因为她衣着整洁，是其他人都比不了的。我再谈谈她的一些特征：红马甲束着漂亮的带子，使得酥胸更显突起，黑色紧身背心很修身；荷叶边的衬衫领子托着她的下巴，显得十分优雅；可爱的瓜子脸显露轻松愉快的神态；发辫盘了好几圈，用银针紧紧别住；在马甲下面，完美的蓝色裙子一倾而下，当她走路时会擦着她那精致的脚后跟。

“有件事我得提醒下，也算是我诚挚的请求——不要和那个姑娘，直接面对面交谈，也不能让你们的意图被察觉。询问他人，留心听他们可能告诉你们什么。等到你们的消息足以取悦我的父母，然后回到我这里。我们将考虑下一步的事儿。在带你们到这儿的途中，我已做好打算。”

他说完后，朋友们就向村子里走去。房屋、花园和谷仓中到处挤满了人，马车一辆挨着一辆，停放在宽阔的公路两边。男人们照管着马匹和低吼的牛，女人们忙着在树篱上晾衣服，而孩子们正愉快地在流淌的溪水里嬉戏。他们费力地挤过人群、马车及牛群，仿佛执行任务的间谍。他们东张西望，看能否看到赫尔曼所描述的那位少女，但这所有人中，没有一个人像是那位姑娘。

突然间人潮汹涌，出现了一场关于马车的争斗。人群中响起男人的威胁声，其中还混合着女人的惊呼声。

在嘈杂的人群中，一位老者迈着高贵的步伐，走进喧嚣的人群。他命令大家安静，周遭立即一片寂静。他用充满慈爱的声音严厉呵斥着，终止这场纷争。“难道我们已经遭受的不幸，”他大声说道，“还不能将我们大家紧紧团结到一起吗？我们终于学会了彼此之间相互忍受和克制。尽管有可能不是每一个人都会去体谅别人的辛苦。难道这灾难还没有教会你们不能再像以前那样内讧？流落异乡，应该学会互相谦让，学会把自己的东西拿出来和大家一起分享，只有这样才会得到别人的同情。”

老人的话让所有人都安静下来，争斗停歇，重归和睦。那两个人和气地安排他们的牲畜和马车。

神父听完陌生人的话，他很惊讶居然还有人能在异乡拥有此种坚定的正义感。他挨近那个人并意味深长地对他说道：“您说得对，长辈。人们在生活繁荣时，以自己的土地来养活自己，并且心胸宽广。岁月积累下令人垂涎的幸福，天长日久，人们认为自己是最聪明，自己是最好的，他们继续生活在一起，最有智慧的人并没有显得比他人高明。这样的事自然而然地发生，然后悄无声息地进行。但灾难通常不按常规出现，它拆掉我们的建筑，毁坏我们的庄园，将丈夫和妻子驱赶出他们熟悉的住宅，迫使人们日日夜夜饥寒交迫地游荡在外。然后，我们只好去寻找最明白事理的人，他们睿智的话语不再被当成耳边风。请告诉我，在这些逃亡的人中，您不就是那评判官吗？长辈，您能在瞬间令他们的情绪安静。您今天所为如同以往引导那些迁徙的民族走出沙漠和迷途的先知一般。是的，我甚至都以为和我讲话的人是约书亚或摩西。”

然后，一脸严肃的村长回答他说：“我们现在称得上被流放到异国他乡，就像历史上亵渎神圣传统的那些人。因为像目前这样，活过了昨天和今天，对人们来说就像是活过了很多年，种种事情接踵而至。只需略作回想，我的头发就会变白。然而，我还是精力旺盛。我时下经历的好比古人看见上帝在荆棘火光中显现，他也曾在云端和火中出现。”

见到神父还想和这位村长说点什么，想打听更多的关于这位老人以及村民的事情，他的同伴急忙在他的耳边小声说：“和他继续谈下去，把话题扯到那少女身上。我要去转转，四下找找她。如果找到了，我就马上回来。”

神父点点头，同意了。于是那探子穿过院子、篱笆、谷仓去完成他的差事了。

克里奥[1]

时代[2]

现在神父接着询问外来的老村长，村民们受了什么苦难，这流放已经多久了。

老者回答道："这样的日子已经很长了，在这些苦涩的日子里，人们已经饱尝了恐惧的苦涩，因为心中美好的希望已经枯萎。没有人能否认他当初的兴奋以及在他们的舒畅的胸中曾有过的纯洁搏动。那时，我们仿佛看见一轮朝阳在晨曦中升起，我们听到有人鼓吹万民共享的人权、激动人心的自由、值得歌颂的平等。那时人人都向往自由，希望从那掌握在懒人和自私者手中的、那将所有桎梏的枷锁中解脱出来。在那灾难降临的时刻，全世界的眼睛不都看着那个世界的首都？它早就享有盛名，而今，它比任何时候更当之无愧。那些最初宣扬着这些信念的名人们，他们不早就被人们传颂为天下最大的英雄？他们让世人的勇气、精神和言论更加激昂。作为邻居，我们的狂热最先炙热。接着战争爆发了，法国武装部队开到了我们附近，但他们似乎是为了友善而来，他们确实带来了这些，因为

① 司历史的文艺女神。此歌描写法国革命时代的事情，故以历史女神命名此篇。

② 指法国革命时代。

他们举止高尚。他们竖起了自由树，答应人人该享有的都有，允诺他们自治。青年人为之雀跃，甚至老者都为此高兴，人们都为这新的境遇开心跳舞。于是很快，统领那里的法国士兵先用杂耍和赛跑赢得了男子们的钦佩，然后又以不可抗拒的温存换取了姑娘们的欢心。甚至，连战争带来的饥饿都让我们感觉不到，所以我们觉得希望在未来飘舞，这一切让我们把视线引向了新开的道路。哦，和心爱的少女一起的日子是多么的惬意，有情人在舞会上激情地旋舞，指日可待的是他们的婚期！那更加辉煌的是，人们所期待的似乎就要实现。大家都畅所欲言，老人、青年还有蹒跚的孩子，都满怀着高尚的思想和情感高声谈论。可是不久就乌云滚滚。浑蛋们为争权夺利而厮杀。他们开始一个接一个地屠杀他们的新邻居兄弟，还派来大批贪官污吏奴役我们。当官的滥用职权，强买强卖。下属层层盘剥。人人只关心还剩下什么，好在今后掠夺。人们忍受的灾难是如此巨大，且剥削还在与日俱增。贪官污吏当道，人们欲诉无门。即使沉默寡言的人都觉得苦闷和愤怒。人人都发誓一定要报复，为了所受的屈辱，还为那希望幻灭的苦涩。最近，战局有所转机，形势有利于德国，法国军队才匆忙从我们那儿撤退。哎，这个时候我们才品尝到了战争的苦果：战胜者宽大和善——至少表面看来如此，他们会把被征服者看成自己人，宽待之，只因征服者需要他们的奉献和财产。败逃者才不管什么军纪不军纪，只管自己尽力抢夺，将一切据为己有，贪婪得想要吞噬掉一切。此外，他们还变得狂躁，贪婪的欲望膨胀得把心都撑碎，犯下一切罪孽。他们横下一条心，不顾一切，无所谓神圣。他们什么都抢，一切都掠夺。粗暴的兽欲使他们强奸妇女，以恐怖求得快感。横竖都是死，他们打算残忍地享受这最后一刻，在血腥恐怖和痛苦的尖叫声中销魂。于是我们的男儿英勇反抗，决定夺回失去的一切，捍卫仅剩的一切。面对敌人的溃败、苍白恐惧的脸色、仓皇惊恐的眼神，人人都拿起武器。此时，死亡的丧钟正不停地为他们长鸣。即使会面临危险也压抑不了民众的愤怒。男人们手中常用的工具全都变成了战斗的武器，鲜血从镰刀和犁耙上滴落，绝无丝毫怜悯，敌人纷纷倒下。遍地都是愤怒，懦弱与狡猾只能缩在一角。人类陷于这种可怕的混乱中，我真地不忍再看到。发狂的野兽反倒好点。人类不要再空谈什么自由，仿佛自己就能掌控。一旦除去了禁锢，就会放出所有曾被法律禁锢在角落里的邪恶。”

“了不起的老者！”神父大声地说，“尽管您曾错看了人类，但也不必为此而自责。邪恶，我承认，让您受尽了苦难。但如果您抛开这灾难，您也能发现，您曾目睹了多少善良，美好的事物隐藏在人们的心中，只有受危险的刺激和煎熬，人们才能显现天使般善良的一面并如神一样勇敢。”

受人尊敬的老村长于是微笑着说道：“你的话倒让我想起人们怎样安慰可怜人。他的房子被火烧掉了，人们提醒他去找找灰烬中可否有金银熔化在那片废墟中。其数量虽然少，但仍旧很珍贵。于是这可怜的人就去挖寻，要是能找到也是高兴事。于是乎，我也很高兴，在我这伤痛的记忆里，也有那么几件值得快慰的事。我不得不承认，为了摆脱这灾难，人们冰释前嫌重归于好。我还见证了朋友、父母、子女之间的相互关爱，做了一些以前不可能做的事情。看到青年突然变成大丈夫，老年人又恢复青春，童子也显出青年的气概，甚至，通常被人认为柔弱的女性，也展示出她们的英勇和刚强，随时准备应对突然出现的紧急状况。其中最突出的一位，让我来给你讲讲她的壮举和她勇敢的侠义行为。这位杰出的姑娘，她领着几个年少的姑娘，留守着一个农场。当时其他男子也都去抗击侵略者了。此时，一股流匪冲进了屋子，搜寻有无可抢夺的东西，拥挤着闯进少女们的房间。他们见到这些少女成熟诱人的身影，瞥见那些迷人的脸庞，她们还只是幼女，这帮禽兽就想占有她们的身体，他们无情地冲向那些发抖的少女和那位高尚纯洁的姑娘，但是那姑娘从剑鞘中抽出宝剑，奋力将敌人砍倒在地，敌人无力地倒在她面前，鲜血淋漓。她拼命砍杀敌人并救下其余的姑娘，然后继续奋力砍杀其余的四个劫匪，他们只得仓皇逃命，然后她紧闭大门，握紧武器等待着援兵。”

此时，神父听见了这被称赞的少女，心里油然为自己的朋友燃起了希望。接着他张嘴打听那少女后来如何，想知道那姑娘是否也随逃难的人群来到了这里。

可是医生迈着匆忙的脚步来到他们的身边，扯了扯神父的衣角，小声说道：“我根据描绘，终于在数百人中找到了那位少女，来吧，您还是亲眼见见那姑娘。把老村长也带上，这样我们还可以听听他更多的讲述。”

但是当神父刚要转身，有人把老村长叫走了，请他去商量点村民们的事情。神父只得跟着医生一道走了。来到一处栅栏的入口处，医生用手指了指，说：“你看见那位少女了没？她用了几块布将孩子裹住。从那你我都晓得的印花布——我一眼就能判断出，那块蓝色的婴儿裹布还有旧棉布就是从赫尔曼的包裹中送出。她把那赠品用得又快又妥当。这就是证据，其他的也符合一切描述：红色的马甲，修饰出美丽的胸部线条，有美丽的花边。黑色的束身衣，很适合她的身材。她的围巾的整齐的边缘被织成褶皱，简单优雅地围绕在她的下巴周围。她头上用银色发夹夹着美丽的、椭圆形的、浓密的发髻，显得自由而轻盈。现在她虽然坐着，我们也能看出她修长的身材。在她的胸衣下，完美的蓝色衬裙一倾而下，当她走路时，摩擦着她精致的脚后跟。毫无疑问就是她，接下来，让我们去弄清楚，她是否诚实和贤惠，是否适合做持家的女人。”

神父打量着那坐着的女人，说道：“的确，难怪她能如此吸引年轻人。因为，就是阅历丰富的成熟男子看来，她似乎也没有任何瑕疵。感谢圣母，拥有如此和谐的美貌和身材的人真是幸福啊。这样的人到哪里都受欢迎，到哪里都不会被认为是陌生人。所有的人都愿意和她亲近，所有的人都乐意和她成好友。只要这有亲和力的外貌能配上平易近人的性格，我敢断言，赫尔曼就找到了这么位姑娘。他今后的日子定然充满着绚烂的阳光，有这么位贤妻在身边辅佐。这完美的身体内定藏着一个纯美的灵魂，必会给夫君带来活力四射的青春、幸福的晚年。”

医生则以怀疑的口气回答道：“美丽的外表时常具有欺骗性。我不爱相信外表，因为我发觉有句俗话说得很有道理：‘与君共食数斗盐，始可识君能友否。’因为只有时间才能检验关系如何，友谊是否靠得住。我们还是先问下认识这少女的老实人，他们能告诉我们许多。”

“您的谨慎，我完全赞同。”神父回答道，“这不是为自己选偶，为别人选媳妇可得慎重！”

于是，这两位又迈步朝公正的老村长走去。老村长刚处理完事情，正朝街道这边走来。

聪明的神父立即谨慎地问道："您瞧！我在附近的院子见到位少女，坐在一棵苹果树下，给婴儿做衣服，用别人送的旧布料，她的模样很可爱，像是位值得信赖的好姑娘。给我们讲讲她的事。我们好奇想知道。"

老村长立即走过去，朝院子里看了看。"她呀，你们已经认识了。"他说道，"她就是那位刚才我提到的壮举中的英勇姑娘，她抢过敌人的剑，保卫自己和同伴。就是她！你们看，她生下来就身体强壮，你们从她的骨骼就可以看出这一点。这姑娘不但身体好，人品也好，她细心照料她的一个年长的亲戚——那位老者看到向城市袭来的厄运，以及自己的财产危在旦夕，积忧成疾。她照料老者，直到老者离世。她默默地忍受未婚夫的牺牲所带来的痛苦。他是个品格高尚的青年，为崇尚理想的火花，赶往巴黎，去追求崇高的自由。不幸，他惨死在那里。因为在那里，他像在国内一样，视阴谋和专制为仇敌。"

老村长说到这里，那两位就致谢告别。神父从包里摸出一枚金币——因为所有的银币在数小时前，他看见身边逃难的人群经过时，已经悉数送完——递给老村长，并且说道："请将这点分给困难的人们，愿上帝以这微薄之力广泽万民。"

但是那老者拒绝接受，说："我们已经从灾难中抢救出很多钱财、衣物以及其他财产。我想这些东西足够帮助我们回到故乡。"

神父强行把钱塞给他，辩解道："在这样的时局下，任何人都不要吝啬馈赠别人，大家也都不要拒绝接受别人给予的善意馈赠。没有人知道自己拥有的和平能持续多久，什么时候自己就会失去赖以生存的土地和园子，也不知要在陌生的地方漂泊多久。"

"哦，的确如此！"医生急忙打断说，"要是我身边也随身带着点钱，我也一定会这样做的。钱虽然少，但众人拾柴火焰高啊。毫无疑问，你们中有很多人需要这些。我也得送给你们一点东西，表表我的心意。尽管这远远不能表达我的心意。"说着，他就拉开他的绣花皮包的带子，里面放着烟草，他好好打开分了，还可以抽个两三袋。他接着说道："小小礼物，不成敬意。"

然后，老村长回道："烟草可是出门人不能拒绝的好东西。"

于是，医生又开始大夸自己的南美烟草。

但是神父把他拖走，告别了老村长。“我们动作快点，”聪明的神父说，“我们的小伙子等得心急如焚。快点走吧！让他尽早听到我们带去的好消息。”

于是他们加快脚步，走回到菩提树下。那里，赫尔曼正斜靠着马车等消息。马匹正暴躁地踏着草皮，他拉着缰绳，站在那里陷入沉思，茫然地看着前方。他没发觉两位探子回来，直到他们走到他的跟前，呼喊他，用手做出胜利的手势，他才看见他们。还在老远，医生就开口跟他讲刚才的一切。等到走近点，神父就一把抓住他，大声打断了同伴的话语：“恭喜你啊。哦，小伙子！你可是真长了眼、用了心在挑啊。为你自己和你的佳偶欢呼吧。因为她值得你娶。那么现在，快点掉转马车，直奔回村子。到那里，去向姑娘求婚，然后我们把她带回你家里。”

年轻人站在那里一动不动，听着使者带来的仿佛天上福音般的好消息，却没有半点快乐的神情。他唉声叹气道：“我们兴冲冲地跑到这里，可能要灰头土脸，慢吞吞地赶车回去。因为，我在这里等你们的时候，产生了忧虑、猜疑、惶惑，使自作多情者伤心的种种妄念。难道我们只需赶到这里，那少女就会因为我家里富裕，她家境贫困，又是逃难之身，而愿意嫁给我？贫困也可让人自尊！那姑娘好像勤快而知足，走遍天下也不会卑躬屈膝。像她这样，一个美貌贤惠的女子，从小到大，就没有迷住过一个青年才俊？你以为她到现在还情窦未开？别忙着驾车前去，我们可能会因为被拒绝而深感羞辱，不得不失落地掉转马头打道回府。因为我担心的是她可能已经将心许给了某个青年才俊，或者说她也许已经与某个有福的人永结同心，许下誓言今生矢志不渝。哎呀！那样我要是再求婚，岂不是在她面前难为情。”

神父张开嘴，正想要说点安慰话。此时他一贯能言善辩的同伴插话道：“当然了。我们那些年可没有经历这些麻烦事，这种事一律都是按规矩办。一旦父母为自己的儿子选定了媳妇，就会请来某位亲戚朋友，他们会派他到相中的姑娘家去做媒人牵线搭桥。于是他就打扮得衣冠楚楚，于某个周末晚饭后，去拜见那位尊敬的市民。大家一阵寒暄，几句闲谈之后，他知道如何巧用言辞，把话题扯到那方面。绕了许多道弯子之后，他终于提及姑娘，大加夸赞，然后也夸夸他的家庭和他们的公子。聪明人一听就明白其意图。这外交特使能看出他们的心思，然后就进一步说明来意。要是提婚不成，这样的拒绝也不致使人难堪。婚事一旦谈成，媒人便会在以后的重要场合被两家人奉为上宾。因为要让新婚夫妇们永生不忘，是他撮合了这美满婚姻。可是现如今，这习惯以及其他许多好风俗都已经不流行，人人都自己去求婚。人们只好自己去尝尝被拒绝的滋味，一旦被拒绝，只得站在姑娘面前丢脸！”

“不管怎样！”青年都还没听清别人讲什么，就暗自下定决心，说道，“我要自己一个人独自去。我要亲耳听见从她嘴里说出与我命运攸关的决定。我对她抱的希望比其他任何男子都大。不管她说的是什么，都会是正确和明智的。这点我在心里已经打定主意，即使我以后再不可能和她相见，这次我也要亲自去相见。我要再看看那双清澈的黑眼睛。即使我不能把她的心揽入怀里，也要将她的人再紧紧拥抱一次。再见一次那双唇，从那张嘴里说出来的‘同意’会让我快乐一生，‘不同意’也不会伤害我的心。你们两位就让我独自一人去。你们请马上回去，回到我的父母那里，将所有的一切告知。他们的儿子没有选错人，那个姑娘贤良淑德。因此，就留下我独自去吧。我会沿着小道爬越山岭走到梨子树那里，从那里穿过我家的葡萄园，走近路回家。哦！愿我能欢喜地将我心爱的人很快带回我的家园！也许我会独自一人失望地回到家里，心中没有快乐和欢喜。”

说到这里，他把手中的缰绳递给了神父。神父很理解地接过缰绳，控制住马匹，迅速登上马车，坐在了驾车的位子。

可是医生有些犹豫，这位有远见的邻居抱怨说：“我的朋友，我愿意把我的精神和灵魂都交给你。但是当操圣职的手接过缰绳，我的小命怕是不保，四肢难全。”

聪明的神父听见后笑了笑，说道：“您就坐好吧。您可以放心地把身体和精神全交托给我。因为，对于抓起缰绳驾驭马车，我的手早就娴熟，眼睛也早已训练有素到能灵巧地转过弯道。因为在斯特拉斯堡，我学会了驾驶马车。当时我陪同年轻的男爵去那里。每天由我驾驶马车，行驶在车声鼎沸的城门。一路尘土飞扬，穿过城里整日散步的人群，驶到菩提树下和草坪处。”

于是邻居半信半疑，上了马车，就像随时准备跳车那样坐下。马匹迅速加速，向家的方向奔去，想早点回到他们的马厩里。强健的马蹄卷起阵阵尘土。赫尔曼站在那里，看见尘土扬起又落下，他还是茫然地站着，一动不动。

厄拉托[①]

窦绿苔

就像一位旅行者，当太阳行将落幕，会将目光再次锁定在西沉的太阳上。于是不管在阴暗的树丛里还是岩石旁，总是有它的身影在飘荡。无论朝哪个方向看去，总有光芒闪烁，映射出色彩斑斓的映像——赫尔曼的眼前老是晃动着那少女美丽的身形，轻轻飘过，仿佛来到了玉米地的小路。他终于从自己的幻梦中醒来，慢慢地朝着村子走去——他的梦想会再次于那里出现。突然间，他梦寐以求的少女的高贵的身影出现，再次朝他走来。他定下神看了看，不，这次不是幻觉，是那少女本人。她手里分别拿着一只大壶和一只小壶，拎着壶把，迈着匆忙的脚步，向泉井这边走来。见到她，他很快高兴起来。看见她，他就有了勇气和力量。他对惊讶的姑娘说："我又看见你了，勇敢的姑娘，那么快又开始忙碌，忙着帮助别人，心甘情愿地给别人带去快乐！瞧，一个人走那么远来到这里打水，而其他的人用村子里的水不也很开心吗？这水确有特殊的功效，而且它的味道也很好。我想，你定是把这水给那位你热心救下的产妇。"

① 司恋歌的文艺女神。本歌叙述相爱的赫尔曼和绿窦苔重新相会，喁喁私语，两情相悦，故以恋歌女神命名此篇。

少女热情地回答道："走到这泉眼便正是不虚此行啊，因为我见到了施舍给我们很多东西的好心人。见到乐善好施的善人和得到东西一样快乐。来吧，我邀您亲自去看看那些得到您的恩惠的人们，他们也想向您表达谢意。您或许想知道，村里也有干净流动不歇的水，而我到底为什么要到这里来打水。我想告诉您，村子里所有的水被那些不小心的人弄浑，他们不经意地让牲口走过让人们饮用的河水，而且还洗衣洗物，把一切池水和井水污染。只为自己考虑，每个人只图自己方便，一点都没考虑这样做所带来的后果。"

她这样说着，就和他一起走下了宽阔的石阶。两人来到低处的泉水池边，一起坐下。她躬身去打水，他也拿起另一个壶，躬下身躯。在倒映着蓝天的水面，他们看见了自己在水中的身影。他们轮流点头，亲切交谈。

"让我喝口水。"快乐的年轻人请求道。少女把水罐递给了他。于是两人亲密地靠着水罐休息。然后她问道："告诉我，为什么我在这里见到你。你没有带马和马车，这里离我们初次见面的地方那么远，你怎样到的这里？"

青年沉思着低下头，然后默默地抬起头，看着她，用眼睛凝视着少女的双眸，感觉到安慰和平静。但是他又不能跟她讲述心里的爱意：她的眼睛没有流露出爱意，只有清醒的神情，盼望着理智的答案。他急忙定下神，亲切地说："听我说，我的好姑娘，听我来解释。我是为你而来。我不再隐瞒！你知道，我和慈祥的父母快乐地生活在一起。在双亲的教导下，我努力地帮助打点家里家外。我是独子，家里的事情又多得很。我负责农场，父亲主管经营，母亲忙着料理家务。可是你知道，佣人们有时做事毛躁，有时又不老实。母亲常常烦恼，经常需要换人。母亲希望能找个少女来帮助家务，想找位勤快又聪明肯干的好帮手来代替自己不幸早夭的女儿。今天在马路旁见到你，我心里高兴地有了主意。见到你身强力壮，讲话也很懂事，让我很钦佩。我急急忙忙回家，把你这陌生人的情况禀告了父母和亲人，好好地夸奖了你一番。我来就是为了告诉你，我和他们的愿望是——原谅我，结结巴巴地没把话说清。"

"请别犹豫，"她说道，"请把话说完。您没有在侮辱我。我非常感激您所说的。就坦白地说吧，您的话不会让我吃惊的。您是要雇佣我当侍女，去侍奉您的父母，去照料你们所拥有的房屋。您认为我是个能干的姑娘，干事灵巧，而且还不粗鲁。您的要求简单，我的回答也很简单。好的，我愿意跟您去您家里。我听从命运的安排。我这里的事情也做完了：我已经将产妇交还给了她的亲人，她现在在他们的细心照料中。我们中的大多数人都已经重新聚拢，其余的人很快也会跟来。大家都认为几天后他们就会返回他们的家园——逃难者都是这样安慰自己。可是在这种悲惨的日子里，我并不过分乐观地看待这一切。世界的纽带已经被打开，谁能轻松地将它再系紧？就靠满足那些贪婪的欲望？那欲望可没有止境。难道就靠我们自己？如果能够在好人家靠自己的劳动谋到一份差事，又有位好女主人，我倒是十分乐意。因为漂泊的姑娘总被人说三道四，我得先把水罐拿回去，然后请求所有的人给我祝福，然后就和您一起去。来吧，请跟我一起前去见见那些人，您得亲自从他们那里把我带走。”

年轻人愉快地听着姑娘讲话，同意她的说法，他犹豫着：我现在要不要把真相跟她说明？他似乎觉得还是让她先误会一会儿。在把她从她家里领到自己家之前，还是先别向她表达爱意。哦！他发现了那姑娘手上戴着金戒指。于是，他让她继续说下去，自己先留心听下去。

“我们回去吧，”她继续说道，“回到村庄里，姑娘们要是在泉水池边待得太久，一定会招来别人的议论。不过，在潺潺的泉边聊天倒是真的很有意思！”

于是他们俩又起身，往泉中回顾了一次那身影，甜蜜的愿望填满了彼此心里。现在她用手拿着两只水罐，拎着手把，走上台阶。赫尔曼紧跟在心爱的人的后面。他请求她，让他拿只水罐，这样她就可以轻松一点。

“不，就这样吧！”她说“这样我可以更好地保持平衡。再说，也不该让我将来的主人帮我做事。别这样可怜地看着我，就好像我命途多舛。女人照道理应该早点学习侍候人，只有通过伺候人才能学会持家，才能掌握那份家中该有的权利。姊妹们就该服侍兄弟们和父母。她们的一生就是为了他人永远地走来走去，搬上搬下，辛勤缝补，任劳任怨，不嫌辛苦。不管白天黑夜，总是一样地勤劳，不轻视她们的工作，不厌烦针线生活，忘记自我，先关心别人。那么她们就能感到幸福，因为她们最终会成为母亲，这些美德必不可少！当她们生病时，听见婴儿的哭闹声，她们就得虚弱着起身喂孩子。就这样，又受苦，又要担心。二十个男子加在一起，也未必能受得了这种苦。我不是说他们也应该做这些，而是说他们应该心怀理解和感激。”

她这样说着，和她沉默的伙伴一起走着，走到园子的尽头，来到了谷仓。地上，躺着产妇和她的女儿。她们是少女救下的，她们是纯洁的化身。两人走进谷仓，就在他们走进去的时候，老村长一手牵着一个孩子从另一个方向走了进来。这些孩子和伤心的妈妈失散了。老村长在人群中找到了他们。他们欣喜地投入妈妈的怀抱，高兴多了个小家伙可以和他们做伴。接着他们又向亲切的窦绿苔问好。叫着要吃面包和水果，还有最想喝的水。于是她把水递给他们，孩子们、产妇、襁褓中的小女婴和老村长都喝了水。大家都喝得舒心，称赞水好喝，不仅甘甜而且生津解渴，适合饮用。

然后，姑娘一本正经地告诉大家，说：“举起水罐，用水滋润你们的嘴唇吧，这是最后一次了。在炎热的日子里，当你们再感到干渴，在幽泉边树下享受清凉的时候，请偶尔能想起我以及我殷勤的侍候。我所做的一切更多是出于爱心，而非血缘的责任。你们对我的友好，我将铭记。我很遗憾，我得离开你们。现在任何人对于别人都是负担，而非助力。要是我们回不了故土，那么我们只能在这陌生的国度各奔东西。你们看，站在这里的这位先生，我们该感谢他给我们送过衣物和食物。他到这里来是想雇佣我到他家里去，去侍奉他那高贵友善的父母。我没有拒绝，女儿家到哪里都是伺候人。老是待在家里，反倒成了负担，所以我愿意随他去，他看起来是个明事理的青年。他的父母也该和他一样，也应该有人伺候。因此，亲爱的朋友，请珍惜这孩子，她的脸看上去多么健康可爱。当你把这华美的襁褓中的孩子抱在怀里时，请想起这友善的青年。他曾接济了我们。他也会把我当成他的姊妹，供我衣食起居。至于您，高贵的人。”她转身对老村长说，“感谢您，在我需要您的时候，您就像我的父亲一样帮助我。”

然后窦绿苔在产妇的身边跪下身子，亲吻流泪的她，小声地在她耳边说着祝福的话。

与此同时，可敬的老村长对赫尔曼说："哦，我的朋友，你也算得上是好主人，找个能干的人去帮助来料理家务。因为我常常看到，人们做买卖时，总是对牛马和羊看得十分细致。然而对于用人，如果所用之人诚实能干的话，一切得以保全。反之，事情就会被弄得一塌糊涂。若随随便便地叫个人进门，匆匆忙忙地做决定，最后必将悔之晚矣。似乎你对选人很在行，因为你选择了她，为你和你的父母选择了个诚实的少女到你家里做事。请善待她。因为只要有她为你操持家中的一切，你就不会想要个妹妹，你的父母也就不再想要个女儿。"

这时候，来了很多人，都是产妇的近亲。他们给她带来了很多礼物，都说她找到了个好去处。人们都听说了少女的决定，都怀着满含深意的眼神祝福赫尔曼，心里都各自有几分不同的想法。人们各个都在邻居的耳边低声说："要是主人成为新郎，她今生就有了依靠。"

赫尔曼最后终于抓住她的手对她说："我们走吧。天色就要晚了。这里离城还远着呢。"于是女人们更加热烈地拥抱窦绿苔，在她耳边喋喋不休。赫尔曼拖她走，可她还要和其他人问候；孩子也大声哭着，抱住她，泪水止不住地流；他们抓住她的衣服，不让自己的第二个母亲走。女人们一个接一个地说道："孩子们别这样，她进城去，去给你们拿点心回来。上次老鹳鸟带你弟弟来的时候，经过糕点铺子，在那里给你们定了许多甜点心。你们会看见她回来时，给你们带回许多精美的甜蜜饯李子。"

小家伙们这才放开手，赫尔曼好不容易才领着她脱离了大家的拥抱，挥别了远远挥舞着的手帕。

墨尔波墨涅[1]

赫尔曼和窦绿苔

两人迎着西沉的太阳踏上了他们的旅途，太阳躲进了厚厚的云层，暴雨在孕育。阳光不时地从云层穿透，照耀在田野上，闪烁着预示不祥的光束。“暴雨就要来了，”赫尔曼说道，“但愿别送来冰雹和大雨，因为庄稼就快要收获了。”两人欣赏着几乎和从中间走过的他们两人一样高的抽穗饱满的麦子。

少女对她的向导和同伴说：“朋友啊，流浪的人们还会在露天受暴风雨的威胁，而我托您的福，有了好的栖身场所。先给我讲讲您的父母亲，把他们的性格说来听听。我打算今后好好地侍奉他们。了解自己的主人的人才能让他们满意。把他们认为重要的事情牢记于心，还有他们下定决心要办好的事情。请告诉我吧，我如何才可以获得您父母的欢心。”

优秀聪明的青年回答道：“亲切可爱的姑娘，你向我打听我父母的爱好和性情，这让我觉得你是多么的善解人意！你知道，我现在都还没能尽

① 司悲剧的文艺女神。本题似与内容不合，但赫尔曼和绿窦苔虽互相爱慕，却没有勇气说明，胸中各怀着难言的苦衷。赫尔曼带她回去，而窦绿苔又在路上扭伤了脚，似乎不是一个吉兆，故以悲剧女神命名此篇。

心伺候好父亲。我每天忙着打理家里的事情，就像打理自己。我早晚都在田间劳作，还照料葡萄山。我母亲倒是对我很满意，她知道我的苦心。你在她的眼里会是最好的姑娘，只要你把它当成自己的家去悉心料理。至于父亲，他喜欢外在的东西。我这样说我的父亲，请不要认为我是个冷血没有亲情的人，当着你这个陌生人的面，这样子不客气地揭父亲的短。不，我以前从没曾和别人心无遮拦地说过这样的话。我嘴里从不说胡话，但是我对你说出了我心中的一切秘密。我那父亲颇好面子，喜欢别人对他爱戴和尊敬。差一点的佣人，懂得利用这一点，满足他心里的这点虚荣，优秀的佣人反而不能讨得他的喜欢。”

她加快脚步，迅速而轻松地走过黑暗的小路，高兴地说：“我倒是希望能让他们二老都满意。因为在你的妈妈身上我发现了自己的影子。对于装点门面的事情，我倒是从小就适应了。我们的邻邦法国人，他们过去很讲礼貌，不论贵族、平民，甚至农民，都持家以礼。所以，我们德国人这边，连孩子都养成了习惯，早晚都要亲吻父母的手，向他们问安行礼，日日都如此，循规蹈矩。这些东西我都学会了，从小就习惯了。我心里所知晓的一切，我都会用来侍奉你的父亲。那么谁来告诉我你的事，该如何对待你，你是这家里的独子，我以后的主子？”

她说这话的时候，这两人已经走到了那棵梨树下。

满圆的月亮从天上泻下灿烂的月华，夜色已经降临，落日的余晖也已经消散。明如白昼的月光和那黑夜的阴影，一块块很分明地展现在他们的眼前。他们两人决定在树下小憩，赫尔曼喜欢这棵梨树，因为它曾见证了自己为这位流放的少女流下的眼泪。这时，他握住少女的手深情地说道：“你心里如何想，就按心意行事。”尽管现在是表白的最佳时机，可是他还是不敢把事情挑明：他害怕他鲁莽的行为会被她拒绝。此外，她手指上的戒指是刺痛他心口的刺！于是他们坐在那里，彼此挨着彼此，静静地默默无语。

少女打破沉默，先说话：“这明亮月光是如此的可爱！”她解释说，“明亮得如同白天，我能清晰地看见城里的房子和院落。我能数得清墙面上的窗格，我想那是房间的窗户。”

“你看见的，”真诚的青年于是回答说，“是我们的住所，我将要带着你往那里去。那窗户就是我在阁楼上的房间。它可能也会是你的，可能得调换下房间。所有这些田地也都是我们的。它们都成熟了，过几天就要收割了。到时候我们就会在这里的树荫下休息，吃午饭，但是我们现在得走下去，穿过葡萄园和花园。一场雷雨就快要来了。已经开始闪电了，月亮就要被吞没了。”

于是他们站起身，走下玉米地，穿过丰盛的庄稼，享受着明朗的月色，最后来到了黑漆漆的葡萄园。

他引着她，走下用粗石子铺成的石阶。少女用双手搭在他的肩膀上，慢慢往下走。月光不时地透过葡萄枝叶，偷窥着他们，但月亮又躲进云层，有意留给他们一阵黑暗的隐秘。赫尔曼小心翼翼地担着少女双手搭在他身上的力量。可是她不知道粗石阶的下一步该往哪里落脚，一脚踩空，扭伤了脚踝，她几乎要跌倒，幸亏敏捷的青年伸出手臂将他心爱的人抱住。她靠在他的肩膀上，脸靠着脸，胸贴着胸。他呆站着，仿佛是大理石雕像，但是理智让他保持镇定，没有将她抱得更紧。他支撑着她的体重，那令人心醉的重荷，温暖的酥胸，以及那如兰的芬芳，自少女呼吸中发出。他用大丈夫的心支撑住女性庄重丰满的身躯。

她开玩笑般调侃自己的脚伤：“到家门口，扭了脚。迷信的人会说，这可不是一个好兆头。我自己可是想给你们家的人带去一个好的兆头。我们在这里休息一会儿，免得你父母因此责怪你。领个跛脚的女人回家，可不是个称职的好东家。”

乌拉尼亚[①]

前景

缪斯[②]女神，啊，您最喜爱促成那真心的爱情。您帮助这杰出的青年获得了如此进展。在订婚之前就把那姑娘送进他的怀抱，请您继续促成这对有情人的姻缘。驱散压抑他们的幸福的乌云！不过，还是先讲讲金狮庄园里正发生的事情。

母亲走进男人聚集的地方，焦急地走来走去，这已经是来回的第三次了。她念叨着暴雨就要来了，月亮也在迅速地隐没，而儿子还耽搁在外没有回家，天黑后野外又是危险重重。她深深埋怨他们的朋友没有和那少女交谈，没能做好媒人这差事，就急急忙忙地和赫尔曼分了手。

“你就别把这事再搅和了，”父亲不高兴地说，“你也瞧见了，我们大家都守在这里，盼着事情的结果。”

邻居冷静地坐着，回答道：“在这样烦躁的时刻，我不得不感谢我的先父。我从小就被他根除掉了心里的烦躁，连一点根也没有留。因此我很

① 司天文星象的文艺女神。在图画上，她被画成一个拿一根小棍，指着地球而眺望远方的人。本歌叙述一对爱人抱着希望与决心，迎向新的未来前进，故以此女神命名此篇，因星象家能预告未来的前景。

② 古代希腊人在开篇时常呼“缪斯女神”以乞灵感。

快就学会了忍耐，这可是连圣人都没法做到的。”

“给我们说说，”神父回应道，“令尊用的是什么高招。”

“我很乐意把这事提起，因为大家都会有所受益。”邻居回答说，“在我小时候，有个星期天，我站着不耐烦地等马车，要去菩提树下的泉边，我焦急地跑出去看马车来了没，可还是没有来。我就像只鼬鼠，这里那里到处乱跑，跑上楼又跑下来，跑出去然后又跑回来，从窗口到门口。甚至连手爪子也闲不住，我乱抓桌子，跺着脚跑来跑去，还不住地哇哇大哭。所有这一切被性格平静的父亲看在了眼里。当我闹得实在太过分时，他就安静地抓住我的胳膊，把我拉到窗户边，严肃地跟我说：‘你看见了远处那木工房了吧。今天关着门。明天就有人开始上班，刨子和锯子就会开始动起来，不停地使用，从早到晚辛勤工作。但是你想想看——你死掉的那一天终会到来，木工房里的头儿和他的手下就会为你迅速忙碌起来，赶制好一口精致的棺材。然后，这木头做的小房子就会被抬过来。你要是有耐心就晚点进棺材，要是没耐心就得早早进这棺材。这棺材还一定要封上严严实实的盖儿。’我的脑子里仿佛就立马看见了即将发生的一切，看见了木板被钉在了一起，人们正在给棺材涂抹黑漆，于是我就安静地坐下来，静静地等马车到来。现在每次看见别的人的焦急等待的神情，不耐烦地跑来跑去，就忍不住想起那口棺材。”

神父微笑着回答说：“对死亡的伤感场面，有知识的人不会将之当作可怕的事，信众不认为那是生命的终点。死亡把贤良之士推回到生路，教会他们如何有意义地走完自己的生命历程。死亡让信众在悲伤之余坚定对未来的希望。对于二者来说死即是生。令尊在一个相当敏感的孩子面前，把死亡诠释为简单的死亡，这可是大错特错了，让我们在青年面前指明年老的价值是高贵的成熟，告诉老者年轻的意义是不断地成长。这二者互相尊重，各得其所。生命应该在生命的过程中找到完美。”

这时门打开了，门口出现了一对男女。朋友们惊讶万分，慈爱的父母也十分惊讶：那少女的身材如此地和她的爱人相配，当他们同时迈步走进门槛，门似乎都太小无法让身材高大的两人同时走进。

赫尔曼匆忙地把她介绍给自己的父母。“这就是那位少女，”他说道，“你们希望到家中来的那位姑娘来了。请热情地欢迎她吧，父亲。她当之无愧。哦，妈妈，您就拿家务事的问题考考她吧，您就会知道她是多么适合留在您的身边。”

他又把神父拉到一边说：“尊敬的神父，请您，快帮我把这个心结解开。我担心事情发展下去，会很不好办。我把这少女带来，没跟她说明她是我的爱人。她还以为到我家里来，是来做侍女。我担心一旦提起结婚，她会生气，飞快地跑回去。可是，这事得当场就决定。我不想再把她蒙骗。我不能再含含糊糊。快想出点法子，您的智慧我们一向都很钦佩！”

神父立即转过身，面对大家。

可是姑娘的心情已经被父亲的一席话搞得抑郁不欢了。父亲以一种快乐的口吻，本出于好心，调侃似地说：“哎呀，这太好了，我的孩子！我发现我的赫尔曼就像当初年轻时的我，和我一样有相同的嗜好。这太让我高兴了。我总是带着最漂亮的姑娘去跳舞，最后把最美的姑娘带回家里来做妻子。你们的妈妈就是如此被我娶回家里。因为从一个男人挑回来的新娘，我们就可以知道一个男人的本性，了解他的内心世界，以及他是否认识到自己的价值。我想，你用不着花很多时间去考虑。因为我真的认为，你对他也是难舍难分。”

赫尔曼只大致听到他说的话，急得手脚发抖。房间突然变得很安静，没有人说话。

父亲的这些话在姑娘听来实在有些伤人，她觉得对方侮辱了自己，内心受到了深深的伤害。她站在那里，脸颊绯红，红到了耳根。她强忍住不快，定了定神，仍掩饰不住内心的痛苦，说道：“我听从令郎所言，但是没想到得到这样的款待。他跟我提起您，说您是位好市民。我想现在站在我面前的您，定是位有教养的人，善于待人接物，而且因人而异。但是现在看来，您对刚刚进门的侍女，没有充分的同情心，像我这样的姑娘，一位贫穷的女孩，刚进您的家门，准备服侍您。然而，您用这样的言辞挖苦我，意在提醒我：我与您和令郎的地位差别如此之大。的确，我出身寒苦，来到您府上，只带了个随身的小行囊。您这里却应有尽有，衣食无忧。可是我能摆正我的位子，明白我们之间的主仆关系。您瞧，我前脚才刚进门槛，你就如此愚弄我想把我赶走。这行为可称得上是高贵？”

赫尔曼焦急万分，转身朝神父使了个眼色，要他想个办法，立即打打圆场，把误会消除。于是聪明的神父急忙过来，看着姑娘。他心里想出了个办法：不去马上化解这误会，而要考验姑娘激动的心。于是他故意用语言去试探她：“外地的姑娘，你没经过仔细的思考，就匆忙地决定到陌生人家里来帮佣，这一切就意味着你把自己交由主人来使唤，因为已经商定成交，一年的命运就定下来了。你可得知道，一句简单的‘行’就注定你得耐心地忍受不少啊。最艰巨的不是你所提供的服务有多么的累，也不是活多得让你流汗不止——因为劳累折磨的不仅仅是下人，还有雇主——而是你须得忍受主人的无端责备和坏脾气。或是，他自己都还没想好，就要你这样，那样。此外，还有女主人的暴躁，她动不动就乱发脾气。孩子们也粗野骄横，顽皮淘气。这些虽然难以忍受，但是你必须迅速完成任务，不可赌气，不得固执。我觉得你不适合这差事，老爷的玩笑话就已经伤你不轻。其实，年少姑娘看中了个年轻小伙子，这是最平常不过的事情。”

他这样说完，姑娘感觉到了他话语的力量，再也控制不住自己了，所有的情绪都倾泻了出来，胸口急剧地起伏着，委屈地流下热泪，回答说：“智者想劝告我们受苦的人，但是您哪里知道，老爷他的冷言冷语，对一颗刚从命运强加的苦难中恢复的心来说，会造成些什么。你们一切都顺心且处于快乐之中，那么一句玩笑话怎么可能伤害到你们？然而，即使轻轻地触碰，也会让病中的人感到刺痛。即使我伪装得再好，那也于事无补。还不如现在就说出来，免得以后加深痛苦，那样也许会让我陷入暗自忧伤的惨景。那就让我回去吧！我不能再在府上耽搁。我要回去找我可怜的朋友，我弃他们而不顾，只管自己过得更好。我决定了。现在我要表白我的心事，免得以后老闷在心中。老爷的嘲弄的确深深地伤害了我。我不是因为对这些事敏感过度，或过度自尊而不适合做仆人，而是我实对这个青年人动了情，他今天仿佛是我的救世主。他最初在马路上和我分手后，他的身影就一直在我的脑海里挥之不去。我猜想有哪位幸运的姑娘，是不是已经被他选中将成为他的新娘。我再次在泉边遇见他时，那快乐就像见到了来自天堂的天使。当他要求我到这里来的时候，出于这种幸福感我答应了。我也得承认，这一路上，我也欣喜地幻想着：有一天，要是这家里离不开我，我也许就可以嫁给他了。啊，现在我才明白，把家安放得离自己暗恋的人那么近，是自己正在做的多么危险的一件事情啊。现在我才明白，一个贫穷的少女，不管自己如何值得一个富有的青年去爱，和他的距离还是那么的远。现在我说出了所有的这些，为的是不能让你们误解我的心思，无心的伤害反而让我清醒了。把自己的心思藏起来，我也曾有过这样的想法，但是有一天，他把自己的新娘娶过来，到时候我又如何去忍受心里的痛苦！幸亏有人给我敲了警钟，幸亏我把心里的秘密宣泄出来。而这病还有的救。我的话就说到这里，现在我不能再继续待下去了，待下去只有羞辱和不安。这夜里，尽管乌云密布，也不能阻挡我；尽管外面下着大雨，我听见雷声隆隆以及呼啸的狂风，但这仍然阻挡不了我。在敌兵追赶时，这一切在我们逃难的时候都经历过了。现在我要再次走出去，走进那时代的旋涡，跟一切告别了。这些我已经习惯了。大家永别了！我不能再耽搁了，一切都结束了。”

她说完，急忙转身走向门口，胳膊里还夹着她来时带着的那个小包袱。

但是母亲用双手将姑娘拦住，抱住姑娘的腰。吃惊而意外地说道：“告诉我，这是做什么啊？白白地流下这些眼泪？我不会让你离开。你是我儿子——赫尔曼的未婚妻。”

可是父亲还是站在那里看着这一切，望着流泪的姑娘，说出生气的话来：“这就是我极度纵容的结果？一整天下来，结果就是如此的扫兴。我最难忍受的，莫过于妇女的眼泪。剧烈地哭喊只能把一切搞得乱七八糟。其实稍微用点理性就能让问题顺利解决。这些问题你们看着办吧，我要去睡觉了。我可没耐心耗在这里，再看你们的表演。”

他边说这些话，边转过身去，匆忙地往自己的房间走去。那里有他的床，他习惯在那里休息。

但是儿子拽住了他，恳求着对他说：“爸爸，别急着走。这不怪那姑娘。这都怪我弄巧成拙，这误会全是我的错。神父要点小计谋，没想到把事情搞得更糟糕。说吧，神父！这事我就拜托你了。别再加重事情的不安和愤怒，就让一切混乱都结束。如果您不拿出您的超然智慧，而只是幸灾乐祸，我就不会再像以前那样对你尊重有加。”

优秀的神父于是微笑着开口说：“还有什么比逼这位少女吐露自己的心迹更好的办法？她不是已经将她的真实想法说出了吗？你的惶恐不是已经转变成了狂喜？那么你自己来说吧，为什么还要假他们的口舌？”

于是赫尔曼走上前，对她亲切地说道：“别为落下的眼泪后悔，别后悔曾经的伤心。因为它们成全了你我的幸福。不是想雇佣你来当仆人，我才到那泉边去的，我去那里是为了得到你的爱。我羞涩的目光无法把你的心看清，我在你的眼睛里看见的是友情。只要能把你带回家里来，我就拥有了一半的幸福。现在请让我把另一半的幸福补全！请你接受我的爱与祝福！”

少女满怀深情地望着他，不回避他的拥抱和亲吻，这种幸福的巅峰对于相爱的情侣来说是期盼已久的见证，见证一生的幸福，这幸福似乎永无尽头。

神父向其他人讲述了事情的来龙去脉。姑娘走到父亲面前，真诚而文雅地鞠了个躬，吻了父亲想缩回去的手，然后说：“您应当会原谅像我这样感觉到意外的姑娘。我最初流下的是悲伤的眼泪，现在流下的是幸福的泪水。请原谅我刚才的失态。哦，也务必请原谅我现在的失态。我几乎还没有适应突如其来的幸福。我刚才心智混乱，惹您生气了。我保证不会有下次了。我先前答应的做女仆所要做的侍奉，今后是您儿媳的我，还是一样会不折不扣地做到。”

父亲于是忍住眼泪，拥抱她，母亲也亲热地走过来，热情地亲吻她，握着她的手，两个流泪的女人哽咽无语。

聪明的神父赶紧上去，先抓住父亲的手，取下父亲手指上的戒指（因手指丰满而不易取下），然后取下母亲的戒指，用这一对戒指，为这对年轻人缔结婚约。他唱道：“愿这对小金环再次完成它们的使命，缔结坚定的良缘，就如同你们二位老人的婚姻一样。这位青年深深地爱着这位姑娘；这姑娘也承认她的心已经属于这个青年人。因此，我受你们父母的委托，请这位朋友做见证，我在这里宣告你们的婚约有效，祝福你们在今后的日子里和和美美。”

邻居赶快走上去祝福他们，表达自己美好的祝愿。但是当神父给少女戴上戒指的时候，他惊讶地发现她的手上还戴着另外一枚婚戒，这婚戒赫尔曼在泉边就已经注意到。

于是神父亲切地、开玩笑似地说道：“那么这是您第二次结婚？就让我们大家一起，祝愿您的前任丈夫不会跑到圣坛这里来，宣告你们的婚姻无效。”

于是她回答说：“哦，就请给我点时间，让我将这回忆一下。因为这位给我戒指的人，在临行前送我这枚戒指，就再也没有回来。他出于对自由的热爱匆匆离开，一心想要在改革后的新制度下工作，去了巴黎。在那里他却被拘押，失去了生命。临终前他这样说：‘祝你幸福，我要去了。现在这世界一切都在崩溃，一切都像是要瓦解。就连最稳定的国家法制也荡然无存。财产已经不在其原有者的手里，朋友跟朋友分离，爱人与爱人分隔。我们自此离别，将来能在哪里再见，又有谁人能知？这也许是我最后的遗言。人们常说：人人都是世间的过客。人们如今比以往任何时候都更像是过客。土地已经不再是我们的，财产也都已经归他人所有。金银器皿也已经被熔化，失去了原来的神圣。原本有序的世界变得混乱不堪，想要重回黑暗，再塑造新的样子。你不要对我变心，有一天我们也许在废墟中再相遇，那时我们就会是新的生灵，经过了再造，自由而不受生命的约束。因为经历了这些后，还有什么能束缚我们？要是我不能幸免于难，将来不能再拥抱彼此，那么你就把我留在你的脑海里，要用同样的勇气对付顺境和逆境。如果有新的良缘和栖身之所吸引你，那就以感激的心情接受命运的赠予。要热爱喜欢你的人，感激善待你的人。但是你要把这幸福牢牢抓稳，因为再次的分离会让你倍感痛苦。珍重你的生命。不要忽视生命而贪念钱财，钱财不过是浮云。’那位高尚的青年就对我说了这些。我们从此永诀。很快我失去了一切，便时常想起他的告诫。如今，爱情给了我美好的一切，赋予了我美好的希望，我还是常常想起他的那些话。哦，请原谅我，高尚的朋友。即使我把你紧紧地拽着，可还是在发抖！就好像远航晚归的水手，踏着坚实的大地，依旧觉得大地在颤抖。”

她说完这些话，把两枚戒指一起戴在手指上。

深受感动的未婚夫宽容而豪迈地说：“在这举世动荡的岁月里，窦绿苔，愿我们的结合比以往更加坚固！我们要坚定持久，同心同德，一起经营我们的产业。虽然时代在动荡，但如果心也跟着动荡的话，那只会使灾难增加，使灾难更多地蔓延。要想创造新的世界，就必须意志坚定。德国人不会纵容这种动乱，任其恣意发展。这是我们自己的国度！我们发誓，为了上帝、法制、父母、妻儿，让我们团结在一起，进行战斗，英勇捐躯，在战场上团结一致与敌人战斗。只有英勇无畏的人，才配受人爱戴。你是我的，如今属于我的，我会更加珍惜。我会用勇气和力量去捍卫它。现在或将来，若有敌人来犯，请递给我武器，你亲自为我装备。只要有你照料好我的父母和家业，我就可以放心地挺起胸膛杀敌。只要人人都能同我一样，那么我就可以鼓起勇气，以暴力对付暴力，和平就会永远守护在我们身边。”

（完）